무협지
無俠誌

무협지 4
최필 新무협 판타지 소설

초판 1쇄 찍은 날 § 2002년 11월 12일
초판 1쇄 펴낸 날 § 2002년 11월 22일

지은이 § 최필
펴낸이 § 서경석

편집장 § 문혜영
편집책임 § 이종민
편집 § 장상수 · 박영주 · 김희정 · 권민정
마케팅 § 정필 · 강양원 · 김규진

펴낸곳 § 도서출판 청어람
등록번호 § 제1081-1-89호
등록일자 § 1999. 5. 31
어람번호 § 제2-0148호

주소 § 경기도 부천시 원미구 심곡1동 350-1 남성B/D 3F (우) 420-011
전화 § 032-656-4452 팩스 § 032-656-4453
http://www.chungeoram.com
E-mail § eoram99@chol.net

ⓒ 최필, 2002

값 7,500원

ISBN 89-5505-487-4 (SET)
ISBN 89-5505-528-5 04810

※ 파본은 본사나 구입하신 서점에서 교환하여 드립니다.
※ 저자와 협의하여 인지를 붙이지 않습니다.

4
◆ 반객위주 反客爲主

최필 新무협 판타지 소설

무협지

無俠誌

목
차

제1장 물귀신 휘두백(輝頭伯) / 7

제2장 약속 / 51

제3장 화촉(華燭)을 밝히다 / 93

제4장 후계자 / 125

제5장 세대 교체 / 175

제6장 천하장사 석금이 / 213

제7장 당문 비무대회 / 267

1장

물귀신 휘두백(輝頭伯)

누구에게나 인생의 짐은 무겁지만
소중하기에 쉽게 버릴 수도 없다.
하지만 정말 내던지고 싶은 것들이 있다.
가령 등에 달라붙은 물귀신 같은 것들…….

1
물귀신 휘두백(輝頭伯)

"수정 낭자, 정말 이럴 수 있는 거요?"

당문가의 정원. 벌과 나비가 유독 한 송이 꽃만을 두고 서로 다투고 있었다.

그 풍경을 배경으로 당수정이 연못의 물고기들에게 먹이를 던져 주며 모처럼 한가하게 시간을 보내고 있는데, 슬그머니 다가선 무산이 수작을 걸어왔다.

"오호라, 변태토끼로구나? 그런데 뭘 그럴 수 있냐는 거지?"

당수정은 평소와 다름없이 새침한 표정으로 비아냥거리듯 대꾸했다.

하지만 무산은 당수정의 그런 태도에는 아랑곳없이 능글맞은 웃음을 내비치기 시작했다.

"어젯밤에도 물레방앗간에서 낭자를 기다렸단 말이오."

"엉덩이에 박힌 주판알이 주둥이로 튀어나올 놈……!"

"어허, 어차피 부부가 될 몸, 어디 망가진 덴 없나 미리 검사 좀 해보 겠다는데… 물론 이미 낙양에서 훑어보긴 했지만, 그땐 낭자의 탁혼미분에 중독된 상태라 자세히 볼 수가 없어서 제대로 된 미적 가치를……."

무산은 슬그머니 손을 내뻗어 당수정의 엉덩이에 가져다 댔다. 하지만 화들짝 놀란 당수정은 곧바로 무산의 뺨을 갈겼고, 뒤이어 발길질을 해댔다.

퍽! 퍼퍼퍽……!

"으, 이거야 원. 마누라 엉덩이 좀 만져 보겠다는데……!"

"저질……!"

당수정은 상당히 독이 올라 있었으나 더 이상 말을 잇지 못했다. 무산의 말대로 그녀는 보름 후 무산과 화촉을 밝혀야 할 처지였기 때문이다.

무산이 시험에 통과한 후 혼사 준비는 일사천리로 진행되었다.

우선 수라왕을 통해 당비약에게 서신을 띄워 용문파에 대한 응징을 멈추게 했고, 무산과 당수정의 결혼 날짜를 잡아 곧바로 무림 각 파에 청첩장을 보냈다. 그리고 종적이 묘연한 것으로 처리된 귀수삼방을 불러오기 위해 이미 몇 명의 수하들을 보냈다.

무산과 당수정의 결혼을 최대한 성대하게, 그리고 서둘러 치른다는 것이 당문의 입장이었다. 이미 낙양에서의 일이 좋지 않은 쪽으로 강호에 퍼진 이상 결혼을 통해 그 일을 해명하기 위해서였다.

무림맹에 소속된 문파는 물론 강호의 여러 실세들을 초청하고, 그에 걸맞게 성대한 결혼을 치르자면 당문의 일손은 당연히 바빠질 수밖에 없었다.

　물론 오당마환은 탐탁지 않은 반응을 보이고 있었으나 무산에게 수모를 당한 이후 별채에 틀어박혀 모습을 드러내지 않았다. 그런 만큼 결혼 준비는 철저하게 문주인 당개수와 그의 수족들에 의해 진행되고 있었다.

　"흐히히! 낭자, 처음엔 모든 것이 쑥스럽겠지만 다 익숙해질 것이오. 그런 과정을 통해서 아기가 만들어지는 것이고, 한 집안의 계보가 형성되는 것이라오."

　"무슨 계보? 토끼계보?"

　"……."

　당수정의 한마디로 인해 무산은 침묵을 지켜야 했다.

　'낙양 여곽에서 내가 그렇게 부실했나?'

　무산은 냉랭하게 자신을 등지고 있는 당수정을 쳐다보며 생각했다.

　하지만 그 순간이었다.

　찰싹!

　"어머멋……!"

　무엇인가가 당수정의 엉덩이를 후려치는 소리가 들렸고, 뒤이어 당수정이 호들갑을 떨며 무산을 노려보았다.

　"이 저질……! 그래, 참 잘됐다. 어차피 돈귀란 놈이 강호에 알려진 놈도 아니라 생색도 안 나는 데다 돈씨 성도 정말 마음에 들지 않았거든? 네놈 성이 뭐지? 오늘 내가 네놈을 죽인 후 성을 갈 테다."

　"어, 수정 낭자, 고정하시오. 나는 정말 아무 짓도 안 했소."

　무산은 황당할 수밖에 없었다.

　자신은 손가락 하나 까딱하지 않았던 것이다. 하지만 주위에는 아무도 없었으므로 당수정이 무산의 말을 믿어줄 리 없었다.

"이놈이 토낀 줄 알았더니 오리였구나. 어디서 오리발을 내밀지?"

"이거 정말 환장하겠군. 성질만 더러운 계집인 줄 알았더니 의심도 많네. 솔직히 그 정도의 몸매는 흔하고 흔한데……."

무산은 자신을 변명하기 위해 되는대로 지껄였다. 하지만 도끼눈을 치뜬 당수정과 눈이 마주치자 말을 얼버무리며 주춤주춤 뒤로 물러섰다.

"하하, 낭자, 고정하시오. 무심결에 본심을 말해 버리고 말았구려… 아니, 그러니까 내 말은……."

더 이상 지체할 시간이 없었다. 무산은 무작정 돌아서서 자신의 숙소를 향해 줄행랑을 놓기 시작했다.

삼십육계(三十六計) 주위상계(走爲上計). 즉, 36계책 중 피하는 것이 제일 좋은 계책이라는 말은 만고불변의 진리였던 것이다.

"헉, 헉, 헉……! 이거 귀신이 곡할 노릇이군. 분명 찰싹 하는 소리가 나긴 났는데……?"

정원을 벗어나 자신이 머물던 거처로 무사히 돌아온 무산은 숨을 할딱이며 고개를 갸웃거렸다. 무엇인가가 눈 깜짝할 새에 당수정의 엉덩이를 후려갈긴 것 같은데 그것의 정체를 도통 알 수 없었던 것이다.

"가만있자……! 그나저나 나는 성도 없는데… 설령 나를 처죽인다 해도 그 계집애 골치깨나 아파지겠군. 이런이런, 내가 지금 별걱정을 다 하고 있네?"

무산은 주머니에서 만두 하나를 꺼내 입에 집어넣으며 히죽, 한번 웃어보았다. 아직까지는 당문에서의 생활이 그럭저럭 만족스러웠던 것이다.

물귀신 휘두백(輝頭伯)

 무산이 시험에 통과한 이후 당문에는 미묘한 기류가 형성되고 있었다.
 무산이라는 한 이방인으로 인해 당문의 가솔들은 오랜 잠에서 깨어나듯 현실을 보게 되었고, 얼마간 초라한 자신들의 모습에 긴장과 위기감을 느끼게 된 것이다.
 그것을 누구보다 절감하고 있는 이들은 오당마환이었다.
 3차 시험을 주관했던 그들은 무산으로 인해 그동안 쌓아온 자신들의 명성에 먹칠을 했다 생각하고 있었다. 더불어 당문을 혁신하기 위해 세워두었던 계획에도 많은 차질을 빚게 되었다.
 오당마환은 귀수삼방이 당문을 비운 사이, 그의 계보를 잇는 당개수 일가를 제압하고 자신들을 중심으로 새로운 세력을 형성하려 했다. 하지만 무산이 예상 밖으로 선전함으로써 모든 계획이 물거품이 된 것이다.

 물론 무산만을 탓할 수 있는 일도 아니었다. 돌이켜 보면 역시 근원적인 문제는 오당마환 스스로에게 있었다. 자신들의 계보를 이을 후학을 양성하지 않음으로써 당문의 주도권을 거머쥘 결정적인 기회를 놓쳐 버린 것이다.

 오늘 그들이 모인 것도 그런 문제들을 논의하기 위해서였다.

 후원의 한 켠에 자리한 별채. 소박한 가구들이 간결하게 배치되어 있는 다실(茶室)에 그 다섯 사람이 모여 앉아 있었다.

 다기(茶器)는 퍽 오래된 것인 듯 잘 우려낸 찻빛으로 물들어 있었고, 외딴 곳에 위치한 다실인 탓에 적막감이 맴돌았다.

 오당마환은 느긋하게 찻잔에 담긴 차를 음미했다.

 "왜 일찍이 당비약을 생각하지 못했던고……!"

 금마의 한숨 섞인 음성이 오랜 침묵을 깨고 새어 나왔다.

 오당마환은 무산의 일을 겪고 나서야 당비약의 인물됨을 새롭게 평가하게 되었다. 아무리 생각해 보아도 현 당문에는 그만한 젊은 인재가 없었던 것이다. 오비공천의 단순 무식함은 이미 그 사실을 확실히 입증했다.

 따지고 보면 당문의 주인은 당비약의 아비인 당개로가 되어야 마땅했고, 그렇게만 되었다면 당문의 위상은 지금과는 많이 달라져 있었을 것이다. 그리고 당비약은 자연스레 문주의 자리를 이어받아 원로들의 근심을 없앴을 것이다.

 "우리가 너무 무심했습니다, 형님. 개로의 억울한 죽음에 울화를 터뜨렸을 뿐 사실 우리는 아무것도 한 것이 없습니다. 그저 아까운 세월만 보낸 것이지요."

"그렇습니다. 후사를 생각하는 것이 옳았지요. 언제고 세대가 교체될 것임을 왜 생각하지 못했을까요. 비록 개로가 우리의 성격과는 달리 전통 당문의 성격을 고수하는 인물이었다고는 하지만, 그 아이에게는 당문에 대한 긍지와 자부심이 있었지요. 무림맹 따위에게 굽실거리고 있는 당개수와는 많이 달랐다는 말입니다. 그때… 어떻게 해서든 그 아이를 살렸어야 했는데…….”

수마와 목마의 자조가 금마의 한숨 섞인 음성을 이었다.

그들은 30년 전, 무림맹으로부터 당문을 구하기 위해 스스로 죽음을 선택했던 당개로의 일을 떠올리고 있었다.

당시 당개로는 자기 부하를 죽인 무림 각 파의 제자들을 응징함으로써 무림공적으로 지목당했다. 그 일로 인해 끝내 억울한 죽음을 맞게 되었고, 그때부터 당문의 구차한 역사가 시작된 것이다.

당문의 역대 인물 중 당개로와 같은 인물은 많지 않았다. 워낙에 출중했던 만큼 그에 대한 기대는 당문을 들뜨게 했고, 많은 젊은이들이 그에게 충성을 바쳤다. 그는 강하고 현명했으며 누구보다 뛰어난 지도력을 가지고 있었다.

다만 암기와 독공, 기문과 방술을 바탕으로 하는 전통적인 당문의 기술과 방식을 고수한 까닭에 그것을 내켜하지 않는 오당마환의 눈에 거슬리는 점이 얼마간 있었던 것도 사실이다. 하지만 현 문주인 당개수의 유화 정책을 오랫동안 지켜보아 온 오당마환은 지금에 이르러서야 당개로가 옳았을지도 모른다는 자괴감에 빠져 있었다.

당개수가 이끄는 현재의 당문은 단지 무림맹의 꼭두각시에 불과했다. 비록 당개수가 멸문의 위기에서 당문을 지켜내기 위해 어쩔 수 없이 유화책을 쓰고 있다고는 하지만 그 30여 년 동안 당문은 진정한 당문의 모습을 모두 잃어가고 있었다. 이제 더 이상 당문은 강호를 떨게 하지 못한다. 겉으로 드러나지 않았을 뿐 무림 각 파로부터 멸시받고 무시당하며 살아가고 있을 뿐이다.

무산이라는 보잘것없는 어린놈에게 철저하게 무시당한 이후에야 오당마환은 그런 현실을 똑바로 직시할 수 있었다.

"아우님들, 이미 내 뜻은 확고해졌네. 우리에게 있어 이제 당문을 바로잡을 수 있는 한 가닥 희망은 당비약일세. 그 아이에게 그동안 우리가 갈고닦아 온 무공을 전수하고 힘을 실어줄 생각이네. 다들 내 뜻을 따라주기 바라네."

"형님, 지금에 이르러서 누가 형님의 뜻을 거스르겠습니까. 저희 역시 같은 생각입니다."

이미 몇 차례 논의가 있었던 만큼 수마가 즉시 동조하고 나섰다.

"고맙네. 이제 곧 그 아이가 들어올 것일세. 듣자 하니 용문에서 봉변을 당했다 하던데, 그것 역시 우리의 책임이 크네. 우리가 좀 더 일찍 나서기만 했더라도 누가 감히 당문의 아이들을 상대하려 했겠는가."

금마는 고개를 주억거리며 침중한 어조로 말했다.

당비약이 당문으로 돌아온 것은 어제저녁이었다.

당비약과 18위는 소뢰가 이끄는 초혼야수와 용문도장에서 일전을 벌인 뒤 두 차례 더 싸움을 가졌다. 한 번은 자신들을 추격하는 초혼야수에게 암습을 가했고, 또 한 번은 그들로부터 다시금 추격을 받다가 궁지에 몰려 어쩔 수 없이 싸움을 하게 되었다.

맨 처음 당비약은 만천화우를 펼쳐 초혼야수의 살수 20여 명을 쉽사리 제거할 수 있었다. 하지만 아무리 당문의 18위라 하더라도 어둠 속에서 그들을 추격하던 초혼야수의 수많은 인원을 감당해 내기에는 벅찼다.

18위는 곧바로 역공을 받아 다시 쫓기게 되었고, 다급해진 당비약은 삼문협으로 말을 몰아 그곳에서 또 한 번의 일전을 치러야 했다.

그 계곡에서 살아남은 18위는 당비약과 황충을 포함한 다섯 명. 초혼야수 역시 상당한 타격을 입었다. 많은 살수들이 그곳에서 목숨을 잃은 것이다.

"부르심을 받고 왔습니다."

다실 밖에서 당비약의 목소리가 들려왔다.

"들어오너라."

금마의 말이 떨어지자, 초췌한 모습의 당비약이 방 안으로 들어섰다.

당비약의 표정은 어둡기 그지없었다. 용문파를 응징한다는 명분을 빌어 당문의 인재들로 18위를 구성해 떠났건만, 엉뚱한 사건에 휘말려 7할이 넘는 인원을 잃고 돌아왔으니 면목이 없었던 것이다.

"불초 당비약, 사숙조님들을 뵐 낯이 없습니다. 마땅한 벌을 내려주십시오."

당비약은 방 안으로 들어서자마자 오당마환 앞에 무릎 꿇고 머리를 조아리며 말했다.

아침 일찍 부름을 받은 당비약은 오당마환이 자신의 과실을 문책하기 위해 불러들인 것이라 생각하고 있었기에 얼마간 긴장할 수밖에 없었다.

하지만 오당마환의 표정은 의외로 담담한 것이었다.

"네게 무슨 잘못이 있겠느냐. 모든 것이 당문의 나약함으로 인해 겪게 된 수치이니라. 일어나거라."

금마가 나직한 한숨을 내쉰 후 정감 어린 목소리로 말했다.

"잘 듣거라, 비약아. 오늘 우리가 너를 부른 것은 그동안 가슴에 품고 있던 무거운 짐을 내려놓기 위해서이다. 너도 네 아비와 관련된 30년 전의 비사를 알고 있으리라 믿는다. 우리는 그때 네 아비를 구하지 못한 것을 평생의 한으로 간직하고 있느니라. 이제껏 당문의 현안을 등진 채 무공 연마에 온 힘을 기울여 온 것 또한 그날의 수치를 씻기 위해서였다. 우리는 비로소 그 시기가 왔다 믿고 있었으나 생각처럼 일이 풀리지 않는구나. 이제 모든 것은 너에게 달렸다. 네 아비의 원한도, 당문의 수치도 모두 네가 씻어내야 할 것이야. 오늘부터 우리 오당마환은 너를 제자로 삼아 절세무공을 전수하고 네게 힘을 실어줄 것이다. 우리를 따르겠느냐?"

금마는 말을 마친 후 찬찬히 당비약의 표정을 살폈다.

머리를 조아린 채 금마의 말을 듣고 있던 당비약의 몸이 갑자기 바르르 떨리기 시작했다.

마치 꿈만 같았다. 이미 무산과 오당마환의 관계를 이야기 들어 알고 있었으나, 그 일이 자신에게 이렇게까지 유리한 상황을 만들어낼 것이라고는 미처 생각지 못했던 것이다.

'하늘이 나를 버리지 않았다……!'

당비약의 입에선 저절로 흐느낌이 흘러나왔다.

"불초 당비약, 오늘부터 사부님들을 하늘처럼 떠받들겠습니다."

당비약은 고개를 들어 오당마환을 바라보며 말했다. 그의 눈엔 어느새 눈물이 글썽이고 있었다. 가슴속에 맺힌 한을 풀 기회가 드디어 온 것이다.

그럭저럭 당문에서의 하루가 또 저물고 있었다.

문풍지로 새어든 달빛은 난초의 그림자를 길게 늘이며 고아한 정취를 자아냈고, 밤새의 울음소리가 그 여운을 채우고 있었다.

3차까지 이어진 시험을 무사히 통과한 무산은 근 보름가량 한가한 나날을 보냈다. 간혹 당수정으로부터 가시 돋친 말을 듣거나, 심할 경우 구타를 당하기도 했지만 그 정도는 얼마든지 참아줄 만했다.

삼시 세 끼 맛난 음식이 나오고, 별다른 노동이 없는 데다 당문 내에는 의외로 그에게 호감을 가지고 있는 몇몇 무리가 있었던 것이다. 그들 대부분은 취설과 같이 정통 당문의 계보를 잇지 않은 자들로, 나름대로 하나의 세력을 형성하고자 하는 마음을 은연중에 품고 있는 듯했다.

하지만 무산은 그런 움직임에는 별다른 관심을 보이지 않았다. 아직 당문 내의 갈등에 대해 정확히 아는 바가 없어서이기도 했지만, 그보다는 무리 지어 무엇인가를 모의한다든가 하는 일을 그다지 좋아하지 않았기 때문이다.

「배고프지 않니? 난 배고프면 잠이 안 오더라.」

"얹혀사는 처지에 내가 그런 걸 따지리? 너도 그냥 자."

「얹혀살아도 떳떳하게 얻어먹는 용기가 필요하지 않을까?」

"음… 그렇군. 근데 넌 뭘 먹고 싶니?"

「물귀신 간!」

"음, 그건 나도 좋아하……! 으아악!"

무산은 이불을 걷어치우며 비명을 내질렀다. 풋잠에 들다가 무의식 중에 누군가와 대화를 하게 되었는데, 물귀신 간이란 얘기를 듣는 순간

정신이 번쩍 든 것이다.

무산은 그렇게 휘두백의 존재를 확인하게 되었다.

"이런 젠장할… 휘두백, 넌 죽은 줄 알았는데……?"

「멍청한 놈, 넌 귀신이 죽는 거 봤니?」

"……."

「히히히, 어쨌든 넌 나한테 찍혔어. 난 한번 찍은 놈은 물귀신 만들기 전까지 편한 잠에 들게 하지 않아.」

물귀신 휘두백은 무산의 베개 한 켠에 머리를 대고 사타구니를 벅벅 긁어대며 말했다.

비린내가 물씬 풍기는 것이 기분이 영 좋지 않았으나 무산은 휘두백에게 공포 따위를 느끼지는 않았다. 이미 한번 제압한 상대인만큼 얼마간의 여유가 있었던 것이다.

"흠……! 괜히 물귀신이 아니군. 그나저나 아까 낮에 수정이 고 계집애 엉덩일 후려갈긴 게 너였냐?"

「응.」

"미치겠군. 넌 어떻게 귀신이 낮에도 돌아다니니?"

「밤에 빠져 죽는 사람보다 낮에 빠져 죽는 사람이 더 많지? 우리 물귀신들은 낮밤을 안 가리기 때문이야.」

"어절씨구리! 아무리 그래도… 여긴 물 밖인데?"

「물귀신은 개구리랑 비슷하다고 생각하면 돼. 물에서도 살고 땅에서도 살아.」

"괜히 잡귀가 아니군."

「…….」

무산은 날이 밝는 대로 취설을 찾아가 따지기로 작정했다. 이미 시험이 끝난 만큼 냄새 나는 물귀신을 치워달라고 부탁할 셈이었다.

"흐히히. 휘두백아, 넌 아무리 생각해도 임자를 잘못 만난 것 같구나. 우리 명문정파 용문파에선 물귀신 회 쳐 먹는 걸 취미로 알거든? 마침 배도 고픈데 네놈 간이나 빼 먹어야겠다. 흐히히, 거기 그대로 누워서 계속 사타구니나 긁고 있어라?"

무산은 침상으로 다가가 기념으로 간직하기로 한 검림의 검을 집어 든 채 음산하게 말했다.

하지만 막상 무산이 검을 빼 드는 모습을 본 휘두백은 이제까지의 건방진 태도와는 달리 얼굴이 하얗게 질려 버렸다.

휘두백은 손을 휘저으며 자리에서 벌떡 일어섰다. 그리고 황망하게 무산 앞에 털썩 무릎을 꿇고 사정하기 시작했다.

「으허허헉! 주인님, 농담이었어요. 나는 어쩔 수 없이 주인님에게 붙어 온 거라구요. 주인님이 귀귀회를 시전할 때 변고가 일어나서 제 혼이 주인님한테 찰싹 달라붙은 걸 어떡해요. 제발 힘없는 잡귀를 괴롭히지 마세요.」

"뭐? 변고가 일어나서 나에게 붙어?"

휘두백의 말에 무산은 잠시 그때의 상황을 돌이켜 보았다. 그러고 보니 휘두백을 없앨 당시 자신에게 초자연적인 힘이 생겨났던 것 같기도 했다.

「그렇다니까요, 정말 제가 원한 게 아니라구요. 제가 얼마나 불쌍한 귀신인지 아세요? 물귀신이 된 것도 원해서 이렇게 된 게 아니에요. 전 원래 무척 하찮은 종놈이었는데, 안방마님이 밤마다 찾아와 나를 덮치는 바람에 어쩔 수 없이 간통을 하게 되었어요. 그러던 어느 날 주인영감에게 들통이 나서 죽도록 얻어맞은 다음에 강물에 버려졌다구요. 흐흐흑……! 정말 불쌍하지 않아요? 혼산공에 한 번 더 당했다간 혼까지 흩어질 거예요. 제발 살려주세요. 어쨌든 전 바탕이 좋은놈이니까 전직을 살려서 주인님을 잘 보필할게요.」

휘두백은 아예 무산의 발에 입을 맞추며 청승맞게 울어댔다.

"야, 냄새 나. 당장 떨어져."

무산은 문드러질 대로 문드러진 얼굴로 자신의 발을 비벼대고 있는 휘두백으로 인해 잘 먹은 저녁밥이 쏠리는 것을 느꼈다.

「옛, 주인님!」

무산의 명령이 떨어지자마자 휘두백은 후닥닥 뒤로 기어가며 연신 머리를 조아렸다. 그런 휘두백의 모습은 무산에게 얼마간 연민의 정을 불러일으켰다.

하지만 한순간 당수정에게 봉변을 당했던 낮의 일이 떠올랐다. 무산은 슬그머니 미소를 배어 물다가는 천천히 휘두백에게 다가가 그의 얼굴을 발길로 뻥 걷어찼다.

"개 버릇 소 못 준다더니, 네놈이 아직도 남의 여자 엉덩일 제 엉덩이처럼 여겼겠지? 내가 너 같은 비린내나는 물귀신을 달고 다니다가 또 무슨 봉변을 당할꼬? 흐히히. 하지만 이것도 하늘의 뜻. 취설과 상의해 볼 일이로다."

「성은 만극……! 천세만세 만만세……!」

휘두백은 바닥에 머리를 콩콩 찧으며 연신 지껄여 댔다.

"'너, 종놈이 아니라 내시였던 거 아냐?"

「…….」

다음날 아침, 무산은 휘두백과의 약속대로 취설을 찾아갔다.

휘두백의 수다와 비린내로 인해 밤새 잠을 설친 탓에 무산은 신경이 날카로워질 대로 날카로워져 있었다.

무산은 시험이 끝난 후 취설과 한 번도 마주치지 못한 만큼, 그의 사람됨이나 능력을 확인해 볼 길이 없었다. 어차피 취설의 시험을 통해 그에 대해 얼마간 궁금증을 느끼고 있었으므로, 휘두백은 취설을 평가하는 좋은 미끼가 될 듯했다.

"그래, 용건이 뭔가?"

방을 가득 채우다시피 한 부적 더미 위에서 취설이 담담하게 말했다. 그는 갑작스런 무산의 방문에도 전혀 놀라거나 거리끼는 기색이 없었다.

잠시 후 차 한 잔을 손수 달여 무산 앞에 내놓은 취설은 차분한 눈길로 무산의 표정을 살폈다.

"저… 사숙님이라고 불러야 하나요, 선배님이라고 불러야 하나요?"

당문의 예절이나 규칙에 아직은 낯선 만큼 무산은 신중하면서도 생기발랄하게 첫마디를 떼었다. 어차피 앞으로 당문에서 뼈를 묻게 될 수도 있다는 생각을 하다 보니 최소한의 예의는 지켜주기로 한 것이다.

"마음대로 부르게."

"그럼 안 되죠. 우리 둘이 마음이 통해 호형호제하기로 마음먹었다고 해서 공식적인 자리에서도 그렇게 부를 순 없는 일이니까요. 흐히히."

취설에 대한 이야기는 대충 들어 알고 있었으나, 그가 너무 젊어 보인 까닭에 무산은 얼마간 만만하게 보고 히죽거렸다.

"호형호제라? 그것도 좋지. 하지만 자네, 내 나이가 몇인지는 알고 있는가?"

"글쎄요? 여자 나이는 오차 범위 2살 안쪽으로 답이 나오지만 남자 나이는 좀……."

"재밌군. 그냥 사숙조라 부르게. 어차피 당수정 역시 나를 그렇게 부르니 그게 무난하겠군."

취설은 담담하게 대답했다.

"그나저나 무슨 일로 나를 찾아온 것인가?"

"예, 휘두백이란 잡귀 때문에 어젯밤 잠을 설쳤거든요. 아무래도 사숙조님이 손을 써주셔야 할 것 같아서요."

"휘두백?"

취설은 그제야 흥미롭다는 눈으로 무산을 쳐다보았다.

"설마 모르시진 않겠죠? 시숙님과는 꽤 돈독한 사이일 거라고 생각하는데요."

"휘두백이 어젯밤 자네를 찾아왔단 말인가?"

"그렇다고는 할 수 없지요. 그놈의 물귀신은 저와 겨룬 날 이후 꾸준히 제 몸에 붙어 있었답니다. 무슨 변고로 그렇게 되었다나 하면서요."

"정말 재밌군. 귀신은 대개 만만한 인물에게 붙어 그 사람을 제압한 후 자기 마음껏 조종하는 습성을 가지고 있는데… 그래, 그놈은 지금 어디에 있는가?"

취설은 손가락으로 자기 머리를 톡톡 두드리며 무엇인가를 생각하는 눈치였다.

"아, 참 답답하시네. 이미 말씀드리지 않았습니까. 무슨 변고로 인해 제 몸에 달라붙어 버렸다구요. 지금도 제 몸 어딘가에 물귀신답게 찰싹 달라붙어 있겠지요."

"그래? 휘두백, 모습을 드러내 보거라."

무산의 버릇없는 말투에 잠시 인상을 찌푸리던 취설이 단호한 음성으로 명령을 내렸다.

「주인님, 저… 졸린데요? 어젯밤 수다를 떠느라 잠을 못 자서……..」

어디선가 휘두백의 목소리가 들려왔다.

무산은 길게 한숨을 내쉰 후 한심하다는 듯 오른쪽 손가락에 얼마간의 기를 실어 자신의 뒤통수를 때렸다.

「에구구……!」

곧 비명과 함께 휘두백이 바닥으로 나동그라지며 허우적거렸다.

"이런 잡귀신 같으니라고. 도대체 어찌 된 영문이더냐?"

「그걸 제가 어떻게 알겠습니깝쇼? 변고라고밖에…….」

"풋하하하, 한낱 물귀신 주제에 빙의를 시도했을 리도 없고… 이것 참! 아무래도 무산이 지닌 강한 양기가 네놈의 혼을 끌어들인 모양이로구나."

취설은 묘한 표정을 지으며 무산과 휘두백을 번갈아 쳐다보았다.

"그럼 도대체 어떻게 해야 이 물귀신을 제 몸에서 떼어낼 수 있는 겁니까?"

"글쎄, 귀신의 세계는 분명 인간의 세계와는 다르다네. 마치 음양의 이치와 같지. 살아 있는 생명체가 양(陽)이라면 죽은 이의 영(靈)은 음(陰)이라 할 수 있다는 얘기일세. 우주는 그렇게 음과 양의 대립과 균형으로 이루어진다네. 하지만 음과 양이 조화된 태극에서도 알 수 있듯 그 둘은 서로 영향을 주거나 뒤바뀌기도 하지. 살아 있는 이의 몸에서 영이 떠나는 것이나 죽은 이의 영혼이 다른 사람의 몸에 빙의되는 것이 한 예인데, 그럴 경우 양이었던 사람의 생명은 죽음을 통해 온전히 음이 되고, 빙의된 귀신은 사람의 몸을 빌었으니 양을 조종하지."

"그렇다면 휘두백이 내 몸에 붙은 건 후자의 경웁니까?"

무산은 빙의란 말에 은근히 신경이 쓰이는지 인상을 구기며 말했다.

"그렇지는 않다네. 그렇게 단순한 문제가 아니야. 계속 들어보게나. 사람이 죽으면 사람의 몸을 떠난 그것은 흔히 혼(魂)이나 백(魄), 또는 정(精)이나 신(神)으로 변하게 된다네. 이 가운데 혼백이나 귀신은 음지령(陰之靈)에 해당되고, 정(精)이나 신은 양지령(陽之靈)으로 구분되지. 그렇게 볼 때 휘두백은 분명 음지령(陰之靈), 보다 정확하게는 물귀신일세."

취설은 어차피 자기 몸에 붙은 귀신도 아니므로 그다지 급할 게 없었다. 하지만 가뜩이나 성질 급한 무산이 잠자코 있을 리 없었다.

"그런 기본적인 지식이야 누구나 알고 있지요. 지금 당장 내가 궁금해하는 것은 이놈의 물귀신을 어떻게 떨쳐 버리느냐 하는 거지요. 영영 몸에 붙어 다닐 텐데."

"꼭 그렇다고는 할 수 없네. 보통 사람들이 혼백, 또는 귀신에 대해 잘못 알고 있는 것이 하나 있는데, 귀신이 영구히 존재한다는 생각이 바로 그것일세. 실상은 그렇지 않거든. 귀신 역시 그 존재 기간이 있다네."

"그럼 도대체 이 물귀신의 수명은 얼마나 되는 겁니까?"

"그거야 나도 모르지. 다만 자네의 힘으로 흩어버린다면 아마도 그것이 휘두백의 마지막이 되겠지. 그런데 이것을 알아주었으면 좋겠네. 귀신은 그 바탕이 기(氣)인 까닭에 자신이 원하면 어떤 사물이나 생명체에 파고들 수가 있네. 중요한 것은 귀신에게도 사람과 같은 성정이 있어서 좋고 싫음, 기쁨과 공포를 느낄 수 있다는 것이지."

취설은 무산이 흥분을 하든 말든 천천히 이야기를 이끌어 나갔다.

"그게 도대체 무슨 얘깁니까? 내가 좋아서 이놈의 귀신이 나한테 붙었다는 얘기예요?"

"푸하하핫! 자네 생각에도 그런 거 같지는 않지? 내 생각에도 그건 아닌 듯싶네. 아무리 귀신에게 그런 능력이 있다 해도, 우주라는 거대한 공간이 생사의 두 범주로 나뉜 까닭에 서로의 영역을 고수하려는 성질을 가지고 있지. 게다가 휘두백은 자네를 무서워하고 있어."

"그럼 도대체 왜 나한테 붙은 겁니까?"

무산은 당최 이해가 되지 않는다는 듯한 얼굴이었다.

"일설에는 귀신이 사람에게 붙는 경우에도 양성인 남자보다는 음성인 여자에 더 잘 붙는다고 하지만 그야말로 낭설일세. 살아 있는 사람인 이상 남자나 여자나 모두 양성인 까닭이지. 마찬가지로 귀신은 음성인 까닭에 선과 악 중 어둠의 성향이 강한 악(惡)에 가깝다고 하나 그 역시 음양의 기초를 알지 못하는 무지한 언사일세. 하지만 귀신이 음기(陰氣)를 따르고 양기(陽氣)를 꺼리는 것만은 확실하네. 썩은 것, 탁한 것을 좋아하고 신선한 것, 맑은 것을 꺼리며, 나약하고 병든 것을 좋아하는 대신 명랑하고 밝은 것, 강한 것들을 꺼려하지. 불결한 것에 역신(疫神)이 붙어 전염병을 확산시키는 것도 그러한 이치일세. 송장이 썩는 곳, 어둡고 침침한 동굴, 뒷간 등이야말로 역신이나 잡귀들이 가장 좋아하는 곳이지."

취설의 설명에 무산은 식은땀이 흐르는 것을 느껴야 했다.

"음… 확실히 나하고는 거리가 멀군요. 그러니 저놈의 물귀신이 도대체 왜 나한테 붙었냐 그거예요, 내 말이!"

"글쎄, 계속 들어보라니까 그러는군. 그런데 그런 귀신들 역시 우주의 힘에 의해 어쩔 수 없이 자신보다 강력한 양기에 종속되어 버리는 경우가 있네. 가령 갑작스런 천둥과 번개 같은 것에 의해 음기가 사라질 위기에 처했을 때 귀신은 살기 위해 양기가 강한 사람에게 붙어버리는 경우도 있다는 것이지. 아마도 휘두백의 경우가 그런 예라고 짐작되는군."

취설은 나름대로 상황을 정리하며 최대한 설득력있는 추리를 이끌어냈다. 하지만 그것이 정확한 이론이라는 보장은 어디에도 없었다. 그럼에도 무산은 그나마 그러한 추리가 마음에 드는 듯했다.

"맙소사……! 내 고강한 무공으로 인해 휘두백이 나에게 달라붙게 됐다는 얘기군요?"

"에이그……! 자네랑은 길게 말하고 싶지 않군."

"나도 마찬가집니다요. 그러니까 원래대로 돌아갈 수 있는 방법이나 빨리 알려주세요."

무산은 모든 원인이 취설에게 있음을 상기시키기 위해 강경한 어조로 말했다. 그리고는 차를 훌쩍 들이마신 후 취설의 대답을 기다렸다.

"음… 이건 단순히 내 짐작이지만 한번 들어보게나. 그것을 원래대로 복귀시키기 위해선 다시 한 번 벼락 같은 힘을 발생시키고, 순간적으로 휘두백과 교차하는 수밖에 없다네. 그게 싫다면 귀신을 떼어달라고 신명에게 빌어야겠지."

"맙소사. 끔찍한 놈……!"

무산은 징그럽다는 듯 휘두백을 노려보았다.

취설은 그런 상황이 재미있는지 휘두백에게 다가가 튀어나온 눈알을 집어넣어 준 후 머리를 쓰다듬었다.

"그래도 자넨 비교적 운이 좋은 편일세. 물귀신은 대개 물에 빠져 죽은 이들의 혼백으로 아주 고약한 습성을 가지고 있지. 물귀신이 그 자리를 떠나는 방법은 대체로 한 가지일세. 물속에 머무르다가 다른 사람을 잡아들여 익사시킴으로써 그 자리를 지키게 하는 것이지. 하마터면 자네가 휘두백 대신 강물을 지키는 물귀신이 될 뻔했지만 이렇게 멀쩡하니 그야말로 다행 아닌가? 풋하하! 이 사람, 무산. 이미 엎질러진 물이니 어쩌겠는가? 자네가 다시 한 번 힘을 써보는 수밖에……."

"그럼 내가 그날 휘두백에게 사용했던 무공을 다시 시전하면 원래대로 저놈의 물귀신을 다시 물속에 가둘 수 있다는 얘긴가요?"

휘두백을 떨어뜨릴 수 있는 방법이 있다는 대답에 얼마간 안도한 무산은 다소 귀찮게 됐다는 듯 심드렁하게 물었다.

하지만 취설의 대답은 무산의 기대에서 크게 벗어나 있었다.

"아니, 그렇다고는 할 수 없네. 그것은 만 번에 한 번 나올까 말까 한 우연일세. 내 생각엔 명산을 찾아다니며 신명님께 기도하는 것이……."

"정 그렇다면 할 수 없군요. 이놈의 혼을 혼산공으로 흩어버리는 수밖에."

"그게 쉬울까? 휘두백이 자네 몸속에 달라붙어 있을 때 혼산공을 사용했다가는 자칫 자네의 혼마저 흩어질 수 있을 텐데?"

"……."

물귀신 휘두백(輝頭伯)

'젠장, 맨 처음엔 우리 영감, 그 다음엔 당수정 고 암고양이 같은 계집, 그리고 이젠 휘두백……! 도대체 왜 내 인생엔 그런 물귀신들만 잔뜩 달라붙어 있는 거야……!'

취설의 방을 나선 무산은 심란한 마음을 달래기 위해 정원을 거닐고 있었다. 하지만 며칠째 따가운 여름 햇빛이 내리쬐고 있는 탓에 풀과 나무에서도 참기 힘든 독기가 느껴질 뿐이었다. 향기는커녕 숨통을 옥죄는 갑갑함만이 무산을 괴롭히고 있는 것이다.

'아, 무산아, 무산아. 네가 전생에 무슨 죄를 그리 지었던고?'

무산은 아예 인생을 망친 사람처럼 자조의 늪에 빠져 좀체 헤어날 줄 몰랐다. 따가운 여름 햇볕도 유독 자신에게만 따가운 것 같고, 시원한 바람도 자신만을 피해 가는 것 같았다.

"자네가 무산인가?"

생경한 목소리가 들려온 것도 그때였다.

무산은 무심한 눈길로 목소리가 들려온 곳으로 고개를 돌렸다. 그리고 곧 오당마환의 별채를 빠져나오던 한 사내와 눈이 마주쳤다.

"그렇습니다만……."

무산은 역시 무심한 눈길로 사내를 바라보며 말끝을 흐렸다.

"하하하, 얘기는 많이 들었네. 나는 수정이의 사촌 오라비인 당비약일세."

당비약은 무산에게 다가와 그의 손을 마주 잡으며 호탕하게 웃었다.

"사소한 오해가 있어 하마터면 용문파를 공격할 뻔했지. 하늘의 도움인지 마침 자네 사부 되시는 승신검 대협께서 용문도장을 비운 덕에 마주치지 않았네. 하하. 하마터면 우리 당문의 18위가 큰일을 치를 뻔했지 뭔가? 하룻강아지가 범에게 대들려 했으니 이 얼마나 가소로운 일인가. 하하하!"

당비약은 무산의 눈치를 살펴가며 너스레를 떨었다.

용문에서 돌아온 당비약은 자신이 만수향으로 용문파를 제거하고자 했던 사실을 철저히 감추었다. 또한 초혼야수가 용문도장을 불태울 때 당문의 18위가 그곳에 있었다는 사실 또한 비밀로 했다.

다만 용문도장으로 향하던 도중 그곳에서 뜻밖에도 왜나라의 인자들을 만나 혈투를 벌이게 되었다고 둘러댔을 뿐이다. 당비약은 그 말에 덧붙여 어떤 이유에서인지 용문파가 왜나라의 인자들에게 쫓기고 있는 것 같다고 말했다.

'이건 또 뭐야. 얘가 당비약이야? 그래도 화롯가의 강아지가 범 무서운 줄 모르고 떡을 집어 먹는다는 등 하던 오비공천보다는 똑똑한 것 같군.'

무산은 당비약의 얼굴을 빤히 쳐다보고 있다가 곧바로 표정 관리에 들어갔다.

"아니, 당비약 대협이십니까? 흐히히. 형님의 명성은 이미 귀가 닳도록 듣고 있었습니다. 오늘 직접 뵈니 그야말로 위풍당당하십니다. 흐히히! 무산이 형님께 인사 올립니다."

무산은 즉시 땅바닥에 엎드려 절하며 호들갑을 떨었다. 그가 오당마환의 별채에서 나온 것만으로도 충분히 경계할 인물이라고 판단했던 것이다.

갑작스런 무산의 행동에 당비약은 얼마간 당황할 수밖에 없었다. 무산이 생각했던 것보다는 어수룩해 보였기 때문이다.

"아니, 자네 왜 이러는가? 내가 자네에게 이렇게 인사를 받을 처지도 아니고……."

당비약은 무산을 일으켜 세우며 그의 눈을 한번 훔쳐보았다. 좋게 표현하자면 얼마간 해맑고 천진난만했고, 있는 그대로 표현하자면 다소 모자라 보일 만큼 뭔가가 빠져 있는 듯한 눈빛이었다.

'정녕 이자가 당문의 시험을 통과했단 말인가……?'

당비약은 다소 혼란스러웠다.

오당마환은 당비약에게 무산을 설명할 때, 멍청하고 건방진 데다 경박하고 인성 교육을 제대로 받지 못했으나 승신검이나 천우막의 영향으로 그 무공만큼은 경시할 수 없다고 말한 바 있었다. 그런데 직접 만나보니 사부의 말은 있는 그대로였다.

당비약이 혼란스러워한 것은 바로 무산의 그런 점 때문이었다. 당비약이 알기로 양정과 음정, 취설은 결코 만만한 인물들이 아니었다. 그런 사람들이 낸 시험이라면 단순히 무공만으로 통과하기는 어려웠다.

많은 지식과 영악한 두뇌가 반드시 필요했던 것이다.

"허허, 이보게. 언제 시간 내서 술이라도 한잔하세나."

당비약은 무산이 눈엣가시로 여겨졌으나 친절하고 정감있는 태도로 일관했다. 아직은 상대에 대해 더 많은 것을 알아낼 필요가 있고, 그러기 위해선 경계심을 주어서는 안 되었기 때문이다. 더욱이 어차피 제거될 인물인만큼 최대한 방심하게 해 뒤를 노릴 필요도 있었다.

"흐히히, 당문에서 형님 같은 인재를 만나다니 이건 하늘의 뜻입니다그려. 헤헤. 저야 놀고 먹고 하는 처지이니 공사다망한 형님 시간에 맞추기 위해 언제든 대기하고 있겠습니다. 헤헤. 시간이 나는 대로 불러주십시오."

무산은 연신 굽실굽실하며 당비약의 비위를 맞추었다.

사실 무산 역시 당비약과 오당마환에 대해 당개수로부터 얼마간 들은 바가 있으므로 그를 견제하고 있었던 것이다. 고아로 자라면서 살기 위해선 늘 울고 웃는 두 가지의 표정을 동시에 준비하고 있어야 한다는 사실을 터득한 무산이었다. 당비약이 보여주는 연기와는 상대가 되지 않을 만큼 숙련된 표정 관리가 무산으로서는 지극히 자연스러웠다.

"그래, 그럼 내 조만간 자리를 마련함세."

당비약은 무산의 어깨를 두드리며 말한 후 자신의 숙소를 향해 걸음을 옮겼다.

'음… 더 지켜보아야 할 자다. 어쩌면 생각했던 것보다 더 위험할 수도 있겠어.'

잠시 동안의 만남이었지만 당비약은 무산에 대한 충분한 경각심이 생겨났다. 사람을 대하고 부리는 일에 능한 그였지만, 몇 마디를 주고

받는 동안 무산에게서 아무것도 얻어낼 수 없었다. 무산이 어떤 자인지, 어느 정도의 무공과 지식을 가지고 있는지 짐작조차 할 수 없었고, 그것이 더욱 위기감을 조성했던 것이다.

그것은 무산도 마찬가지였다. 그 역시 당비약의 뒷모습을 바라보며 앞으로의 당문 생활이 호락호락하지는 않겠다고 생각했다.

"야, 휘두백. 너 혹시 저 인간에 대해 알고 있냐?"

당비약의 모습이 시야에서 사라진 후 무산은 자기 몸 어딘가에 찰싹 달라붙어 있을 휘두백에게 말을 걸었다.

「몰라요.」

휘두백의 목소리는 곧바로 들려왔다. 하지만 워낙 귀신같은 놈이라, 아니, 귀신이다 보니 아무런 무게도 느껴지지 않아 도대체 어디에 달라붙어 있는지 알 수 없었다.

"너 지금 어디에 붙어 있냐?"

「주인님 등에요.」

휘두백이 고개를 늘여 그 끔찍한 얼굴을 무산의 눈앞에 바짝 가져다 대며 제 딴에는 방긋 웃는다고 웃어댔다.

"우욱……! 휘두백, 너 될 수 있으면 모습을 나타내지 마라, 응?"

「히히히, 제가 좀 역겹죠? 그래도… 물귀신 중에선 좀 나은 축에 속합니다요.」

"어쩐지 허리가 뻐근하더라. 너는 종놈이었다면서 죽기 전에도 너네 주인 등 뒤에 이렇게 올라타고 다녔냐?"

「아니오, 이런 자세는 주인마님이 좋아했습죠.」

"환장하겠군."

무산은 진저리를 치며 제자리에서 몇 번 껑충껑충 뛰어보았다. 혹시나 휘두백이 떨어져 나가지 않을까 하는 미련한 상상을 하면서.

"그나저나 너는 개구리랑 비슷하다는 녀석이 물에는 언제 들어가냐? 내가 우물에 데려다 줄까? 너를 우물에 집어넣은 다음에 우물 뚜껑을 닫을 생각인데, 그럼 우리 둘이 행복해지지 않을까?"

「소용없어요, 주인님. 이제 저와 주인님은 실과 바늘이에요. 잠시 동안은 떨어질 수 있지만, 제가 원하지 않아도 제 몸이 주인님 몸에 찰싹 달라붙게 될 거예요. 그리고 우물 뚜껑 닫는다고 못 나오면 그게 귀신인갑쇼?」

휘두백은 종놈의 근성이 살아나고 있는 것인지 어느 순간부터 '했습죠'의 말체를 섞어가며 연신 살갑게 굴었다.

하지만 물귀신이 제아무리 살가와도 분명 한계라는 것이 있었다.

무산이 비교적 까다롭지 않은 성격이었음에도 휘두백이 입을 열 때마다 나는 비린내와 송장 썩는 냄새는 좀체 참아주기 어려웠다.

"끔찍하다, 야. 하지만 내가 널 평생 이렇게 달고 다닐 수도 없지 않니? 좀만 귀찮게 굴면 혼산공으로 네 혼을 흩어놓을 거야. 너도 구차하게 물귀신으로 사는 것보다 그렇게 편안한 휴식에 드는 게 낫지 않겠니?"

무산은 서서히 휘두백 길들이기에 돌입하기 시작했다. 어차피 단시간 내에 떨쳐 내기 힘든 귀신이라면 말이라도 잘 듣게 다듬어놓을 필요가 있었던 것이다.

「주인님, 주인님 주제에 언제 종놈을 데리고 살겠습니까요. 제가 말 잘 들을게요. 주인님이 개면 저는 편자예요. 개 발에 편자란 말도 있잖아요. 제발 절 없애지 말아주세요.」

"개 발에 편자? 휘두백……! 너, 글자는 깨우쳤냐?"

「언감생심입죠. 글자 아는 사람이 열에 하난데 감히 우리같이 천박한 것들이… 그런데 그건 왜 물어보는 건갑쇼?」
 "휘두백아, 내 작은 바람이 뭔지 아느뇨?"
 무산은 길게 한숨을 내쉰 후 하늘을 우러러보았다.
「뭔갑쇼, 주인님?」
 "이 나라의 교육을 바로잡는 것이니라. 내 너처럼 무식한 놈들을 너무나 많이 상대하다 보니 새삼 교육의 중요성을 알게 되었다. 모두가 똑같은 사람인데 단지 배우지 못해 무식하고 무식하다 보니 그 삶이 평탄치 않으며, 타인에게 종속되어 자기 삶의 가치를 알지 못하게 되는 것이다. 아, 이 거국적인 고민으로 나는 목덜미가 굳어오는구나. 자, 들어가자. 어디 종놈의 안마 좀 한번 받아보자꾸나."
「…….」

4
물귀신 휘두백(輝頭伯)

요즘 들어 당문에선 잦은 회의로 원로들의 움직임이 부산해졌다.

그러나 오늘 회의는 문주인 당개수의 긴급 소집으로 당문 각 단의 단주급 이상이 참여한 가운데 열린 만큼 회의장에는 비교적 젊은 중진들도 포함되어 있었다.

평소 원로 회의 때와 마찬가지로 오당마환, 양정과 음정, 취설 등이 자리한 가운데 당개수가 회의를 주재했으며, 당비약과 오비공천, 당수정을 비롯한 몇몇 인물들이 참여했다. 그런데 그 자리에 이례적으로 무산이 새롭게 참석하게 되었다.

무산이 참석하게 된 데는 당개수의 적극적인 의지가 개입되었는데, 이미 사위로 낙점된 이상 일찌감치 그의 뒤를 돌봐주고자 하는 마음이 여과없이 드러난 것이다.

물론 오당마환은 마땅치 않은 기색을 보이고 있었으나 문주가 하는 일을 사사건건 제지할 수도 없는 데다 얼마 전에 연무장에서 망신을 당한 이후 나름대로 자숙하고 있던 터라 큰 문제는 없었다.

"오늘 여러분을 모이게 한 것은 무림맹에서 온 회합령 때문입니다. 이제껏 무림맹에서 우리 당문을 초대한 적이 없었던 만큼, 이번 회합령은 우리 당문이 강호에서 그 위신을 바로 세울 수 있는 좋은 기회가 될 것입니다."

당개수는 무림맹에서 보내온 회합령에 상당한 의미를 부여하고 있었다.

이제껏 당문은 단 한 차례도 무림맹이 주재하는 회의에 참석한 적이 없었기 때문이다. 그것은 당문이 그 회의에 참여할 의사가 없었기 때문이 아니라, 무림 각 파가 당문을 멸시하여 참석을 허용하지 않았기 때문이다.

하지만 지난 30년 동안 당문이 한결같이 일신과 개혁을 추진해 온 만큼, 무림맹에서도 얼마간 그런 당문을 치하하기 위해 이번 회합에 당문을 불러준 것이라고 당개수는 해석하고 있었다.

하지만 그것은 어디까지나 당개수만의 생각이었다. 사실 무림맹에서는 이번 회의에 그동안 무림맹에 참여하지 않았던 강호의 여러 세력을 초대했던 것이다. 그것은 소림의 범현이 세워둔 치밀한 계획에 의한 것이었다.

즉, 범현 거사는 화산 백의천의 반발을 무마하기 위해 강호에 터를 닦아놓은 여러 중소문파까지를 이번 무림맹 회의에 불러들여 비무대회의 개최를 선포하고 어느 문파가 되었든 비무대회에서 우승하는 문파에서 새로운 맹주를 뽑는다는 합의를 이끌어낼 계획이었던 것이다.

지난번 벽운산 일전에서 천무밀교에 패한 이후 강호에서 무림맹의 위신은 크게 타격을 입었고, 그 일을 계기로 무당의 장소천이 무림맹주의 자리에서 물러나게 된 만큼 범현은 그 두 가지 난제를 타개하기 위한 방안을 마련해야 했던 것이다.

첫째, 강호에서 무림맹의 위신을 바로 세우기 위해서는 강호 각 문파나 세가의 비웃음을 없애기 위해서라도 실력, 즉 무공으로 그들을 제압해야 했다. 무림맹의 건재함을 알리기 위해 비무대회는 반드시 필요했던 것이다.

둘째, 무당의 장소천이 물러남으로써 공석이 된 맹주 자리도 문제였다. 그 자리를 호시탐탐 노리고 있는 백의천을 견제하기 위해서라도 비무대회는 필요했다. 그동안 백의천이 무림맹을 위해 헌신을 한 만큼 관례대로라면 이번 무림맹주 직은 백의천에게 돌아가야 옳았다.

하지만 범현이 보기에 백의천은 무림맹주로서는 부족한 면이 많았다. 그는 욕심이 지나치게 많고, 이익을 위해서라면 사특한 일도 마다하지 않을 인물이었다. 화산에 대한 도를 넘은 애착도 무림맹에는 걸림돌로 작용할 것이고, 명예욕이 지나쳐 자칫 잘못된 판단을 내릴 수도 있었다. 범현의 눈에 백의천은 어쩔 수 없는 소인으로 비춰진 것이다. 그러나 그를 제압하기 위해선 뚜렷한 명분이 필요했는데, 무림 각 파의 참여 하에 치러지는 비무대회라면 상당히 좋은 명분이 되어줄 수 있을 듯했다.

하지만 그런 깊은 사정을 모르는 당개수로서는 이번 일에 고무되어 흥분을 감출 수 없었다. 당개수는 만면에 웃음을 머금은 채 다시 입을 열었다.

"또 한 가지 기쁜 소식은 이번 무림맹 회의가 각 파 신진들의 비무대회를 안건으로 하고 있다는 것입니다. 즉, 이번 비무대회에 참가할 자격이 우리에게도 주어질 것이란 얘깁니다. 그야말로 당문의 진면목을 보여줄 수 있는 절호의 기회가 될 것입니다."

당개수는 상기된 표정으로 좌중을 둘러보며 이야기했다.

하지만 당개수의 기대와는 달리 그의 이야기를 듣고 있는 사람들의 표정은 그다지 밝지 않았다. 특히 오당마환은 한심하기 그지없다는 표정으로 당개수를 쳐다볼 뿐이었다.

"이보시오, 문주. 그동안 무림맹의 개 노릇을 한 것도 모자라 이젠 허수아비 노릇까지 하잔 말씀이오? 비무대회라니? 무림맹이 주재하는 비무대회라면 강호의 거대문파가 모두 나오는 자리요. 과연 우리 당문에서 그들을 제대로 상대할 인물이 한 사람이라도 있을 것이라고 생각하오? 혹, 비무대회에 나가 암기나 독약이라도 뿌려대겠단 말씀이오? 이런… 쯧쯧쯧!"

연신 입술을 실룩거리고 있던 오당마환의 금마가 도저히 참지 못하겠다는 듯 큰 소리로 당개수에게 면박을 주었다.

금마의 입장에서는 답답할 수밖에 없는 노릇이었다. 아무리 그 명성이 땅바닥에 떨어졌다 하더라도 소림과 무당, 화산 등 오랜 역사를 자랑하고 있는 강호의 거대문파들은 당문과 비교될 수 없는 뛰어난 무공을 가지고 있었다. 부끄러운 일이지만 현재의 당문은 강호의 보잘것없는 하류문파에 불과했다. 금마는 지난번 무산과 오비공천의 비무를 지켜보면서 그 사실을 뼈저리게 확인했던 것이다.

물론 예전의 당문은 결코 그렇게 호락호락하지 않았다. 비록 어둠 속에 숨어 암기와 독공으로 악명을 떨치긴 했으나 아무도 함부로 덤비지 못할 만큼 힘이 있었다. 젊은 시절 금마는 그런 당문의 공명정대하지 못한 힘이 싫었지만, 당문의 근래 모습을 볼 때마다 자신의 판단이 잘못된 것이었음을 절감하고 있었다.

어차피 강호는 힘으로 승부하는 세계였다. 공명정대하든 그렇지 않든 중요한 것은 힘이었다. 정파입네 하며 위선으로 똘똘 뭉친 무림맹 역시 하나의 거대한 악에 불과했다. 그들 역시 다른 이들의 피 위에 자신들의 명성을 쌓아온 것이다.

30년 전 당개로의 죽음이 그랬다. 당개로는 살인과 강간을 일삼은 자들을 응징했을 뿐이지만 그에게 돌아온 것은 명예롭지 못한 죽음이었다. 무림맹은 자신들의 과오를 덮어둔 채 그동안 당문으로 인해 짓밟혔던 자존심을 회복하기 위해 똘똘 뭉쳐 당문을 공격하고, 정당한 복수를 행한 당개로에게 죄를 물어 죽음으로 몰고 갔을 뿐이다.

하지만 강호는 그것을 정의라고 치켜세우며 무림맹의 살겁을 정당화시켰다. 그것이 곧 강호의 정의고, 힘이고, 의리였다.

금마는 답답한 심사를 달래기 위해 차를 한 잔 마신 후 두 눈을 지그시 감았다.

"오당마환 사숙님들이 우려하는 바를 모르는 것은 아닙니다. 하지만 처음부터 너무 큰 것을 기대하는 것은 바람직하지 않습니다. 어차피 우리 당문은 무구한 세월 대를 이을 것이고, 지난 30여 년간 떳떳한 당문으로 거듭나기 위해 노력해 왔습니다. 이제 조금씩 그 결실이 맺어지고 있으니 당장은 그것만으로도 만족해야 할 것입니다."

금마의 말을 듣고 있던 당개수가 단호한 음성으로 말했다.

금마의 입장에서 당개수가 마땅치 않게 여겨지는 것과 마찬가지로 당개수의 입장에선 금마를 비롯한 오당마환의 태도가 눈에 거슬렸다.

당개수에게 있어서도 형인 당개로의 죽음은 큰 충격이었다. 그리고 그 또한 형의 죽음에 이를 갈며 복수를 다짐했다. 하지만 만약 당개수가 기존의 당문이 해오던 방식으로 복수를 감행했다면 오늘의 당문은 없었을 것이다.

30년이 지난 지금까지도 당문에 대한 믿음을 가지지 못하고 있는 무림맹이었다. 그들은 언제고 당문이 다시 자신들의 뒤통수를 노린다고 여겨질 때 아무 망설임 없이 당문을 멸문시키기 위해 칼을 들 것이다. 적어도 그들에게 있어 당문은 독버섯과 같은 존재였고, 30년 전 그날 당문을 멸문시키지 못한 것을 아쉬워하고 있었다.

물론 금마의 말을 모두 부정할 수만은 없는 일이었다. 그동안 당문의 힘은 많이 쇠퇴했고, 그들이 익히거나 쌓아온 무공은 하류문파의 그것과 다를 바 없었다. 당개수 자신의 무공부터가 어디에 내놓을 것이 못 되는 까닭에 그 스스로도 부끄럽기 그지없는 일이었다.

하지만 그래서 이번 비무대회가 더 중요했던 것이다. 비록 꼴찌를 하는 일이 있더라도 당문의 젊은 인재들을 큰물에 내놓아 강호가 얼마나 넓은지, 당문의 무공이 얼마나 하찮은지를 깨닫게 해 새로운 마음으로 무공 연마에 정진해 주기를 바라고 있었던 것이다. 비무대회에 나가게 될 경우 그들은 최소한 부끄러움 정도는 배워올 것이기 때문이다.

"그렇다면 문주는 이번 비무대회에 누구를 내보낼 생각이시오?"

잠시의 침묵을 깨고 입을 연 사람은 취설이었다. 취설은 비교적 입이 무거운 사람이라 회의 때에도 침묵으로 일관하기가 일쑤였으나 어쩐 일인지 이번 안건에는 적지 않은 관심을 보이고 있었다.

취설의 그런 모습은 당개수에게 얼마간 위안을 안겨주었다.

"글쎄요… 그 문제를 상의하기 위해 오늘 회의를 마련한 것입니다. 제 생각으론 많은 인원이 참가하긴 힘들 것 같아 우선 우리 당문 내에서 비무대회를 열고 거기에서 등수를 가려 참가 인원을 뽑았으면 합니다."

"음, 그렇다면 일단 무림맹 비무대회의 각 문파별 참가 허용 인원을 알아야겠군요. 하지만 그것은 어차피 무림맹 회의 때 결정될 사항이니 우리는 일찌감치 자체 비무대회를 엽시다. 그리고 오당마환 선배님들을 비롯한 원로와 중진들이 그 인재들의 훈련을 담당해 최대한 빠른 시일 내에 많은 것들을 전수해 주는 것이 좋겠습니다. 이왕 나가는 거, 망신은 면해야 하지 않겠습니까?"

취설이 관심을 보이자 양정 역시 당개수를 거들고 나섰고, 그로 인해 회의는 처음과는 달리 점차 활기를 띠기 시작했다.

사실 당문은 너무 오랫동안 한자리에 고여 있었다. 아무도 그들을 필요로 하지 않았으므로 자연히 활기를 잃었고, 그런 나날이 지속되다 보니 내부적인 갈등만 싹트고 가지를 뻗었던 것이다. 그런 점에서 이번 비무대회는 당개수의 기대대로 당문이 새롭게 활기를 되찾는 계기가 될 수도 있을 듯했다.

미시(未時)에 시작된 회의는 근 두어 시진이 지나서야 끝이 났다.

긴 회의에 지쳐 버린 무산은 숙소로 돌아올 무렵엔 파김치가 되어 있었다. 무산이 지친 것은 회의에 별다른 흥미를 느끼지 못하고 있었기 때문이다. 이왕 데릴사위로 들어오게 되었으니 눈총이나 받지 않고 있는 듯 없는 듯 조용히, 편하게 살아볼 생각이었건만 장인 될 당개수의 기대는 무산을 일찌감치 지치게 만들고 있었다.

"칙칙한 인간들이 참 말은 많군."

무산은 방문을 밀고 들어서며 혼자 중얼거렸다.

"무산 아우, 또 무슨 일이 있었나?"

"허거걱……!"

갑작스레 들려온 천우막의 목소리로 인해 무산은 하마터면 그 자리에 주저앉을 뻔했다. 물귀신을 달고 다니다 보니 몸이 허해진 것인지, 요즘 들어서는 사소한 일에도 깜짝깜짝 놀라곤 했던 것이다.

"허허! 이 사람, 귀신이라도 나타났는 줄 알았나? 놀라기는……."

무산의 침상에 앉아 있던 천우막이 환한 미소로 무산을 맞으며 말했다.

"아, 천 대협이셨군요. 그게……."

무산은 물귀신 휘두백의 이야기를 꺼낼까 하다가 그만두기로 했다. 물귀신 달고 다니는 것이 자랑도 아니고, 자칫 실없는 사람이 될 수도 있겠다 싶었기 때문이다.

"참, 무림맹에서 소집령을 내렸다고 하던데 그 소식은 들으셨는지요?"

천우막을 보자 마침 스치는 생각이 있어 무산이 화제를 돌렸다. 무산이 생각하기에, 양해구의 유품을 물려받은 이상 천우막은 더 이상 개방의 방주 자리를 사양할 처지가 아니었고, 이왕 방주가 될 바에는 무림맹 회의에서 공표해 그 소식이 최대한 빨리 강호에 퍼질 수 있도록 하는 것이 좋을 것 같았기 때문이다.

"그래, 개수 형님에게 들었네. 그래서 이렇게 자네를 찾아온 것일세. 나는 오늘 당장 천진으로 떠나 개방을 살펴본 후 곧 무림맹 회의에 참석해야 한다네. 좀 바빠지게 된 게지. 허허! 모처럼 개 발에 고운 살이 비치나 싶더니, 또 땀나게 생겼구먼."

"헤헤, 개 발에 편자라는 말이 떠오르는군요."

"엥? 그건 또 무슨 말인가?"

"히히히, 아무것도 아닙니다요."

무산은 자기 입에서 갑자기 튀어나온 말로 인해 잠시 당황해야 했다. 휘두백을 달고 다니다 보니 은연중 그에게 말투나 어휘가 전염되고 있다는 느낌이었다.

"음. 자네 입에서 나온 말이니 뭔가 깊은 뜻이 있겠지. 그건 그렇고, 실은 한 가지 궁금한 것이 있다네."

천우막은 말을 마친 후 무산의 얼굴을 지그시 바라보았다.

"혹, 지난번에 제가 시전한 타구봉법 때문에 그러십니까?"

무산은 어렵지 않게 천우막의 마음을 읽어낼 수 있었다.

사실 무산은 천우막이 그 일을 물어와 주기를 기다리고 있었지만 어쩐 일인지 그는 그것에 관해 시종 침묵을 지키고 있었다.

"음, 자네도 그 일에 대해 할 이야기가 있었던 게군."

"예, 양 방주님의 유품 중에 서책이 한 권 있었는데 그것이 그만 제 불찰로 불에 타버렸다고 말씀드린 적이 있지요? 그 책이 사실은 타구봉법의 비급이었던 듯싶습니다. 그 책이 타던 도중 갑자기 하나의 연기인형이 나타나서 타구봉법의 초식을 보여주더군요. 참 신비로운 경험이었습니다."

"그래… 역시 그랬군."

무산의 이야기를 듣고 있던 천우막은 고개를 끄덕이며 생각에 잠기는 듯했다.

그동안 천우막이 자신의 궁금증을 억누른 채 무산에게 타구봉법의 출처를 묻지 않았던 것은 천우막 자신이 짐작하고 있던 바가 있었기 때문이다.

개방의 타구봉법은 절대 비급을 통해 전해질 수 없다는 규칙으로 인해 수차례 명맥이 끊길 위기에 처했었다. 하지만 그때마다 묘한 인연을 통해 맥이 이어지곤 했다.

양해구가 실종된 이후 천우막이 방주의 자리에 오르지 않고 무작정 기다린 이유 역시 거기에 있었다. 타 문파에 비해 개방에선 신비주의에 의지하는 경향이 강했다. 그것은 방술이나 주술에 의지하는 사파와는 얼마간 다른, 개방 특유의 흐름이었다.

개방이 비록 강호에 이름을 떨치는 거대한 세력을 형성하고 있다고는 하나 그 대부분이 문자조차 제대로 깨우치지 못한 거지들이었으므로 그들을 조직화하고 통솔하는 데에는 상식 이상의 것이 필요했던 것이다. 개방에서 타구봉을 신성시하는 이유도 그것이었으며, 타구봉법의 전수에 있어 비급을 제외하는 이유도 거기에 있었다.

상황이 그러니만큼 천우막이 만약 양해구의 유품을 얻지 못한 상황에서 방주에 오를 경우 그의 권위에 의심을 품는 자들이 늘어날 것은 불을 보듯 훤한 일이었다.

"이것 참 고민이군."

천우막은 낮게 한숨을 내쉬며 머리를 쥐어뜯었다.

"뭐가 고민이란 말씀입니까?"

"원래 타구봉법의 전수는 차기 방주에게만 이루어지는 것이라네. 그런데 비록 기연이기는 하지만 자네가 양 방주의 타구봉법을 전수받게 되었으니 차기 방주는 자네가 되어야 하네. 그런데 이미 당문에 매인 몸이 되었으니……."

천우막은 물끄러미 무산을 쳐다보며 이야기했다.

천우막으로선 자신에게 직접 그 인연이 닿지 않은 것이 못내 서운한 것이 사실이었다. 하지만 그는 비교적 원칙에 충실한 사람이었으므로 무산이 개방의 방주로 지목되었다는 생각이 들자 그것이 끝내 마음에 걸렸던 것이다. 그가 이제껏 자신의 궁금증을 억누른 채 고민하고 있었던 것 역시 그런 배경이 있었기 때문이다.

하지만 천우막의 말은 무산을 당혹스럽게 했다.

"천 대협, 도대체 그게 무슨 씨도 안 먹힐 소립니까? 제가 방주가 되어야 한다니요? 개방이 아무리 거지발싸개 같은 문파라고 해도 서열이라는 게 있는데요. 그리고 무슨 물귀신입니까? 멀쩡한 사람을 거지로 만들려고 하다니……."

"허허, 이 사람, 무슨 말을 그렇게 심하게 하시는가?"

"제 말이 틀렸습니까? 가뜩이나 소 팔려가듯 팔려 다니는 인생에 짜증나기 시작했는데 이번엔 개방에 절 팔아넘기시겠다굽쇼?"

천우막의 성격을 잘 알고 있는 무산은 애초에 그의 입을 틀어막을 생각으로 강경하게 대처해 나갔다.

'그건 그렇고… 팔아넘기시겠다굽쇼? 이거 휘두백의 했습죠체에 벌써 전염된 건가?'

무산은 어제오늘 휘두백으로 인해 골머리를 앓아서인지 행동 하나 말투 하나에서까지 그의 영향을 받고 있었다.

"이보게, 무산 아우. 그렇게 화만 낼 일이 아닐세. 차근차근 내 얘기를 들어보시게. 우리 개방의 역사는 그야말로 무구하다네. 어쩌면 강호의 역사보다 길지 모르지. 칼이 있기 전에 빌어먹는 거지가 있었네. 역사상 가장 오랜 직업이라는 창녀보다도 더 오래된 직업일세. 모든 이들로부터 업신여김받지만, 모든 이들에게 위안을 주기도 하지……."

천우막은 장황하게 이야기를 늘어놓으려는 듯 서두부터 거창하게 출발하고 있었다. 하지만 무산은 절대 그런 수작에 넘어갈 위인이 아니었다.

"천 대협, 도중에 말을 잘라 죄송합니다만 제가 타구봉법을 익힌 것이 기연이라고 하셨는데 사실 저는 단순히 한 매개체에 불과합니다. 양 방주에게서 천 대협으로 이어질 계보를 제가 연결해 주었다는 말씀입니다. 이미 타구봉을 천 대협께 넘겨준 것처럼 말입니다. 무엇보다 중요한 한 가지는 현재 이 대륙에 발을 붙이고 있는 거지들을 이끌 인물은 천 대협 한 분밖에 없다는 겁니다. 괜한 규칙에 얽매이지 마십시오. 개방의 규칙이란 애초에 얽매임으로부터 벗어나 자유롭게 한 세상을 주유하고자 하는 무위의 정신에서 비롯된 것으로 알고 있습니다."

무산은 진지하게 말을 이으며 천우막의 얼굴을 쳐다보았다. 방금 전 그가 한 말은 모두 진심에서 우러나온 말이었다. 천우막의 인간 됨이라면 창녀보다 더 큰 골칫덩어리인 거지들을 잘 인도하며 대륙을 좀 더 아름답게 바꾸어놓을 수 있을 듯했다.

"하지만 비급을 전수받은 것은……."

무산의 설득에도 불구하고 천우막은 고집스레 원칙을 고수하고자 했다.

"아, 정 그러시다면 이제껏 말씀드리지 않은 이야기 하나를 들려 드리겠습니다."

천우막의 고집에 혀를 내두르고 있던 무산에게 언뜻 떠오르는 한 사람이 있었다.

"지난번 타구봉을 건네며 제가 석금이라는 인물에 대해 말씀드린 적이 있었지요. 그때 미처 석금이에 대해 자세한 설명을 드리지 못한 것 같은데, 사실 석금이는 양 방주로부터 직접 가르침을 받은 제자입니다. 타구봉과 서신을 간직하고 있던 이 역시 석금이였습니다. 비록 어수룩

하기는 하지만 본성은 맑디맑은 사람입니다. 천 대협께서 석금이를 거두어주신 후 대협의 뒤를 잇게 한다면 모든 인연이 제자리를 찾을 듯합니다."

무산은 왜 자신이 진작에 석금이를 떠올리지 못했을까 생각하며 한숨을 내쉬었다. 하지만 한편으론 위기에 직면한 순간에 비로소 진가를 발휘하는 자신의 머리가 기특하기도 했다.

무산의 이야기를 듣고 있던 천우막은 그제야 고개를 주억거리며 구겨져 있던 인상을 펴기 시작했다.

"하하하! 역시 무산이로군. 자네는 내게 있어 제갈공명에 버금가는 인물일세. 음, 자네 덕분에 답답하던 가슴이 뻥 뚫리는 듯하군. 자, 이리 와보게. 내 이 뜨거운 가슴으로 자네를 한번 안아주고 싶군."

"천 대협……! 안는 거라면 거지보다는 차라리 창녀가 좋겠는데요……."

"……."

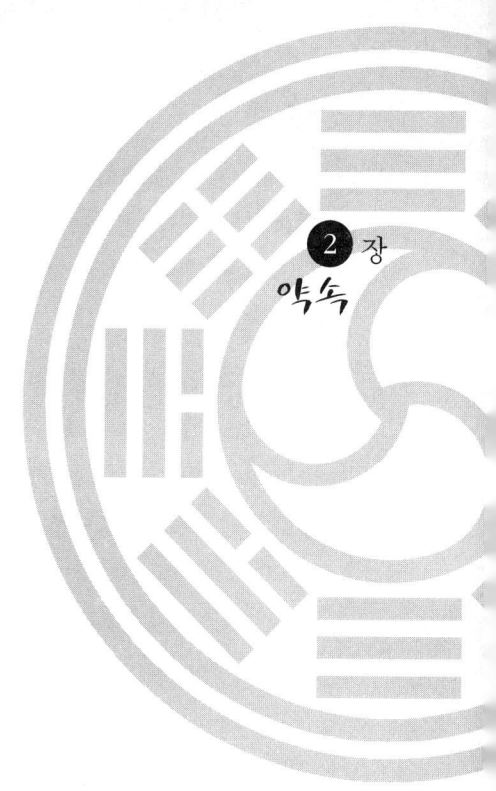

2장 약속

사나이는 약속 하나에 인생을 건다.
하지만 곧 후회하고 만다.
자신이 무엇을 잃게 될지 알기 때문이다.
이 얼마나 어리석은 짓인가.

1
약속

중국 오악(五岳)의 첫째로 손꼽히는 태산. 대륙의 모든 제왕과 천황들이 하늘의 정기를 받고자 친히 찾았던 성산(聖山)으로, 산동성 동부에 맞닿아 있다.

눈이 닿는 곳 어디에나 돌비석과 유적, 종묘가 자리해 있는 것만 보더라도 얼마나 많은 위인들이 이 산을 사모했는지 쉽게 짐작할 수 있다.

새벽 운무에 휩싸인 골짜기. 발에 채인 이슬이 채 떨어지기도 전에 이미 십여 장 앞으로 내닫고 있는 두 사람. 그들 역시 한때는 태산처럼 우뚝 솟은 바 있던 과거의 영웅을 만나러 가는 길이었다.

"사부님, 이 산이 목적지인가요?"

짙게 깔린 운무로 인해 모습을 확인할 수는 없지만 청아하면서도 고귀하게 들려오는 목소리는 방년의 여인임에 틀림없었다.

"그래, 이곳에서 과거 강호를 호령하던 한 위인을 만나게 될 것이니라."

뒤이어 나온 목소리는 쉽게 나이를 짐작할 수는 없으나 심오한 내공을 지닌 인물이었다. 그의 목소리가 골짜기로 퍼지는 동안 물 알갱이 같은 운무에 금이 가는 듯했고, 바람이 없음에도 나뭇잎들이 파르르 떨리고 있었다.

그렇게 내달린 것이 일각여. 그들은 짙은 운무를 벗어나 산비탈에서 솟아오르고 있는 태양 아래에 모습을 드러냈다.

한 중년인과 18, 9세가량의 여인. 여인은 목소리로 짐작했던 것 이상의 아름다움으로 햇빛을 무색케 했다. 그리고 여인보다 앞선 거리에서 여전히 빠른 속도로 내달리고 있는 사내는 영락없는 구용각이었다.

파검 구용각. 적선 사미의 배려로 접몽, 아니, 구소희와 함께 아미산을 떠난 그는 곧장 태산을 향해 쉬지 않고 달려왔다. 한 달가량의 일정으로 천천히 구소희와 여행을 즐기려던 처음의 계획은 채 사흘도 지나지 않고 깨져 버렸다.

북천문의 문주 매성목이 죽었다는 소문이 이미 강호에 파다하게 퍼져 있었던 것이다.

'매성목. 모든 것이 당신이 행한 죄의 대가이겠지만, 한 시대를 풍미했던 이의 죽음치고는 너무나 허망하구려.'

구용각은 끝내 자신이 늦고 말았음을 한탄할 수밖에 없었다.

아버지와 딸. 구소희의 친부는 얼마 전까지만 해도 북천문의 문주였던 매성목, 바로 그였다. 하지만 매성목과 구소희는 부녀 간으로 간단하게 정의될 수 있는 사이가 아니었다. 매성목은 그의 이복 누이인 야란과의 불륜을 통해 구소희를 낳은 만큼, 다르게는 외삼촌이기도 했던 것이다.

 구용각은 목적지를 향해 달리는 사이사이에도 구소희의 얼굴을 훔쳐보곤 했다.

 아버지와 딸. 구소희에겐 또 한 사람의 아비가 있다. 친모 야란의 목을 직접 벤 애처로운 아버지 구용각.

 만약 구소희의 친부가 매성목이 아니었다면 구용각은 야란의 목을 베지 않았을지도 모른다. 야란은 자신이 충성을 다해 모셨던 주인의 누이인만큼, 구용각은 끝끝내 그에 대한 충성을 지키기 위해 야란의 불륜을 덮어두었을 것이기 때문이다.

 결국 구용각에게 결코 용납할 수 없는 배신감을 안겨준 것은 아내 야란이 아닌 주인 매성목이었다. 구용각은 사나이로서의 삶을 산 사람이고, 어차피 사나이가 믿는 것은 여인이 아니라 자신과 같은 사나이였기 때문이다.

 '끝내 우리는 화해할 수 없는 사이가 되었구려.'

 구용각은 태산을 향해 달려오는 내내 머리 속에서 떠나지 않던 매성목의 얼굴을 다시 한 번 떠올려 보았다. 비록 그가 죽었음을 알게 되었으나 구용각은 북천문이 최근 본거지로 삼고 있던 태산으로 구소희를 데려가기로 했다. 머리를 잃은 주검이 되었을지언정, 친딸의 체취라도 느껴보게 하기 위해서였다.

 구용각은 북천문을 등진 채 강호를 떠돈 이후 매성목에 대한 모든 기억을 잊고자 했다. 하지만 사람의 일이란 사람의 뜻대로 풀리는 것이 결코 아니었다.

 약 반년 전, 어떻게 소재를 파악한 것인지 구용각 앞에 매성목의 심부름을 받고 찾아온 자가 있었다. 그는 매성목이 중병에 걸려 채 1년을

넘기지 못할 것이란 소식과 함께 매성목이 죽기 전 반드시 구용각을 만나고 싶어한다는 말을 전했다.

맨 처음 구용각은 그 자리에서 심부름꾼을 쳐죽이려 했으나 결국은 매성목을 만나기 위해 태산에 오르게 되었다.

구용각은 왜 그때 자신이 매성목을 만날 생각을 하게 되었는지 그 이유를 아직도 알 수 없다. 어쩌면 매성목의 말로를 보고 싶었던 것인지도 모른다. 그도 아니라면, 그에 대한 맹목적인 충성심의 잔재 때문이었는지도 모른다.

하지만 어떤 이유에서든 구용각은 매성목을 만나야 했다. 구용각 자신도 살날이 얼마 남지 않았음을 알고 있었던 것이다.

구용각의 몸은 만신창이였다. 적선 사미에게 접몽을 맡긴 이후 밥 대신 술로 살아왔기에 내장은 상할 대로 상해 있었고, 그렇게 상한 내장을 다시 술로 달래곤 했다. 아무도 모르게 매일 몇 모금의 피와 눈물을 쏟아내며 살아온 것이다.

사람의 인연과 정은 그렇게 모질었다. 잠에 들기만 하면 야란의 목을 베던 순간이 매번 똑같은 꿈으로 재현되었다. 술을 마셔도 마찬가지였다. 자신의 난폭한 성정을 다스리기 위해 피를 역류시키고, 자조와 자학과 자해를 일삼으며 떠돌이로 살아갔다. 그렇기에 누구도 원망하지 않았다. 어쩌면 매성목을 만나고자 했던 이유 역시 그 때문이었는지도 모른다. 더 이상은 그를 원망하지 않으므로.

구용각과 구소희가 가파른 계곡을 타고 한참을 더 올랐을 때는 계곡마다 자리 잡고 있던 운무가 완전히 사라져 있었다. 그리고 그 어느 때보다 화창한 날씨가 태산의 곳곳을 밝혔다. 그러나 그 밝음으로 인해 더욱 처참한 광경이 곧 그들의 눈앞에 펼쳐지게 되었다.

최근 몇 년 동안 북천문이 자리 잡고 있던 넓은 도장. 태산의 한 골짜기에 자리 잡고 있던 그 도장은 이미 폐허가 되어 있었다. 전각은 불에 타 있었으며, 곳곳에 썩어가는 시체가 누워 있었다.

"사부님······!"

눈앞의 참혹한 광경에 눈살을 찌푸리던 구소희가 걸음을 멈춘 채 구용각의 얼굴을 쳐다보았다.

'음······! 소문이 틀린 것이 아니었구나.'

구용각은 구소희의 반응엔 아랑곳없이 폐허가 된 북천문의 도장으로 걸음을 옮겼다.

강호엔 이미 북천문이 사라졌다는 소문이 파다하게 퍼져 있었다. 북천문을 멸문케 한 구황문에서 그 사실을 공공연히 떠벌리고 다닌 탓이었다.

구황 추역강은 매사가 철저한 인물이었다. 그는 단 보름 안에 강호에서 북천문이라는 이름을 지워 버렸던 것이다. 물론 그 뒤에는 흑자린이라는 빼어난 모사가 버티고 있었다. 흑자린은 이미 북천문의 최근 정황을 철저하게 파악한 후 북천문을 치기 위해 치밀하게 계획을 세워 두었던 것이다.

우선 구절심을 통해 병중에 있는 매성목의 목을 베게 한 후 무리를 둘로 나누어 한쪽은 북천문의 본거지를 토벌케 하고, 문주 추역강이 이끄는 또 한 무리는 장안으로 향해 매성목의 복수를 다짐하며 출동한 고수들을 기다리고 있었다.

흑자린은 소뢰왕의 성격을 잘 알고 있었다. 따라서 소뢰왕이 자신의 명성을 위해 북천문의 고수 모두를 이끌고 매성목에 대한 복수를 명분으로 구황문 토벌에 나설 것을 짐작했던 것이다. 그렇다면 북천 도장은 하급무사들만이 남아 지킬 것이고, 소뢰왕을 비롯한 고수들은 미끼를 던지며 달아나는 구절심을 따라 장안으로 오게 되리라 계산했던 것이다.

물론 그런 추리를 가능하게 한 데는 또 하나의 확실한 정보가 있었다.

내시 초화공. 어느 날 그가 구황문을 찾아왔다. 최근 강호에 떠도는 소문 그대로 초화공은 강호와 황실을 오가며 어떤 모의를 꾀하고 있었다. 그는 아주 주도면밀한 인간으로, 사파와 정파를 넘나들며 폭넓게 자신의 계획을 추진했다.

다소 경계의 눈으로 그를 바라보는 구황문의 수뇌들 앞에서 초화공은 느닷없이 북천문의 이야기를 꺼냈다. 얼마 전 북천문에서 자신에게 대량의 화약을 제공해 달라고 부탁해 왔다는 것이다.

초화공은 묘한 웃음을 머금은 채 평소 강호인들을 흠모해 온 만큼 쉽게 화약을 내주었다고 말했다. 물론 구황문의 누구도 초화공의 말을 있는 그대로 받아들이지 않았다. 초화공의 의도를 쉽게 간파할 수 있었기 때문이다.

초화공은 황실의 갈등을 조장하는 동시에 무림 각 파를 이간질해 서로 싸우게 함으로써 정국을 어수선하게 몰아가고 있었다. 이미 대부분의 문파가 그런 그의 얄팍한 의도를 알고 있었으나 서로 적대 관계에 있는 많은 문파들이 상대를 견제하기 위해 그와 속속 손을 잡았다. 서로를 이용함으로써 각자의 목적을 이루기 위해서였다.

구황문 역시 다를 바 없었다. 북천문이 초화공에게 화약을 얻어간 목적을 잘 알고 있었기에 어쩔 수 없이 초화공과 계약을 맺을 수밖에 없었다.

 물론 계약이라고 해도 별 내용은 아니었다. 서로 공조 관계를 갖되 우선 구황문이 북천문을 제압해야 한다는 것이었다. 초화공은 더 강한 자가 살아남는다는 강호의 이치를 존중하는 만큼 북천문과 구황문 중 상대를 제압한 문파에게 앞으로 지원을 아끼지 않으리라 말했고, 구황문 역시 황실의 주인이 바뀐 이후의 안위를 보장받는 조건으로 초화공과 공조 관계를 유지할 것을 약속했다. 또 하나, 북천문을 제압하게 되면 그들에게서 화약을 회수해 구황문이 사용해도 좋다는 약속을 얻어냈다.

 초화공과 구황문의 그 만남은 여러모로 구황문이 세력을 확장할 수 있는 확고한 기반이 되어주었다. 우선 화약으로 무장한 북천문의 암습을 피할 수 있게 되었고, 그들의 화약을 취해 막강한 힘을 보유하게 되었으며, 북천문의 잔당까지 흡수할 수 있게 되었기 때문이다.

 사실 북천문이 사라짐으로 인해 구황문은 천무밀교의 그늘을 벗어나 강호에 그 입지를 확고히 할 수 있게 되었다. 장안 여곽에서 추역강의 실력을 본 북천문의 고수들이 스스로 구황문의 문하에 들 것을 자청한 데다 강호의 소문은 한동안 그 사건을 중심으로 활발하게 퍼져 나갔던 것이다.

"소희야, 잠시 여기에서 기다리거라."

 폐허가 된 북천 도장을 망연한 눈길로 바라보던 구용각이 도장 안으로 걸음을 옮기며 말했다.

"예, 사부님."

 구소희는 영문도 모른 채 짧게 대답한 후 구용각의 뒷모습을 바라보았다.

 방년 18세, 갸름한 눈매와 하얀 피부, 매혹적인 입술과 관능적인 가슴 굴곡이 사람의 시선을 한순간에 사로잡는 미모의 여인 구소희.

 자신의 부모가 누구인지도 모른 채 풍경과 목탁 소리에 묻혀 살아온 그녀였지만 아무런 근심 없이 자라왔다. 적선 사미와 소림의 범현 거사는 구소희를 딸처럼 아끼며 자신들이 가진 모든 것을 전수해 주고 애정을 쏟아 부었던 것이다.

 하지만 구용각을 본 순간 구소희는 알 수 없는 감정의 떨림을 느낄 수 있었다.

 구용각의 모습은 너무나 황폐했고 허허로웠으나, 자신을 바라보는 그의 눈길에선 쉽게 표현하지 못할 많은 감정들이 상충하며 불타오르고 있었던 것이다.

 근 열흘가량 그와 동행하는 동안에도 구소희는 구용각의 눈길이 수시로 자신에게 머물고 있는 것을 느낄 수 있었다. 특히 태산에 다다른 이후에는 그 눈빛이 이채로운 빛까지 발하며 심하게 흔들리고 있었다.

 구소희는 본능적으로 그가 자신과 어떤 관계에 있는 사람임을 알 수 있었으나 물어볼 수도 없는 일이었으므로 묵묵히 뒤를 좇았을 뿐이었다.

 "소희야, 나를 따르거라."

 얼마 후 다시 돌아온 구용각이 구소희를 손짓해 불렀다.

 구용각은 곳곳에 쓰러진 시체들을 지나 그나마 온전한 모습으로 남아 있는 영실(靈室)로 들어섰다. 영실 안에는 한 개의 위패와 그가 사용하던 것으로 보이는 여러 가지 물건들이 놓여 있었으나 향로에 꽂힌 향은 이미 오래전 사그라진 듯 수북하게 재만 쌓여 있었다.

"우선 절을 올리거라."

향로에 향을 사른 구용각이 뒤따라온 구소희를 향해 낮은 목소리로 말했다.

구소희는 잠시 위패를 살피다가 놀란 얼굴로 구용각의 얼굴을 쳐다보았다. 위패에는 분명 북천문의 문주라는 직위와 함께 매성목의 이름 석 자가 또렷하게 적혀 있었던 것이다.

비록 오랜 세월 뚜렷한 활동을 하지는 않았으나 강호에서 북천문과 매성목을 모르는 이는 없었다. 구소희가 놀란 이유도 그것이었다.

"하지만 사부님… 이자는 사파의 수괴로 수많은 악업을 행한 자가 아닙니까?"

구소희 역시 이곳으로 오는 도중 매성목의 죽음에 관한 소문을 들었기에 새삼 그의 죽음을 놀라워하지는 않았다. 하지만 명문정파임을 자부하는 아미파의 제자로서 사파의 우두머리인 매성목에게 조의를 표한다는 것은 있을 수 없는 일이었다. 더욱이 그녀는 단 한 차례도 매성목과 만난 적이 없었기 때문이다.

구소희의 말에 구용각은 차갑게 표정을 굳힌 채 한동안 그녀의 얼굴을 노려보았다.

"죽음은 모든 죄를 씻는다. 그의 죄는 이미 씻겨졌으니 그에게 절을 올리는 것이 욕될 일은 아니다. 어서 절을 올리거라."

구용각의 목소리는 조금 떨려 나왔다.

구소희는 그런 구용각의 모습을 한동안 물끄러미 쳐다보았다. 죽음이 모든 죄를 씻는다는 억지도 그렇거니와 굳이 자신을 이곳에 데려온 목적 또한 의심스러웠던 것이다.

하지만 아직 나이가 어린 그녀가 사부의 명을 무턱대고 거역할 수는

약속 61

없는 일이었다. 구소희는 낮게 한숨을 내쉰 후 예를 갖추어 매성목의 위패에 절을 올렸다.

구소희가 절을 올리는 동안 구용각은 매성목의 위패를 물끄러미 쳐다보며 깊은 생각에 잠겨 있었다.

구용각은 이미 오래전 선과 악, 도덕 등의 굴레에서 벗어나 있었다. 그에게 있어 인간은 오로지 인간 그 자체일 뿐이었다. 누구를 원망할 수도 없는 일이었다. 어쩌면 모든 것은 우주의 운동처럼 막연히 일정한 궤도를 따라 움직여 가는 것인지도 몰랐다.

"사부님, 혹 소녀가 이 사람을 알고 있나요?"

절을 마친 구소희가 구용각에게 물었다. 그녀는 떨칠 수 없는 의혹으로 인해 혼란스러워하고 있었던 것이다.

"네 입으로 사파의 수괴라고 말하지 않았더냐? 맞다. 그는 북천문의 문주로 많은 악행을 저지르다 이제야 그 죗값을 받아 처절하게 죽었느니라."

"제가 드리고자 한 말은……."

"알고 있느니라. 소희야, 오늘 이 자리에 온 것은 네게 인간의 나약함을 보여주기 위해서였느니라. 제아무리 강호에 위명을 떨치던 인간이라 하더라도 그 끝은 늘 이와 같다. 무공을 익히기 전에 너는 우선 그것을 깨우쳐야 하느니라."

스스로 생각하기에도 어설픈 변명이었으나 구용각으로선 그 외의 다른 말을 떠올릴 수 없었다. 소희의 과거를 밝히지 않겠다고 이미 적선 사미와 약속해 둔 터였고, 그 자신 또한 과거로 인해 죄없는 소희가 상처 입기를 바라지 않았다.

"자, 이제 돌아가자꾸나. 너무 많은 시간을 지체했구나."

어리둥절한 표정을 짓고 있는 구소희를 외면한 채 구용각은 영실을 빠져나왔다.

처음 구소희를 데리고 올 때만 해도 구용각은 묘한 감정의 소용돌이에 휘말려 있었다. 구소희는 영락없는 야란, 즉 그녀 어미의 모습이었기 때문이다.

'마치 야란의 환생을 보는 듯하다. 어쩌면 저렇게 똑같은 모습일 수 있을꼬?'

제 어미의 모습과 너무도 닮은 구소희로 인해 구용각은 묘한 애증을 느끼며 그녀를 대해야 했다. 한없이 사랑스럽다가도 묘한 분노에 휘말렸고, 그저 애틋하게만 느껴지기도 했다.

반면 막연히 그리워했던 아버지로서의 정은 오히려 사그라진 느낌이었다.

"나는 적선 사미에게 한 가지 약속을 했다. 내가 가진 모든 무공을 너에게 전수해 주기로 한 것이지. 이제 그 약속을 지켜야 할 때가 온 것 같구나."

"……."

약속

"재천아!"

"예, 사부."

"개밥은 삼시 세 끼 잘 챙겨주고 있느냐?"

"물론입죠."

"그래, 잘하고 있느니라. 너는 굶더라도 개를 굶겨서는 안 되느니라."

"……."

열흘 만에 그럭저럭 다시 만들어진 용문도장.

기와 살 돈이 없어 통나무 벽에 짚을 얹은 초가로 전락하고 말았지만, 그나마 차가운 밤이슬은 피할 수 있게 되었다.

마침 뜨락을 거닐다가 이재천과 마주친 일소천은 자상한 미소를 머금은 채 그에게 이것저것 안부를 물었다. 죽을 고비를 넘긴 후 용문파의 사람들은 한동안 서로를 위로하며 모처럼 가족 같은 분위기 속에서 살아가고 있었던 것이다.
"재천아!"
"예, 사부."
"태교는 잘 시키고 있더냐?"
"예, 사부. 아침 저녁으로 똥개들을 모아놓고 제 지아비가 얼마나 훌륭했는지, 내력은 이러저러하고, 우리 용문파에 있어선 영웅적인 개였다는 것에 초점을 맞추어 상세히 들려주고 있습니다."
"그래, 잘하고 있느니라. 그런데 재천아……?"
"예, 사부."
"네놈은 매가 떨어지면 정신을 못 차리더구나."
"예?"
휘리릭, 착!
"으허헉!"
"이놈, 네놈이 감히 깜구의 씨를 뱄을지도 모르는 저 암캐들을 걷어차고 있어? 내가 방금 전 두 눈으로 똑똑히 보았느니라. 이런 개꼬리에 맞아 죽을 놈!"
휘리릭, 착!
"으허허허, 허헉!"
모든 것이 변해도 결코 변하지 않는 것이 있다. 교육에 있어서의 체벌이 바로 그것이었다.
깜구의 살신성인에 탄복한 일소천은 마을을 돌며 깜구와 관계를 가진 암캐들을 모조리 사들였다. 지붕에 기와 얹을 돈을 헐어서 아주 비싼 값을 주고 사들이는 바람에 개중에는 수컷까지 암컷으로 속여 팔려는 위인들이 있었으나, 용문마을 사람들은 비교적 선량한 이들이었기에 일소천은 정확히 스무 마리의 개를 사는 것으로 깔끔하게 일을 마무리 지을 수 있었다.

깜구의 살신성인에 탄복하기는 주유청도 마찬가지였다. 그는 그 스무 마리의 개 중에서 깜구의 씨를 받아 쌍두구를 낳는 개가 있다 해도 결코 그 개를 북경반점의 요리로 만들지 않으리라 다짐했다. 주유청은 즉시 형 주유술에게 그간의 사정을 적은 서신을 띄워 쌍두구를 잡아다 주기로 한 약속을 지키지 못하게 되었음을 분명히 밝혔다.

석금이가 미쳐 날뛰다가 사라져 실종된 후, 그에 대한 죄책감으로 인해 용문 가족은 개들에게라도 보상을 하고 싶었던 것이다. 아주 짧은 동안이었으나 석금이와 깜구가 용문파의 식솔들에게 남긴 인상은 그들의 가슴에 뚜렷이 각인된 셈이다.

용문파의 식솔들이 대체로 그러한 분위기 속에서 스무 마리의 개에 대한 애정을 돈독히 하고 있었지만 유독 이재천만은 그 개들과 앙숙이 되고 말았다. 하필이면 일소천은 이재천에게 개의 관리를 떠맡긴 것이다.

이재천 역시 처음 며칠간은 깜구의 희생 정신을 기리며 열심히 먹여주고 씻겨주고 시까지 지어 읽어주며 정성을 다했다.

하지만 이놈의 개들은 하나같이 똥개인지라 이재천이 지어준 시보다는 똥을 더 좋아했다.

한 놈이 똥을 누면 남은 똥개들이 한꺼번에 덤벼들어 그 똥을 놓고 싸움을 벌이는 바람에 놈들의 몸뚱이는 온통 똥칠이었다. 그런데 또 묘하게도 똥 먹는 데도 취향이 있는지, 어쩌다 설사에 가까운 똥이라도 나오게 되면 그 똥은 한 마리도 거들떠보지 않았다. 그럴 경우 그 똥을 치우는 것은 순전히 이재천 몫이었는데, 지들이 거들떠보지도 않는 똥에 이재천이 손을 대다 보니 개들이 이재천 알기를 아주 우습게 알게 되었다. 그래서인지 이재천만 보면 비웃듯 컹컹거리며 다가와 그의 다리에 오줌을 갈겨댔다.
　대략의 사정이 그러했으므로 이재천이 개를 개같이 보는 것이 결코 무리는 아니었다. 하지만 일소천은 그런 고충을 전혀 이해해 주지 않는 것이다.
　"사부님……! 개똥이라도 한번 치워보고 절 때리세요."
　한순간 이재천은 무작정 날아오는 채찍을 한 손으로 탁 움켜쥐었다. 그리고 살기 띤 눈으로 일소천을 노려보며 말했다.
　충분히 있을 수 있는 일이지만, 용문파 내에선 한 번도 있어본 적이 없는 일이었다. 그런 만큼 일소천은 어리둥절한 눈빛으로 이재천을 바라볼 수밖에 없었다.
　"제가 개똥이나 치우려고 제자가 된 것이 아니잖아요. 왜 저만 미워하시는 겁니까? 그동안 제가 수모를 겪으며 받았던 상처를 짐작이나 하십니까? 흐흑……! 저도 뼈대있는 가문의 귀한 자식입니다. 늘 부모님의 뜻에 미치지 못한 못난 자식이었지만, 저도 잘하려고 뼈를 깎는 노력을 했습니다. 뒤늦게 사부를 만나 무공을 성취함으로써 부모께 조금이라도 효를 행하고 싶었는데. 흐흑……! 더 이상은 못 참겠습니다. 도대체… 도대체 왜 유독 저만 미워하시는 겁니까. 도대체 제가 유청이보다 못한 것이 뭡니까? 왜 저만 미… 미워하시냐구요! 흐흑……! 저도 뼈대있는 가문의……."
　어느새 이재천의 눈가에는 눈물이 글썽이고 있었다. 그동안 일소천의 두드러진 편애를 견뎌내며 살아왔으나, 이젠 너무나 지쳐 버린 것이다. 사랑받고 싶어하는 자, 그 이름 이재천이었다.
"재천아……!"
"……."
갑작스런 이재천의 반발에 일소천은 한동안 황당해했으나, 잠시 후 그 황당함은 애처로움으로 바뀌었다.
"재천아, 내게 섭섭한 것이 많았던 게로구나. 이런, 이런……!"
"흑, 흐흐흑! 으아… 앙!"
일소천은 다독이듯 정감 어린 목소리로 이재천을 불렀다. 그리고 사부의 다정한 목소리에 이재천은 기어코 울음을 터뜨리고 말았다.
하지만 이재천은 아직 일소천을 모르고 있었다.
"그러게 이놈아, 누가 뼈대있는 가문에 태어나라더냐? 차라리 식당하는 부모 밑에서 컸다면 이 사부의 귀여움을 독차지했을 것을……. 게다가 개겨? 이 사부는 항명과 하극상을 최고의 악행으로 규정한 바 있느니라. 그런데 네놈이 감히 사부의 채찍을 막아……? 그래, 이놈, 오늘 한번 가슴에 한이 맺히도록 맞아보거라. 내 그렇게 노인 공경을 가르쳤건만 네놈이 이 노인네에게 앙심을 품고 있었단 말이렷다? 내 오늘 네놈이 평생 잊지 못할 날을 만들어주리라."
퍽! 퍼퍼퍽……! 퍽!
"으아, 으아악! 커… 커컥!"
일소천은 그대로 날아올라 이재천의 얼굴에 주먹을 날렸고, 이재천의 얼굴에서는 코피가 튀어 올랐다. 그리고 그것을 시작으로 무자비하고 본격적인 구타가 시작되었다.
하극상을 절대 용납치 않는 자, 군림하지 않고는 살아갈 수 없는 자, 그 이름 일소천이었다.

"어떠냐, 이놈아. 뼈대있는 가문에서 태어난 놈이라 뼈 하나는 튼튼하겠구나."

퍽! 퍼퍼퍽……! 퍽!

"캑! 으으… 허! 커… 커컥!"

마침 날도 흐린 탓에 매 타작당하는 이재천의 기분은 더할 수 없이 더러웠다. 하지만 일소천의 주먹질과 발길질보다 더 참을 수 없는 것이 하나 있었다.

춤추는 일소천의 주먹과 발 사이로 언뜻언뜻 비쳐지는 풍경.

단체로 개장국을 끓여 먹어도 시원찮을 그놈의 똥개들이 마당에 모여 맞아 죽어가고 있는 이재천의 모습을 아주 거만한 표정으로 쳐다보고 있었던 것이다. 살랑살랑 꼬리를 흔들며.

열해도 팽이와 무랑이 용문도장에 돌아온 것도 바로 그날이었다.

팽 영감과 무랑은 그동안 용문도장에서 벌어진 사건들에 대해 이미 팽가객잔에서 낱낱이 들은 상태였다. 그런 까닭에 새단장치고는 좀 더 추레해진 용문도장을 보면서도 그다지 놀라지 않았다. 다만 매질에 곤죽이 된 이재천의 모습에서 얼마간 충격을 받았을 뿐이다.

마침 팽 영감은 일소천을 위로하기 위해 팽가객잔에서 닭 십여 마리를 잡아온 터였다. 그 덕분에 그들은 모처럼 푸짐한 저녁을 만들어 먹으며 서로를 소개하고, 그동안의 이야기를 나누며 회포를 풀 수 있었다.

"잘 먹었냐, 소천아?"

"뭐, 다소 닭을 싫어하긴 한다만… 네놈 성의를 봐서 좀 먹어주었느니라. 꺼억……!"

"이놈, 성의치고는 좀 과하구나. 혼자서 네 마리를 먹어치우다니……! 이런… 제 입만 아는 놈. 제자 아낄 줄 모르는 놈. 닭 싫어하지 않는 놈!"

팽 영감은 닭 네 마리를 한꺼번에 해치운 후 일찌감치 나가떨어져 있는 일소천에게 팽, 소리를 내질렀다. 그리곤 한구석에서 일소천의 눈치를 보며 닭 모가지나 뜯고 있는 이재천을 안쓰러운 눈으로 쳐다보았다.

팽 영감이 생각하기에 하늘은 나날이 불공평해져 가는 듯했다. 일소천같이 성질 더러운 인간에겐 점점 제자가 늘고, 자신처럼 관대하며 통 크고 제자를 내 몸처럼 아끼는 스승에겐 개미 새끼 한 마리 달라붙지 않으니 분통 터질 노릇이었다.

무랑이란 놈이라도 한번 꼬셔보려고 그렇게 노력했건만, 염소 귀에 경 읽기였으므로 팽 영감은 이제 슬슬 자신의 후사가 걱정되는 마당이었다. 가장 최근에 만든 벽뢰도법(碧雷刀法)을 전수해 줄 제자가 필요한데 눈을 씻고 찾아보아도 자신에게 관심을 보여주는 자가 없었다.

그런데 용문도장에 도착해서야 팽 영감은 드디어 실낱같은 희망을 발견하게 되었다. 이재천! 매에 주눅이 들어서 닭 모가지나 빨아먹고 있는 그를 발견하는 순간 팽 영감은 비로소 용기를 얻게 된 것이다.

'저놈 정도라면 한번 꼬셔볼 만하다. 일소천 밑에 있다간 맞아 죽을 놈이니 이 몸이 또 박애의 정신을 실천해 보리라.'

팽 영감은 일소천의 눈치를 보며 슬금슬금 이재천 근처로 자리를 옮겼다.

"아니, 자네는 왜 살점도 없는 모가지만 뜯고 있는고? 이놈을 한번 뜯어보시게나."

팽 영감은 들고 있던 닭다리 하나를 이재천에게 건네며 지그시 눈웃음을 지어 보였다.

하지만 닭다리를 건네기 위해 펼친 팽 영감의 팔 동작에 놀라 이재천은 뒤로 나자빠지며 손으로 얼굴을 감쌌다. 이재천은 오늘 낮 일소천에게 죽도록 얻어맞고 그 충격에 시달리다가 한순간에 노루처럼 겁많은 짐승이 되어버린 것이다.

"이런……! 일소천, 이 미친 영감탱이야. 어떻게 사람을 이 지경으로 만들어놓을 수 있는고?!"

팽 영감은 필요 이상으로 호들갑을 떨며 이재천을 일으켜 세운 후 온몸으로 그를 감싸 안았다.

"저 늙은이가 오늘 웬 방정이야?"

일소천은 별꼴 다 보겠다는 듯 무심히 받아넘겼으나 그 옆에 앉아 있던 무랑은 의혹의 눈초리로 팽 영감을 빤히 쳐다보았다.

무랑은 함께 여행을 하는 동안 팽 영감을 완전히 파악하게 되었다. 그런 만큼 이재천을 감싸고 도는 팽 영감의 의도를 한눈에 알아차릴 수 있었던 것이다. 하지만 그런 팽 영감의 행동을 묵묵히 지켜볼 뿐 아무 말도 하지 않았다. 무랑 역시 이재천의 상태를 보는 순간 일소천과 함께한 지난 십수년 동안의 악몽이 떠올랐기 때문이다.

'그래……! 차라리 더럽게 미쳤어도 손찌검은 안 하는 팽 영감이 나을 수도 있지. 같은 인간으로서 이번 일은 눈감아주는 것이 좋겠어……!'

무랑은 남은 닭고기에 손을 가져가며 나직하게 한숨을 내쉬었다.

무산이 당문의 데릴사위가 되었다는 이야기를 일소천에게 들은 이후 무랑은 막연한 상실감으로 인해 마음이 무거운 상태였다. 비록 주유청과 이재천, 이편 등 새로운 가족이 생기기는 했으나 그 누구도 무산의 자리를 대신 메워주지는 못할 듯했다. 오히려 그들과의 생활에서 자신은 외톨이가 될지도 모르겠다는 생각이 언뜻 들었을 뿐이다.

무랑이 그렇게 생각에 잠겨 있는 동안에도 팽 영감의 수작은 계속되고 있었다.

"아가야, 일어서거라. 내게 장독(杖毒)에 잘 듣는 약이 있으니 어디 치료를 해보자꾸나. 그래, 그래… 그 닭다리는 들고 와도 되느니라. 아이고, 가엾은 것……!"

팽 영감은 마치 어린아이를 달래듯 이재천을 부축하고는 오두막 안으로 들어갔다.

일소천은 그런 그들의 모습을 물끄러미 바라볼 뿐 제지하지 않았다. 스스로 생각해도 오늘의 매 타작은 좀 과한 듯싶었던 것이다.

"재천이가 없어서 드리는 말씀입니다만… 저 녀석이 허우대만 멀쩡했지 머리는 텅텅 빈 녀석입니다. 게다가 생각보다 약골이어서 자칫 크게 다칠 수도 있으니 사부님께서 좀 너그럽게 대해주셨으면 합니다. 사부님께서 그러실 리야 없지만… 사람의 겉모습으로 모든 걸 평가하다가는 낭패를 당하기 십상이지요."

이재천이 자리를 비우자, 주유청은 감싸주자는 것인지 욕을 하자는 것인지 구분이 안 갈 만큼 모호한 말을 일소천에게 들려주었다.

하지만 그 말은 일소천보다는 방초를 의식해서 한 말로, 특히 '사람의 겉모습으로 모든 걸 평가하다가는 낭패를 당하기 십상'이라는 부분을 특히 강조하고 있었다.

그런데 그 속을 의식했을 리 없는 방초가 주유청의 말에 무심코 대꾸했다.

"그러게……. 나도 처음엔 네가 곰탱이인 줄 몰랐다니까? 호호호!"
 방초는 평소와 다름없이 배은망덕 이편 옆에 찰싹 달라붙어 닭다리를 뜯다가는 호들갑스럽게 말했다.
 "저… 낭자, 낭자가 아직 나의 사람 됨을 몰라서……."
 "닥쳐, 곰탱이! 난 내가 뭘 모른다는 소리가 제일 싫어. 그래, 나 무식해! 그래도 너보다 싸움은 잘해. 예쁘고."
 "……."

 한편 오두막 안에서는 팽 영감의 회유가 본격적으로 시작되고 있었다.
 "아가야, 일소천 그 영감탱이를 너무 원망하지 말거라. 네가 미워서 그러는 것뿐이지 원래 그렇게 무식한 늙은이는 아니란다. 물론 자기 맘에 안 드는 인간들을 매로 두들겨 죽게 하는 것은 몇 번 보았지만 누구에게나 그러는 것은 아니지. 그러니 그저 너를 쳐죽이고 싶어할 만큼 싫어하는 늙은이라고 생각하면 되느니라. 그래서 말인데……."
 팽 영감은 이재천의 옷을 모두 벗겨낸 후 상처에 연고를 발라주며 성심성의껏 일소천과 이재천 사이를 이간질하고 있었다.
 "네가 내 문하로 들어오면 어떨까 하는 생각이다. 그렇게만 해준다면 내가 운영하고 있는 요식업체를 네게 물려주는 것은 물론 저 영감탱이의 용등연검법을 꺾을 벽뢰도법까지 전수해 주마. 나는 욕심이 없는 늙은이라서 제자도 너 하나만을 받을 생각이니라. 내가 지금 확인해 본 바로는 네 근골이 만 명에 한 명 될까 말까 한 뛰어난 근골로, 너는 도법(刀法)을 위해 태어난 아이더구나. 너에겐 계집애들이나 사용하는 연검보다는 웅장하고 남성미 넘치는 도가 적격이다. 네 근골이 그것을 증명하고 있어."

팽 영감은 이재천의 어깨를 주물러가며 주저리주저리 말을 지어냈다. 그야말로 하늘이 준 기회였기 때문이다.

하지만 이재천은 멍한 눈으로 창밖의 나뭇잎들을 바라볼 뿐이었다. 마치 실연이라도 당한 사람처럼 가슴속으로 찬바람이 몰아치는 것 같았다.

엄지손가락……! 일소천의 엄지손가락에 찍히지만 않았어도 그는 결코 북경을 떠나지 않았을 것이다. 과거 이편이 치켜들었던 엄지손가락은 그의 인생을 결정짓는 한 암시가 되었고, 이재천은 어떤 식으로든 일소천에 의해 비로소 그 암시가 의미하는 바를 깨우쳤던 것이다.

만약 팽 영감이 그런 자초지종을 알았다면 일은 훨씬 수월했을는지도 모른다. 그러나 일이 그렇게 쉽게 풀린다면 인생은 얼마간 건조해질 것이다.

팽 영감은 손을 옮겨 이재천의 허리에 연고를 발라주며 다시 입을 열었다.

"내가 이것까지는 밝히지 않으려 했으나, 일소천이 얼마나 사악한 인간인지 아느냐?"

팽 영감은 이재천의 눈치를 살짝 봐가며 이야기를 꺼냈다.

"일소천은 환갑이 넘은 나이에 마군희라는 여인과 결혼을 했단다. 당시 마군희의 나이 20세. 무려 40년의 나이 차를 극복한 사랑이었지."

팽 영감의 이야기는 언젠가 술자리에서 일소천으로부터 직접 들은 이야기인만큼 분명 거짓은 아니었다.

마군희는 원래 몽고족 여인으로 미모는 그다지 뛰어나지 않았으나 현모양처의 상을 가진 여인이었다. 우연히 고비사막을 벗어났다가 산적에게 쫓기던 그녀를 일소천이 구했고, 바로 그날 두 사람은 몸을 섞고 부부의 연을 맺게 되었다.

그 부분에 관해 일소천은 굳게 입을 다문 채 대답을 회피했으므로 어떠한 상황이었는지는 알 수 없었으나, 팽 영감이 생각하기에 일종의 강간이 아니었을까 짐작할 뿐이다. 팽 영감이 가지는 상상력의 한계라는 것이 그 이상을 벗어나기는 힘들었으므로……

어찌 되었거나 일소천이 그녀를 만난 시점은 낭만파 계휼에 패해 강호를 등지고자 했던 때였으므로, 이미 부부의 연을 맺은 두 사람은 한갓진 용문마을까지 흘러 들어와 가정을 꾸리고 농사를 짓게 되었다.

그 이후의 일은 복수를 위해 일소천을 찾았던 팽 영감이 직접 지켜본 것이었으므로 굳이 일소천이 미사여구로 포장하려 해도 포장될 수 없는 적나라한 현실, 즉 철저히 사실에 입각한 이야기가 된다.

이제부터 시작되는 이 이야기는 일소천이 다시 검을 든 배경이다.

철저히 농사꾼이 되어버린 일소천은 마군희와의 사이에 아들 하나를 두었다. 열해도 팽이가 다시 비무를 겨루기 위해 일소천을 찾았던 바로 그 전 해에 태어난 아이였다.

아이의 이름은 일풍년. 농경 사회의 영향을 지극하게 받은 이름이었다. 풍년은 일소천을 닮지 않은 덕에 그런대로 사람답게 커갔고, 그 세 사람은 비교적 평온한 나날을 보냈다. 하지만 그들이 평온한 날들을 유지하는 데는 마군희의 일방적인 희생이 있었다.

비록 검 대신 괭이를 들기는 했으나 생전 농사일을 해보지 않은 일소천은 농사일에 도저히 적응할 수 없었다. 산을 개간해 밭을 만들고, 씨를 뿌리고, 김을 매고, 추수하는 모든 과정을 마군희가 담당했고, 일소천은 그저 취미 삼아 마당에 양귀비를 키울 뿐이었다.
　열해도 팽이가 복수를 포기하지 않고 용문마을 근처의 객잔을 인수해 터를 잡은 것도 그런 일소천의 나태한 생활을 두 눈으로 똑똑히 보았기 때문이다. 팽이가 보기에 일소천의 생활 태도라면 채 1년도 못 버티고 다시 검을 잡을 것이 확실했기 때문이다. 마군희가 아무리 사람 좋은 여자라 해도 유목민의 피를 이어받은 이상 혼자서 농사일을 오래 버텨내기는 힘들 것이라고 믿었던 것이다.
　하지만 팽이의 기대는 여지없이 깨져 버렸다. 마군희는 지치지 않고 혼자 농사를 지어 어린 자식과 게으르기 그지없는 늙은 남편을 먹여 살렸다. 게다가 아들 풍년이 점차 성장해 가면서 어미를 거들어 농사를 짓게 되었고, 팽이는 좌절하기 시작했다.
　돌이켜 보자면 팽이에게는 그때가 가장 큰 고비였다. 자칫 복수를 포기하고 하북팽가로 돌아갈까 고민도 해보았던 것이다. 하지만 팽 영감은 끝내 미련을 버리지 못한 채 일소천이 검을 드는 날을 기다렸고, 그날은 드디어 오고 말았다.
　마군희의 나이 마흔, 풍년의 나이 열아홉 되던 해였다. 마군희는 장성한 아들의 결혼 문제로 일소천과 상의하던 중 처음으로 동네가 떠나갈 듯 크게 부부 싸움을 하게 되었다.
　일소천은 그동안 키워온 본전을 뽑기 위해서라도 나이 마흔이 되기 전에는 장가를 들일 수 없다는 논리를 폈고, 그 말에 충격을 받은 마군희는 아들과 함께 분가할 것을 선언했다.
　쿠쿵!
　그 두 사람의 전쟁은 장장 1년여에 걸쳐 이루어졌고, 결국은 결별에까지 이르게 되었다. 마군희는 정말로 아들 풍년을 데리고 몽고로 돌아가 버린 것이다.

　이제 한족의 게으름에는 지칠 대로 지친 만큼 자기 아들만은 부지런한 몽고 여인을 아내로 맞게 해주겠다는 것이 마군희의 변이었다. 그녀는 그동안 자신이 얼마나 큰 인내를 가지고 일소천과 살아왔는지, 그 인생을 얼마나 후회하고 있는지를 꼼꼼히 적은 서찰 한 장만을 남겨둔 채 풍년이 끄는 마차에 올라 몽고로 떠났다.

　이후 일소천은 괭이를 내팽개친 후 다시 검을 잡게 된 것이다.

　그런데 한 가지 이상한 일이 있었다. 어느 날 느닷없이 아들 풍년이 찾아와 딸 방초를 맡기고는 자취도 남기지 않은 채 사라진 것이다. 그로 인해 일소천은 손녀 방초와 함께 웃기는 인생을 살아오게 되었는데, 괭이가 생각하기에 그것은 아무래도 마군희의 처절한 복수인 것 같았다.

　"알아듣겠느냐? 일소천이 그런 늙은이란다. 하나밖에 없는 아들마저 종처럼 부려먹기 위해 장가를 들이지 않으려 했단 말이다. 흐히히. 그놈이 괜히 무산이와 무랑이를 거두어들였는지 아느냐? 다 종처럼 부려먹기 위해서였느니라. 네놈 또한 마찬가지다. 그 늙은이 밑에 백 년을 머무른다 한들 얻어갈 것은 골병든 몸밖에 없느니라. 어떠냐, 소처럼 부려지고 개처럼 채이며 네 인생을 허비하겠느냐?"

　이재천에게 일소천의 과거를 죽 들려주던 팽 영감이 한숨을 내쉬며 깔끔하게 마무리를 지었다. 그리곤 이재천의 표정을 다시 한 번 살폈다.

　하지만 정작 이재천의 반응은 묘한 것이었다.

　"푸히히……!"

　그는 병든 당나귀처럼 치아를 드러내며 힘없는 웃음소리를 내뱉었을 뿐이다.

'아니, 이 녀석이 내 말을 안 믿는 거 아냐? 아니면 너무 두들겨 맞아 실성을 한 건가? 이렇게 심각한 상황에서 당나귀처럼 웃고만 있다니……!'

팽 영감은 한편으론 뜨끔한 구석이 있어 이재천의 반응에 흠칫 놀랐지만, 곧 두 손으로 이재천의 얼굴을 움켜쥔 채 두 눈을 빤히 쳐다보았다. 아무래도 상태가 좋지 않아 보였기 때문이다.

"푸히히히……!"

하지만 이재천은 초점없는 눈동자로 멍하게 앞을 쳐다보며 다시 한번 당나귀처럼 웃을 뿐이었다.

이재천은 팽 영감의 이야기를 듣다가 갑자기 북경반점에서 일소천이 했던 말을 떠올리게 되었던 것이다.

"내 일생에 후회없는 선택을 세 번 했느니라. 첫째는 내 자질을 살려 강호인이 된 것이고, 둘째는 네 할미 마군희(媽郡姬)를 아내로 택한 것이고, 셋째는 바로 주유청을 제자로 삼은 것이니라."

마군희와 주유청, 어쩌면 주유청은 마군희와 똑같은 길을 걷게 될지도 모른다는 생각에 이재천은 아픔을 모두 잊을 만큼 통렬한 환희를 맛보았다.

'그래, 주유청. 네놈은 일소천 영감한테 사랑 듬뿍 받으며 살아라. 나는 북경으로 돌아가련다. 푸히히… 푸히히히……!'

이재천은 드디어 일소천과의 모든 악연을 끊고 북경으로 돌아가기로 다짐했다. 일소천으로부터 입었던 마음의 상처, 주유청과의 이유없는 전쟁, 무식하기 그지없는 방초, 시(詩)의 심오한 멋을 이해하지 못하는 똥개들……! 이제 모두 안녕이라는 마음이 들었다.

그런데 그 순간이었다.

"이 불쌍한 녀석……! 오늘의 아픔은 나를 만나기 위한 고초였다고 생각하거라. 내가 널 강호의 이거로 만들어주마."

팽 영감이 이재천 앞에 엄지손가락을 들이밀며 비장하게 말했다.

"내가 널 강호의 이거로 만들어주마."

"내가 널 강호의 이거로 만들어주마."

"내가 널 강호의 이거로 만들어주마."

"내가 널 강호의 이거로……."

마치 환영처럼 이재천의 눈앞에 어른거리는 팽 영감의 엄지손가락!

쿠쿵……!

바로 그 순간 이재천은 자신이 이제껏 장님처럼 살아왔음을 깨달았다.

그동안 자신이 기다려 온 사부는 일소천처럼 엄지손가락으로 남의 이마에 낙인이나 찍는 불량스런 인물이 아니라, 자신을 강호의 엄지손가락으로 만들어줄 수 있는 팽 영감 같은 인물이었음을 깨닫게 된 것이다.

이재천은 아픔도 잊은 채 자리에서 벌떡 일어났다. 그리고는 팽 영감 앞에 넙죽 엎드려 절하며 고개를 바닥에 찧었다.

"사부, 저를 거두어주십시오… 흐흐흑!"

갑작스런 이재천의 행동에 팽 영감은 한동안 멍하니 앉아 있을 수밖에 없었다. 자신의 이야기에 감동한 인물은 한평생 살아오며 처음 만나보았기 때문이다.

"재천아……!"
　자신조차도 쉽게 이해할 수 없는 상황이긴 했으나 팽 영감은 그 기회를 놓칠세라 바닥으로 내려가 잽싸게 이재천을 끌어안으며 감회에 젖은 목소리로 이재천의 이름을 불러보았다.
　그제야 팽 영감은 어느 정도 그 상황을 이해할 수 있게 되었다. 이재천의 몸은 그야말로 불덩이였던 것이다. 정신이 오락가락할 만큼의 고열 상태. 분명 사람이라면 이 정도의 고열 상태에서 제대로 된 판단을 내릴 수는 없었다. 어쩌면 이재천이 팽 영감의 말을 있는 그대로 믿어준 까닭도 그 고열 때문이었는지 모른다.
　"흐히히……! 어쨌거나 분명 사제의 맹약을 했으니 오늘부터 네놈은 나 열해도 팽이의 제자이니라. 푸하하하하하하!"

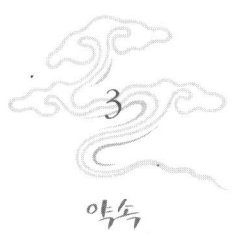

3
약속

"내게는 일정한 초식이나 검법이 없다. 그저 몸과 검이 하나가 되어 흘러 거리낌이 없고 두려움이 없을 뿐이다. 자, 검을 들어보아라."

하남성의 한 야산. 몇 해 동안 쌓인 상수리나무의 낙엽이 두터운 부엽토를 이룬 숲 속. 달빛이 교교하게 쏟아져 내리는 한 공터에서 구용각의 메마른 목소리가 음산하게 어둠을 밀어내고 있었다.

구용각의 맞은편에는 긴장된 표정으로 검을 쥔 채 굳어 있는 구소희가 있었고, 겨울의 삭풍처럼 건조한 바람이 나뭇잎들을 연신 흔들어댔다.

"네가 바람을 벨 수 있겠느냐?"

구용각은 여전히 메마른 음성으로 구소희에게 물었다.

"소녀는 그다지 지혜롭지 못합니다. 쉽게 설명을 해주시면······."

구소희는 구용각의 선문답 같은 질문에 얼마간 미간을 찡그리며 말했다. 벌써 며칠째 구용각은 똑같은 설명과 질문을 반복할 뿐이었다.
"그렇다면 네가 달빛을 가를 수 있겠느냐?"
"......"
구소희의 말에는 아랑곳없이 반복되는 구용각의 질문.
구소희는 전방을 향해 검을 겨루고 있을 뿐 미동도 할 수 없었다. 나름대로 구용각의 질문에 여러 형식으로 대답을 해보았으나 그때마다 구용각은 고개를 저을 뿐이었다.
"그렇다면 네가 이 적막을 가를 수 있겠느냐?"
"예!"
계속되는 구용각의 질문에 소희는 짧고 단호하게 대답했다. 더 이상은 시간을 낭비하고 싶지 않았던 것이다.
가외체 구소희. 소림의 범현 거사와 아미의 적선 사미를 스승으로 둔 그녀는 그들이 선보이는 무공을 단 한 차례만 보고도 완벽에 가까울 만큼 재현해 냄으로써 스승들의 입에서 저절로 탄성이 터져 나오게 했다.
구소희는 영악하고 승부욕이 강했으며, 사람의 마음을 읽는 데 타고난 재주를 지니고 있었다. 상대의 가치와 의중을 간파해 자신에게 이로운 사람이라면 어떤 식으로든 마음을 사 필요한 것을 취했으며, 가치가 없는 자라면 가차없이 외면했다.
그녀는 어린 시절 이미 자신의 신체 조건이 남보다 훨씬 뛰어나다는 것을 알았기에 범현이나 적선 사미에게 취할 것이 무엇인지, 그들의 마음을 사기 위해서는 어떻게 행동해야 하는지를 깨닫고 있었다. 가외체라는 신체 조건과 마찬가지로 그녀의 영악한 두뇌 역시 선천적으로 주어진 것이었다.

하지만 구소희는 새로운 사부, 즉 구용각에 대한 평가가 쉽지 않았다. 구용각이 이름을 밝히지 않은 까닭에 그의 과거를 알 수 없었으며, 행동이나 말이 언제나 한결같이 허허로워서 무공과 내공의 정도도 짐작할 수 없었다. 다만 적선 사미가 추천한 사람인만큼 무엇인가를 지닌 인물이라고 추측하는 것이 고작이었다.

하지만 벌써 20여 일을 함께했음에도 구용각은 그녀에게 아무것도 가르쳐 준 것이 없었다. 지혜나 무공으로 해결할 수 없는 무의미한 질문과 초식조차 없는 간단한 동작만을 반복해서 교육시킬 뿐이었다.

그런 까닭에 구소희는 은근히 짜증이 밀려오기 시작했다. 다행히 구용각은 사람의 품성이나 규율 따위에 얽매이는 인간이 아니었기에 범현이나 적선 사미처럼 자신의 숨통을 조이려 하지는 않았다. 구용각 앞에서는 위선으로 일관할 필요도 없었고, 부처처럼 너그러울 필요도 없었다. 자신의 욕망이 요구하는 대로 행동해도 되는 인물이었다.

방금 전 구용각의 질문에 당돌한 대답을 할 수 있었던 것도 그런 이유에서였다.

"그래? 그럼 어디 네 검으로 이 적막을 베어보아라."

구용각은 이번에도 메마른 음성으로 지시를 내렸을 뿐이다.

"휫……!"

이제껏 전방을 향해 무의미하게 겨누어져 있던 구소희의 검이 짧은 파공성을 내며 대각선으로 허공을 갈랐다

"그래, 네가 분명 적막을 갈랐구나. 자, 그럼 이제 바람도 갈라보겠느냐?"

구용각의 대답은 구소희의 기대와는 크게 어긋났다.

워낙 선문답 같은 질문이었기에 구소희는 방금 전 자신의 행동에 대

해 구용각이 어떤 트집을 잡아내 훈계를 하리라 믿고 있었던 것이다.

그럴 경우 구소희는 구용각의 말에서 어떤 핵심을 찾아내 그것을 검법에 적용해 볼 생각이었다. 즉, 지루한 선문답 대신 한 번의 꾸중을 통해 빠른 성취를 이루고자 했던 것이다. 하지만 구용각의 반응은 의외로 담담한 것이어서 아무런 핵심도 잡아낼 수 없었다.

"예, 사부님."

구소희는 바람도 갈라보라는 구용각의 지시에 이번에도 간결하게 대답했다. 파공성이 적막을 가른 증거라면 거기에 어떤 이의를 달 수는 없지만, 결코 가를 수 없는 바람을 가른다는 것은 어떤 식의 변명도 통하지 않는 무의미한 요구라고 여겼기 때문이다.

휘획……!

구소희의 검은 이번에도 짧은 파공성과 함께 장난처럼 허공에서 춤추었을 뿐이다. 바람 따위는 애초부터 그녀의 심중에 없었다.

하지만 이번에도 구용각의 대답은 똑같았다.

"그래, 네가 분명 바람을 갈랐구나. 자, 그럼 이제 달빛도 갈라보겠느냐?"

"……."

구소희는 도무지 구용각의 의도를 알아챌 수 없었다.

'방금 전 내 검이 바람을 갈랐다니, 그게 도대체 무슨 헛소리야……?'

도통 이해할 수 없는 구용각의 태도는 점점 구소희를 지치게 만들었다. 구소희는 검을 늘인 채 달빛 아래에 서 있는 구용각의 얼굴을 빤히 쳐다보았다.

아무것도 없었다. 그의 표정엔 도대체가 아무런 의문도, 감정도, 의지도 없었다. 그저 바람에 귀밑머리를 날리며 달빛 아래 묵묵히 앉아 있을 뿐이었다.

"예, 사부님."

구소희는 이번에도 짧게 말한 후 입술을 지그시 깨물었다.

"합……!"

짧은 기합 소리와 함께 구소희의 검이 구용각의 목을 향해 포물선을 긋기 시작했다.

구소희는 구용각의 실력을 보고 싶었던 것이다. 도대체 얼마나 잘난 인간이기에 가외체인 자신을 이렇게 홀대할 수 있는 것인지, 그가 말하는 바람과 달빛과 적막이 무엇인지 그 한 번의 공격으로 확인할 수 있으리라는 확신이 있었다.

…….

하지만 아니었다. 구소희의 검이 구용각의 목 앞에 아슬아슬하게 멈춰 설 때까지 구용각은 미동도 하지 않은 채 앉아 있을 뿐이었다. 눈한 번 깜빡하지 않고, 그저 방금 전과 마찬가지로 무심한 달빛에 눈길을 주고 있었던 것이다.

"그래, 네가 달빛을 갈랐구나. 이제 오늘의 가르침은 이것으로 끝내자꾸나."

"……."

다음 날 아침, 하남성과 섬서성의 경계에 즈음한 곳에 자리 잡은 시냇가. 햇빛을 받은 시냇물이 한여름으로 접어들고 있는 그 하루를 은빛으로 장식하고 있었다.

"사부님… 어디를 향해 가시는 겁니까?"

말없이 앞장서 걷고 있는 구용각에게 구소희가 물었다.

구용각은 이제껏 행선지도, 자신의 정체도, 무공에 대한 원리나 실습도 없이 무작정 구소희를 데리고 다닐 뿐이었다.

적선 사미에게 듣기로, 머지않아 무림맹의 비무대회가 열린다고 했으므로 구소희는 점점 조바심이 날 수밖에 없었다. 비록 자신이 가외 체이고 소림의 범현과 아미의 적선 사미라는 두 거인에게 무공을 배웠다고는 하나 정작 아무런 실전이 없었기에, 자신의 능력이 어느 정도인지, 다른 문파 제자들의 실력은 또 어떤지 알 수 없었던 것이다.

더욱이 단순히 참가하는 데 의의를 두는 것이 아니라 반드시 우승을 거머쥐어야 한다는 압박감, 아니, 그 이전에 반드시 이겨야 한다는 승부욕으로 인해 그녀는 하루하루 흘러가는 시간이 아깝게 느껴졌다.

그럼에도 구용각은 그저 태평할 뿐이었다. 도대체 왜 적선 사미는 저렇게 무용한 사부에게 자신을 위탁한 것인지 알 수 없었다.

"사부님……!"

자신의 물음에 구용각이 아무런 답변이 없자, 구소희는 구용각에게 바짝 다가가 얼굴을 빤히 쳐다보며 물었다.

"사천을 향해 가고 있느니라."

"이제 모두 다 가르치셨으니 아미산으로 돌아가자는 말씀인가요?"

구소희는 냉랭한 음성으로 비꼬듯 말했다.

그녀는 사천이란 말에 아미산을 떠올린 것이다. 분명 자신은 이번 여행의 목적이 무공 수련인 것으로 알고 있었으나, 정작 구용각과 함께 하는 동안 배운 것은 아무것도 없었다. 지난번 태산에서 사파의 수괴였던 매성목에게 절을 올리게 한 후 인간의 나약함이 어쩌고 하는 무용한 말만 들려주었을 뿐이다. 요 며칠 계속된 달빛 가르기라든가 하는 것들도 마찬가지였다. 실제 구소희에게 도움이 될 만한 것은 아무 것도 없었던 것이다.

"네가 진정 싸움을 배우고 싶더냐?"

구용각 역시 그런 구소희의 의도를 읽은 것인지 갑자기 걸음을 멈춘 채 구소희의 얼굴을 빤히 쳐다보며 물었다.

"예!"

느닷없는 구용각의 물음에 구소희는 잠시 흠칫했으나, 곧 마음을 가다듬고는 당돌하게 대답했다.

"무(武)는 무(無)다. 나는 너에게 무(無)를 가르치려 했으나 네가 원하는 것은 전(戰)이로구나. 그래, 전(戰)은 전(全)이다. 좋다, 덤벼보거라. 나는 온몸이 무기인 사람이니 너는 나를 통해 싸움을 배우게 될 것이다."

구용각은 뒤로 서너 걸음 물러선 뒤 구소희에게 덤벼보라는 듯 손짓을 해 보였다.

"알겠습니다. 소녀, 사부님께 가르침을 받겠습니다."

차—앙!

구소희는 검집에서 검을 빼 든 후 구용각을 겨누었다.

며칠 전부터 바라고 바라던 순간이었다. 구소희는 무능력한 사부에게 자신의 진면목을 보여주고 싶었다. 자신이라면 충분히 그를 꺾을 수 있으리라는 자신도 있었다.

구소희의 검이 몇 차례 춤을 추며 은빛의 시냇물처럼 햇빛을 농락하다가 한순간 구용각을 향해 쏘아져 들어왔다.

아미파의 절기인 난파풍검법!

현란하게 춤추는 파도처럼, 바람의 흐름을 깨뜨릴 만큼 어지럽게 쏘아져 들어오는 검영(劍影). 머리를 향해 날아오는 듯하다가 어느새 심장을 노리고, 다시 다리를 베듯 휘어져 들어오는 검신.

하지만 구용각은 그저 휘청휘청 물러서고 나서며 검을 피했고, 다시 휘청이며 절묘하게 구소희의 검을 비껴 나갔다.

"네 검은 어젯밤에는 적막과 바람과 달빛을 베더니, 오늘 아침엔 내 그림자만을 베고 있구나. 불가의 제자라 살생을 두려워하는 것이더냐?"

구용각은 그 흐름을 읽을 수 없는 난잡한 퇴법과 진법을 혼용하며 구소희를 농락하고 있었다. 그는 신기하게도 이미 구소희의 검이 지나친 위치에 서 있는가 하면, 어느새 그녀의 등 뒤에 서서 허허롭게 웃음을 흘리곤 했다.

구소희는 도저히 그 상황이 믿어지지 않았다. 이제껏 단 한 차례도 적선 사미를 상대로 비무를 겨룬 적은 없었으나, 자신의 검법은 이미 적선 사미를 뛰어넘었다 자부하고 있었다. 적선 사미가 펼치는 난파풍 검법은 구소희 자신에 비해 그 예리함과 속도가 다소 뒤떨어지고 있음을 두 눈으로 똑똑히 확인한 바 있기 때문이다.

'그렇다면 이 무명의 괴사부가 적선 사미보다 뛰어난 실력을 가지고 있단 말인가……?'

구소희는 자신의 검에 잡힐 듯하면서도 결코 잡히지 않는 구용각의 신기에 가까운 움직임에 점점 위축되어 갔다.

그렇게 반 각의 시간이 지난 어느 한 순간 날카로운 구소희의 검단이 드디어 구용각의 목에 닿았다.

"흡……?"

구소희의 입에서는 의문에 찬 신음만이 들려왔다. 분명 자신의 검단이 구용각의 목에 닿아 있건만, 그 검은 가만히 정지한 채 파르르 미미한 진동만 일으킬 뿐이었다.

검을 멈춰 세우고 있는 것은 단지 구용각의 두 손가락뿐이었다.

"이 검의 내력에 대해 이야기해 보겠느냐?"

구소희와 대치한 채 검지와 중지만으로 검신의 움직임을 제지하고 있던 구용각이 담담하게 물었다. 그 역시 구소희와의 비무가 쉽지만은 않은지, 머리카락으로부터 많은 땀이 흘러내리고 있었다.

"소녀가 열다섯이 되던 해, 사부 적선 사미가 하사한 검입니다. 아미의 보검으로, 그 어떠한 것도 벨 수 있다고 들었습니다."

구소희는 검을 쥔 손에 모든 기력을 실어 검을 비틀며 대답했다.

자신의 눈으로 직접 보고 있으면서도 그녀는 그 상황을 믿을 수 없었다. 행여 엄지와 검지로 검신을 잡고 있다면 상대의 내공이 워낙 고강해 그럴 수 있겠다고 생각할 수도 있으나, 검지와 중지만으로 자신의 힘을 감당하고 있다는 것은 도저히 믿을 수 없는 일이었다.

"그래… 그렇다면 몇 년의 시간이 지났으니 이 검은 이미 제 몫을 다했구나."

구용각은 담담하게 말한 후 검신을 쥐고 있던 손가락을 빠르게 비틀었다.

챙!

그 순간 구소희의 검이 잘려 나가며 맑은 소리를 냈다. 잘려 나간 검 조각은 하늘 높이 솟아오르다가 어느 한 정점에서 멈추더니 쏜살같이 떨어져 내렸다.

피—슛!

"헉!"

검 조각은 그대로 구소희의 발치에 떨어지며 모래 속에 깊게 꽂혀 버렸고, 그녀는 짧은 신음을 흘린 후 그 자리에 털썩 무릎을 꿇으며 구용각 앞에 머리를 조아렸다.

"사부님, 소녀의 하찮음을 깨달았어요. 그동안의 무례를 용서해 주세요."

"……."

구소희의 태도가 갑작스럽게 변하자 구용각은 묘한 눈빛으로 그녀를 쳐다보았다. 적선 사미가 말했던, 소불(少佛)이란 칭찬은 왠지 구소희 그녀에게는 걸맞지 않는 비유라고 느낀 것이다.

자신이 지켜보기에 구소희는 결코 겸손하거나 너그러운 마음을 가진 아이가 아니었다. 아내 야란의 모습이 겹쳐지는 까닭에 구소희에 대한 편견이 생겨난 것인지는 모르겠으나, 구용각으로서는 그녀에게서 소불보다는 색녀 야란의 체취를 더 확실히 발견해 낼 수 있었던 것이다.

"너는 단지 싸움에서 패한 것뿐이다. 하찮다니… 싸움에서 지는 것과 네 존재의 하찮음과는 분명 다른 것이다. 결코 진실을 왜곡하지 말거라."

구용각은 여전히 의미를 알 수 없는 말을 남긴 후 길게 한숨을 내쉬었다.

하지만 그 말은, 아니, 이제껏 구소희에게 해왔던 모든 말들은 어쩌면 구용각 자신에게 들려준 것들이었는지도 모른다.

구용각도 처음에는 몰랐다. 북천문의 12대 장로들에게 절학을 전수받고, 죽음을 앞둔 그들에게 모든 내공을 주입받았을 때만 해도 그는 하나의 무기에 불과했다. 오로지 북천문에 대한 충성심으로 수많은 싸움에서 상대를 꺾고, 짓밟았을 뿐이다.

무(武)와 전(戰), 그 둘이 가진 오묘한 상관관계를 이해하기엔 구소희가 너무 어린 것일까? 아니면 매성목이나 야란의 피를 이어받은 만큼 그 둘을 모두 이해하지 못하는 것일까?

구용각의 입에선 다시 한숨이 새어 나왔다.

3장 화촉(華燭)을 밝히다

세상의 많은 의례 중 가장 아름다운 것.
꽃과 노래와 술이 있는 예식.
혼례(婚禮)는, 한 남자와 여자의 죽음을 미화하는
가장 극적인 장례식이다.

1
화촉(華燭)을 밝히다

당문의 경사, 즉 무산과 돈수정, 아니, 당수정의 혼례가 치러지는 날. 사천성 일대엔 각지에서 몰려든 강호인들로 인산인해를 이루었고, 그만큼 소란도 많았다.

사소한 시비 끝에 싸움이 나기도 하고, 평소 적대 관계에 있던 문파가 서로 충돌하기도 하고, 타 지역의 거지까지 몰려와 어수선하기도 했지만 음식과 술과 노래와 춤이 어우러지면서부터 무산과 수정의 결혼식은 흥을 띠기 시작했다.

하지만 정작 무산의 장인인 당개수의 얼굴에선 혼사 내내 어두운 그림자가 지워지지 않고 있었다.

각지의 세가와 중소문파의 대표들이 대부분 참석했음에도 무림맹에 소속된 소림이나 아미, 화산, 무당 등 거대문파에서는 단 한 명의 하객도 오지 않았던 것이다.

그것은 내심 무림맹과의 친분을 두텁게 하고자 했던 당개수의 마음에 상처를 주고 말았다. 특히 같은 사천성 내에 본거지를 두고 있는 아미와 점창에서조차 자신들을 외면하자 당개수는 은근히 분노가 치밀었다.

가뜩이나 무림맹의 개니, 꼭두각시이니 하는 소리를 듣던 판국에 무림맹으로부터 그러한 대우를 받고 보니 오당마환이나 제자들을 볼 면목이 없었던 것이다.

한편 그 전날 한동안 종적이 묘연했던 귀수삼방이 돌아옴으로써 혼례가 치러지는 한 켠에선 냉랭한 기운이 감돌고 있었다.

귀수삼방으로선 그동안 별채에 틀어박혀 당문의 대소사에 상관 않던 오당마환이 자기들의 자리를 꿰차고 있는 것이 당혹스러웠다. 마찬가지로 오당마환은 오당마환 나름대로 귀수삼방의 귀가가 불만스러웠다. 골칫덩어리인 귀수삼방이 돌아옴으로써 자신들이 계획하고 있던 일들에 차질이 생기지 않을까 고심하고 있었던 것이다.

하지만 가장 큰 문제는 결혼 당사자인 무산과 수정이 여전히 냉랭한 대립 관계에 있다는 점이었다. 그들은 기회가 닿을 때마다 서로의 자존심을 긁어놓지 못해 안달을 했고, 신혼 초야를 어떻게 감당해 낼지 똑같은 고민에 잠겨 있었다.

무산은 혹시나 자신의 사부인 일소천과 사제 무랑이 참석하지 않을까 노심초사하며 기다렸지만 그들의 모습은 끝내 보이지 않았다.

그도 그럴 것이 당문에서는 당비약의 말만 믿고 용문도장에 사람이 없을 것으로 판단한 것이다. 게다가 현재 그들이 어디쯤 있으리라는 짐작도 없었던 만큼 청첩장을 보내 그들을 초대할 수도 없었다.

다행히 천진에서 방금 돌아온 천우막이 신랑의 아비 노릇을 해줌으로써 무산은 그나마 외롭지 않게 혼례를 마칠 수 있었다.

드디어 신혼 초야.
하객들의 시끌벅적한 수다와 노랫소리로 어수선한 와중에도 무산과 당수정이 자리한 신혼방에선 차가운 정적만이 맴돌았다.
막상 결혼을 하기는 했으나 워낙 강도가 강한 숙적인 까닭에 서로에게 어떤 식으로 대해야 할지 알 수 없었던 것이다.
한 잔, 두 잔, 세 잔……!
무산은 말없이 술을 비우기만 했고, 당수정은 당수정 나름대로 무좀 걸린 발바닥을 바닥에 벅벅 긁어대고만 있었다.
평소 같았으면 농담이라도 주고받았을 테지만 워낙 긴장된 순간이라 누구도 먼저 말을 꺼내지 못했다. 그렇게 묵묵히 소 닭 보듯, 닭 소 보듯 침묵을 지킨 것이 한 시진……!
기어코 무산은 대사를 치르기로 마음먹었다.
"흠, 흠……! 벗겨주리까, 아니면 혼자 벗겠소?"
"……"
"음… 치마부터 벗겨주리까, 저고리 먼저 벗겨주리까?"
"……"
워낙 현실적인 감각의 소유자이다 보니 무산의 입에선 첫날밤의 설렘을 북돋워 줄 만한 말이 떠오르지 않았다. 그저 생긴 대로 산다고, 필요에 의한 수순을 밟아갈 생각이었다.
"음… 그러니까 내 말은… 자신있는 부위가 젖가슴이오, 아니면……"
"으… 후우……!"

화촉(華燭)을 밝히다

무산은 나름대로 당수정을 배려해 주기 위해 물었으나, 당수정은 얼굴을 가린 면사가 파르르 떨릴 만큼 분노의 한숨을 내쉬었다.
　"음… 이거 아무래도 맨정신으로는… 수정, 혹 남은 탁혼미분이라도 어디 없겠소? 우리 또 한 번 광란의 밤을……."
　퍽!
　"어허헉……!"
　근 한 시진을 이어온 팽팽한 긴장은 그렇게 깨졌다.
　둘 모두 성인인만큼 결혼이 무엇을 의미하는지, 신혼 초야에는 어떤 일들이 벌어지는지 잘 알고 있었기에 두 사람 모두 나름대로 노력하려 애썼지만 워낙에 천적의 관계를 유지해 온 만큼 그것을 단시간에 깨뜨려 버리기가 쉽지 않았던 것이다.
　"이런, 소박맞을 여편네가……! 어찌 감히 하늘 같은 지아비의 입에 주먹을 날리냐?"
　"흠, 미안하다. 난 또 주둥인 줄 알았지. 그리고 아직 주제를 모르나 본데, 여기는 우리 집이야. 소박을 맞으면 누가 맞을까?"
　"……."
　"처가살이하는 주제에……!"
　쿠쿵……!
　그랬다. 무산은 비로소 고추보다 맵고, 독약보다 쓰다는 처가살이를 시작하게 된 것이다. 벙어리 3년, 귀머거리 3년, 봉사 3년을 지내고도 모자라 죽은 다음에도 처가에 뼈를 묻어야 할 팔자였다.
　무산은 한순간 초라해진 자신의 모습을 발견하곤 주눅이 들어야 했다.
　"수정… 벙어리, 귀머거리는 될 수 없을지언정 내 오늘 밤 열심히 봉사하리다. 우리 한번 화끈하게 놀고 그간의 찜찜했던 기억들을 훨훨 털어내 봅시다."

"봉사……? 놀아? 그럼 내 신발이나 닦으며 놀아봐, 이 변태토끼야."

"……."

정말 무산은 많이 노력했다. 소처럼 끌려왔어도 당수정을 위해 허수아비하고도 싸우고 물귀신까지 물리치며 나름대로 잘 보이려고 최선을 다했다. 하지만 당수정은 여전히 자신을 종놈 취급하며 깔아뭉개려 하고 있을 뿐이었다.

무산은 치밀어 오르는 분노로 인해 바르르, 몸을 떨었다. 그런데 그때였다.

「에휴, 쥔님은 정말 여자 다루는 솜씨가 개발에 편자군입쇼.」

휘두백이었다. 이놈의 귀신은 신혼 초야에도 무산의 몸에서 떨어질 줄 몰랐던 것이다.

[어절씨구리. 물귀신 주제에 전음을……? 그나저나 이놈, 네놈이 감히 주인님의 각시랑 동침을 할 작정이었더냐?]

무산은 일단 당수정으로부터 몇 발자국 물러나 창가에 몸을 기댔다. 당수정이 눈치 채지 못하게 은밀히 휘두백과 작전 회의를 하기 위해서였다.

「킥킥……! 걱정 붙들어 맵쇼. 이놈은 암컷들이라면 진절넌더리가 납니다요. 오죽하면 붕어를 잡아먹을 때도 그놈이 암놈인지 수놈인지 확인한 다음에 잡아먹겠습니까요?」

[하긴……! 간통하다 맞아 죽은 놈이니 그럴 만도 하겠구나.]

무산은 당수정의 눈치를 슬쩍 살핀 후 본격적으로 휘두백에게 상담을 요청하기로 했다.

마침 담장 위에서 흰 박꽃이 달빛을 받고 있었으므로 시선을 그곳에 고정시킨 채 최대한 고독한 남자의 모습을 연출하고 있었다.

「자세 좋고! 자, 무엇이 궁금하신갑쇼?」

휘두백은 전공 분야에 대한 확고한 자신감으로 무산에게 전음을 날렸다.

[음… 우선 저 콧대 높은 암고양이를 어떻게 공략할지가 문제로구나. 참고로 말해 두자면 우리는 이미 두 차례에 걸쳐 관계를 가진 사이이니라.]

무산은 아예 창틀에 두 팔을 얹고 턱을 괸 채 장기 상담을 위한 만반의 채비를 갖추었다. 그의 한평생이 첫날밤, 즉 오늘 하루에 달려 있었다. 잡고 사느냐, 잡혀 사느냐. 무산은 그 기로에 서 있었던 것이다.

하지만 정작 휘두백의 대답은 상당히 절망적인 것이었다.

「어허, 이런……! 이미 절반은 굽혀 들어가야 할 처지군……! 나를 총애하던 우리 마님의 경우를 참고로 하자면, 물방개 네놈은 이미 가망이 없다고 봐야 해. 우연히 듣자니, 네놈이 토끼라던데… 하고 많은 것 중에 왜 하필……! 우선 하나만 묻고 넘어가자꾸나. 토끼는 짐승인고, 가축인고?」

휘두백은 본격적인 상담에 들어가면서부터 갑자기 거만해졌고, 가뜩이나 주눅 들어 있던 무산의 자존심을 야멸스럽게 짓밟았다.

[음… 그러니까 그게……. 아니, 이런 대가리에 물도 안 마른 물귀신 놈이 누구한테 반말 짓거리야?! 간을 발라서 회를 쳐 먹어도 시원치 않을……!]

궁지에 몰린 무산은 무슨 변명인가를 찾으려고 전전긍긍하다가 이

내 휘두백의 싸가지없는 태도를 인식했고, 곧바로 혼산공을 펼치기 위해 한쪽 손에 기를 실어 들어 올렸다.

하지만 위기를 느낀 휘두백은 다급하게 무산의 행동을 저지시켰다.

「주인님! 잠깐만요… 워낙 이 방면에 뛰어나 밥 먹듯 상담을 하다 보니 저도 모르게 상담체 말투가 튀어나오고 말았습니다요. 이 하찮은 종놈에게 자비를……!」

[좋다, 다시 시작하자!]

결국 아쉬운 놈이 참는 수밖에 없었다. 무산은 다시 한 번 당수정의 눈치를 살핀 후 고독에 절은 남자의 한숨을 내쉬었다.

"후우, 달빛……!"

"놀고 있네!"

잔뜩 자세를 잡는 무산의 꿍꿍이를 알 수는 없었지만, 당수정은 그녀대로 생각을 정리해야 했기에 잠자코 발바닥이나 긁으며 앉아 있었다.

[휘두백, 이놈. 요점만 간추려 설명해 보거라.]

「허허……! 서두르지 맙쇼. 남자의 향기를 한마디로 정의하자면 야성입니다요. 즉, 거친 황야의 냄새, 사나운 짐승의 냄새를 풍길 때 여자는 그야말로 뿅 간다는 말씀입죠. 그런데 지금 쥔님의 문제는 짐승이 아니라 가축의 냄새를 풍긴다는 것입죠. 뭐, 사전적 의미를 떠나서 정의 내리자면 가축은 길들여진 동물. 짐승은 거친 동물, 즉 야수를 연상시킵죠. 그런데 토끼는 어디까지나 가축에 속합니다요.」

의외로 질서 정연하고 논리적인 휘두백의 설명에 무산은 고개를 끄덕이며 심취해 갔다. 아무리 종놈이라도 어느 한 분야에 있어선 전문가가 될 수도 있다는 사실을 무산은 그 순간 깨닫게 되었다.

[그래서……?]

「답은 간단합죠. 야수의 포악한 성정을 보여주는 겁니다요. 다시 한 번 우리 안방마님의 경우를 예로 들자면… 마님은 유난히도 채찍을 좋아했습죠. 제가 마님을 채찍질할 때마다 마님은 제 발가락을 핥아대며 아흥, 아흥 하는 교성과 함께 자지러지곤 했습니다요. 적어도 그 순간만은 저는 종놈이 아니라 야수였습죠. 물론… 마님 등에 난 채찍 자국 때문에 주인님한테 덜미가 잡혀 떡이 되도록 멍석말이를 당하긴 했지만…….」

[휘두백……!]

「옛?」

[변태 같은 자식……!]

「…….」

종놈의 수준이라는 것이 대체로 그렇듯 잘 나간다 싶던 휘두백의 결론 역시 다소 저질스러운 것이었다.

하지만 무산은 쉽사리 채찍이라는 소품을 머리 속에서 지울 수 없었다. 다소 이례적이긴 하지만 야수의 성정을 보이기 위해 그 앙증맞은 소품을 애용하는 이들이 있을 것이고, 어쩌면 당수정이 원하는 게 그런 식의 유희인지도 모를 일이었다.

한 예로, 당수정이 꾸준히 자신을 변태토끼라고 불러대는 것도 어쩌면 심중에 그런 행위에 대한 어떤 갈망이 있기 때문일 수도 있다는 생각이었다. 따지고 보면 당문이라는 조직 자체가 상당히 비정상적인 삶의 행태를 유지하고 있으므로, 그런 환경에서 자라난 당수정이 비정상적인 성생활을 원한다고 해서 이상할 것도 없었다.

'채찍이라……!'

무산은 끝내 채찍의 유혹을 떨쳐 내지 못하고 한번 시험해 보기로 마음먹었다. 당수정이라는 암고양이를 고분고분한 강아지로 만들 수만 있다면 무슨 짓이든 할 수 있을 것 같았다.

[휘두백······?]

「왜요······.」

휘두백은 한차례 무산에게 무안을 당한 후라 다소 퉁명스런 목소리로 대답했다. 휘두백의 입장에서 보자면 전문가의 소견을 무시하는 무산의 태도가 영 가소로웠던 것이다.

[너, 오늘 밤 우물에서 자!]

「히히, 채찍을 사용하기로 하셨군입쇼. 그럴 줄 알았습니다요. 알겠습니다요, 잽싸게 사라집죠. 히히히! 좌삼삼, 우삼삼. 좌로 세 번 내려치고, 우로 세 번 내려치십쇼. 아주 자지러집니다요. 히히히!」

휘두백은 무산이 자신을 인정해 준 데 대해 상당한 만족감을 표시하며 후닥닥 창문을 타넘어 우물로 튀어 들어갔다.

무산은 입가에 느끼한 미소를 머금은 채 한차례 방 안을 휘 둘러보았다. 하지만 신혼방에 채찍 따위가 있을 리 없었다.

"수정, 잠깐 나갔다 오리다."

무산은 잽싸게 표정 관리에 들어간 후 고독에 절은 듯한 음성으로 말했다. 그리고 방문을 열고 후닥닥 연무장으로 달려갔다.

무산이 나가자 방 안으론 좀 전보다 더 무거운 정적이 맴돌기 시작했다.

"흥! 머저리 같은 놈."

당수정은 가뜩이나 갑갑하던 면사와 예복을 벗어 던진 후 침상으로 가서 누웠다. 어린 시절 막연히 꿈꾸던 것과는 너무나 다른 신혼 초야.

그런대로 허우대도 멀쩡하고 무공도 제법 쓸 만한 데다 머리도 나쁜 것 같지는 않지만, 왠지 무산의 얼굴만 대하면 당수정은 냉랭한 태도로 돌변하게 되었다.

'딱히 싫은 것도 아니고, 설렘이 없는 것도 아닌데 내가 왜 이러지?'

무산이 나간 후에야 당수정은 자신이 너무 매몰차게 군 것은 아닌가 하고 후회하고 있었다. 어쨌거나 무산은 자신의 낭군이 되었고, 앞으로 한평생 같이 살게 될 텐데 너무 기를 죽이고 있는 건 아닌가 하는 생각도 들었다.

하지만 여자라면 당연히 이런 상황에서 자신과 같은 행동을 하게 될 것이다. 그런 마음을 몰라주는 무산이 멍청이일 뿐이다. 당수정은 그런 생각들로 머리 속을 복잡하게 얽어가며 나직이 한숨을 내쉬었다.

그런데 얼마 후, 무산이 방문을 열고 들어왔다.

"수정……! 이게 마음에 들지 모르겠소……."

무산은 방금 전 혼자서 은밀히 지었던 느끼한 미소를 입가에 떠올리며 뒷짐을 지고 당수정에게 다가갔다.

"왜… 왜 그래, 멍청이……?"

심상치 않은 기운을 감지한 당수정은 뒤로 물러서다 벽에 등을 붙인 채 불안한 음성으로 물었다. 무산의 눈이 불길에 이글거리고 있었던 것이다.

"짜잔……! 흐히히. 우선 옷부터 벗읍시다."

무산은 등 뒤에 감추었던 채찍을 앞으로 내밀어 한차례 두 손으로 탁, 탁 튕겨보더니, 이내 저 혼자 훌훌 옷을 벗기 시작했다.

"벼, 변태토끼……! 너 정말 죽도록 맞은 다음에 정신 차릴래?"

대충의 상황을 눈치 챈 당수정은 얼굴이 백지장처럼 하얗게 변해갔다.

"수정……! 우리 오늘 원초적 본능에 몸을 맡긴 채 한 쌍의 날치처럼 지느러미를 파닥여 봅시다. 흐히히……!"

무산은 둘둘 말려 있던 채찍을 풀어 목에 두른 후 서서히 당수정에게 다가갔다.

"거… 거기 서……!"

당수정은 명령인지 애원인지 모를 말을 내뱉었지만 너무나 충격적인 무산의 모습에 정신이 혼미해지는 것을 느낄 수 있었다.

"아아, 아아—악!"

…….

화촉(華燭)을 밝히다

　다음날 아침, 당개수의 방.
　분홍색 수실로 화려한 꽃을 수놓은 예복에 옥이 박힌 긴 비녀로 머리를 옥쥔 당수정과 간결하면서도 세련된 예복을 입고 머리에 관을 얹은 무산이 당개수와 천우막, 귀수삼방에게 차례로 문안 인사를 올렸다.
　이른 아침이긴 했으나 당개수 등이 앉은 식탁 위에는 술과 안주가 푸짐하게 준비되어 있었으며, 이미 몇 잔의 술을 들이킨 듯 그들의 얼굴엔 홍조가 어려 있었다.
　일류지대사로 일컬어지는 혼례를 주관한 어른들로서 그 기쁨을 밤새 술과 함께한 것이다. 돌이켜 보면 쉽지만은 않은 나날들, 자식이란 무거운 짐을 이제야 비로소 덜어낸 듯한 기분이었다.
　하지만 막상 무산의 얼굴을 마주 대한 당개수와 천우막, 귀수삼방은 안색이 굳어지고 말았다.

"아니, 자네 얼굴이 어쩌다 그 모양이 되었는가?"

당개수는 대충 짐작 가는 바가 있었으나 묻지 않을 수 없었다.

"예… 어제 침상에서 굴러 떨어지는 바람에… 혼자 자는 게 버릇이 된지라……."

무산은 궁색한 변명을 늘어놓았지만 그 자리에 있는 누구도 무산의 말을 곧이곧대로 믿지 않았다. 평소 당수정의 성품을 잘 알고 있었기 때문이다.

"음, 좀 조심하지 않고……."

당개수는 길게 한숨을 내쉬며 천장을 쳐다보았다. 차마 무산과 눈이 마주치기가 꺼려졌기 때문이다.

'애고, 자식이란 것이 시집을 보내놓았다고 해서 마음을 놓을 수 있는 게 아니로군.'

당개수는 손가락으로 의자를 톡, 톡 두드리며 계속 딴전을 피울 수밖에 없었다.

어젯밤, 휘두백의 조언대로 짐승으로서의 야성미를 펼치려던 무산은 뜻하지 않은 당수정의 반격에 애를 먹어야 했다. 결국 힘으로 제압해 옷을 벗기고 대사를 치르기는 했으나, 그 과정에서 온몸에 타박상을 입고 말았다.

눈두덩이 부어오른 것은 물론이고, 몸 여기저기에 손톱과 이빨 자국이 남아 한동안은 목욕도 마음 놓고 하지 못할 형편이었다.

채찍을 휘두르는 것은 꿈도 꾸지 못할 일이었다. 오히려 당수정에게 채찍을 빼앗기는 바람에 그 채찍에 목이 졸려 하마터면 신혼 초야에 황천 구경을 할 뻔했다. 하지만 막상 대사를 치른 이후, 당수정은 한동안 고분고분한 강아지가 되었다.

적어도 휘두백의 조언 중 야수로서의 남성이 여성에게 주는 매력은 틀린 말이 아니었다. 어젯밤 무산은 분명 토끼가 아닌 야수였던 것이다.

"그래, 수정아. 무산 저놈이 평소 밤일 하나는 잘한다고 우리에게 자랑을 늘어놓곤 하던데 어떠하더냐, 정말 그렇게 뛰어나더냐?"

흐뭇한 표정을 짓고 있던 암수가 당수정의 얼굴을 빤히 쳐다보며 짓궂게 물었다. 새신랑과 신부를 골탕 먹이는 것만큼 재미있는 일도 드문 것이다.

순간 예상했던 대로 당수정의 표정이 차갑게 굳어졌다. 하지만 그것도 잠시, 그녀의 입가로 묘한 웃음이 피어올랐다.

"어머, 사부님. 저는 어제 저 사람이랑 자지 않아서 잘 모르겠어요."

당수정은 얼굴을 들어 암수를 빤히 쳐다보며 뻔뻔스럽게 대답했다.

"풋하하하! 예끼, 이 녀석아. 그럴 리가 있겠느냐!"

"호호호! 믿어지지 않으시면 사부님께서 이 사람에게 직접 물어보시지요?"

당수정은 여유만만한 표정으로 암수에게 말했다.

"헤헤… 밤일 잘하는 무산아? 네가 정녕 신혼 초야를 그렇게 보내지는 않았겠지?"

의외로 당차게 나오는 당수정으로 인해 암수는 어리둥절한 표정으로 무산에게 물었다.

"푸하하하하! 사부님들, 첫날밤을 지샌 새댁들이 다 그렇듯 제 안사람이 수줍어서 그러는 거겠지요. 어젯밤 저희 방에서 흘러나온 교성 때문에 밤잠 설친 사람들 많습니다. 푸하하하하!"

무산은 부어오른 눈두덩을 손으로 어루만지며 호탕하게 웃었다.

"푸히히. 그것 보아라, 수정아. 네 녀석이 아무리 시치미를 떼어도 소용없느니라. 헤헤."

암수를 비롯한 귀수삼방과 천우막, 당개수는 모두 묘한 웃음을 머금은 채 당수정의 얼굴을 빤히 쳐다보았다. 새색시에게 무안을 주기 위해서였다.

하지만 당수정은 여전히 뻔뻔스런 표정으로 그들의 기대를 일시에 저버렸다.

"음, 사부님, 뭔가 잘못된 거 같아요. 저는 어제 분명히 토끼랑 잤거든요?"

"……."

쿠쿵……!

순간 주위는 거북한 침묵에 휩싸였고, 무산은 고개를 떨구어야 했다.

어젯밤 무산은 정말 열심히 노력했지만 대부분의 초보들이 그렇듯 결국은 야수토끼가 되어버린 것이다.

'이럴 줄 알았으면 평소… 연습이라도 많이 해둘걸…….'

무산은 뒤늦게 후회했지만 이미 엎질러진 물이었다.

귀수삼방이 따로 무산과 수정을 부른 것은 그날 저녁이었다.

여기저기 인사를 다니면서 얻어 마신 술로 곤죽이 된 무산은 몸도 제대로 가누지 못할 형편이었으므로 부득불 당수정이 그를 부축해 귀수삼방의 방까지 가야 했다.

"색시……! 내가 정말… 딸꾹……! 토끼야……?"

귀수삼방이 머무는 방 앞에서 무산은 하루 종일 자신을 짓눌러오던 압박감을 이기지 못하고 다시 물었다.
"네, 서방님."
"아흐흐흐흑……!"
당수정의 거침없는 대답……! 무산은 억장이 무너지는 듯한 비애 때문에 통곡을 할 수밖에 없었다.
이제 선택은 한 가지였다. 세상의 모든 토끼를 가축 아닌 야수로 정의 내리거나, 그 자신이 야수이기를 포기하는 것. 아무래도 후자 쪽이 가능성이 커 보였다.
"사부님들, 부르심을 받고 왔습니다."
"들어오너라."
무산의 고뇌엔 아랑곳없이 당수정이 맑은 목소리로 고했고, 뒤이어 허수의 다정한 음성이 들려왔다.
"호호, 사부님들. 이제 전 이 사람의 지어미가 되었으니 아무 때나 오라 가라 하시면 안 되지요. 앞으로 많이 심심하실 텐데 제가 애완용 토끼라도 한 마리 선물해 드릴까요?"
방 안으로 들어선 당수정은 방긋방긋 웃으며 애교를 떨었다. 혹시라도 자신의 결혼으로 인해 사부들이 상실감을 가지진 않을까 하는 걱정 때문이었다.
하지만 무산은 정작 당수정의 농담으로 인해 자신 안에 감추어져 있었을지도 모르는 야수의 본능이 상실되고 있음을 느껴야 했다.
"수정이, 이 녀석. 그만 하거라. 한두 번 하면 농담이지만 그것이 계속되면 자칫 싸움이 되느니라. 네 남편이 정녕 토끼라면 그것을 감싸 주어야 하는 것이 지어미의 도리. 그렇지 않느냐, 밤일 부실한 무산아? 푸히히히……!"

암수는 참 고소하다는 표정으로 수정과 무산을 번갈아 쳐다보며 농지거리를 지껄여 댔다.

"암수야, 네놈이야말로 분위기 파악을 하려무나. 우리 손주사위의 몰골 좀 보려무나. 그새 얼굴까지 토끼가 된 듯하구나. 자꾸 그렇게 놀리다가 똥까지 토끼똥을 누면 네놈이 책임을 지려느냐? 자고로 밤일 가지고 놀리는 놈은 토끼만도 못한 놈이라 하였느니라."

침울한 표정으로 고개를 숙이고 있는 무산의 모습에 허수가 위로 같지 않은 위로를 해주었다. 그리고 그것이 또 무산의 속을 뒤집어놓았다.

'씨벌……! 영감들이 더 나빠……!'

무산은 차마 말은 못하고 술로 붉어진 얼굴만 더 붉힐 뿐이었다.

잠시 후, 웃음을 거둔 허수가 무산과 당수정을 바라보며 차분한 음성으로 입을 열었다.

"무산아, 수정아, 내 오늘 너희들을 부른 것은 긴히 할 이야기가 있어서이니라. 사실 오늘 밤 우리는 당문을 떠나느니라. 세 달 전 한 약속을 지키기 위해서이지. 어쩌면 돌아오지 못할지도 모르겠구나. 그래서 몇 가지 당부할 일이 있어 너희를 불렀느니라."

허수는 잠시 말을 멈춘 후 미동도 않은 채 그저 당수정과 무산의 얼굴만을 빤히 바라보았다. 그들의 모습을 조금이라도 더 오래 지켜보고 싶은 마음 때문이었다.

세 달 전, 파검 구용각으로 인해 수모를 겪은 귀수삼방은 그 복수를 위해 최근까지 많은 노력을 해왔다. 상처가 치료된 이후에도 당문으로 돌아오지 않고 계속 동굴 생활을 해온 이유 또한 그 때문이었다. 그곳에서 그들은 파검 구용각을 제압할 방책을 모색한 것이다.

하지만 막상 구용각을 제압할 뾰족한 방안이 떠오른 것은 아니었다. 이미 한차례 겨루어본 바에 의하면 구용각은 특별한 초식에 얽매이지 않은 까닭에 이렇다 할 약점 또한 없었다. 마치 바람과 빛처럼 자유자재로 빠르게 흘러갈 뿐이었다.

결국 귀수삼방은 자신들의 목숨을 걸고 최선을 다해 구용각을 합공하기로 했다. 비록 구용각이 한 시대를 풍미한 검객이었다고는 하나, 허수와 암수, 독수라는 이름의 귀수삼방 역시 그에 못지않은 명성을 떨쳐 온 것이다. 좀 더 냉정하게, 침착하게 상대한다면 용호상박의 싸움은 될 수 있을 듯했다.

설령 그 싸움에서 패해 죽는다 해도 그다지 아쉬울 것은 없었다. 이미 백수를 누린 데다, 후회없는 인생을 살아왔다고 자부할 수 있었기 때문이다.

아니, 어쩌면 귀수삼방은 막연히 자신들의 죽음을 예감하고 있었는지도 모른다. 언젠가 허수가 친 점괘에 의하면 그들은 올해 안으로 한날 한시에 함께 죽음을 맞게 되는데, 그것이 아무래도 내일 모레, 구용각과의 싸움이 되지 않을까 생각하고 있었던 것이다.

"사부님, 그게 무슨 말씀이세요……?"

갑작스런 허수의 말에 당수정은 내심 긴장하지 않을 수 없었다. 비록 농담으로 하루하루를 살아가는 사부들이긴 하지만 이번엔 뭔가 다르게 느껴진 것이다.

"이야기한 그대로이니라. 우선 내 이야기를 먼저 들거라."

허수는 당수정의 말을 자른 후 다시 말을 잇기 시작했다.

"내일 다시 원로 회의가 열릴 것이니라. 너희 둘의 혼사 문제로 인해 미루어지긴 했으나, 지난번 우리가 당문의 비급들을 숨겨둔 채 종적을 감춘 것에 대해 오당마환 늙은이들이 시비를 걸 모양이다. 하지만 우리는 오늘 밤 당문을 떠날 생각이니 그 회의에 참석할 수 없겠지. 수정아, 우리가 지난번 너에게 비급이 있는 곳을 가르쳐 주었지? 하지만 너는 섣불리 그 사실을 발설하지 말거라. 현재 당문에선 눈에 보이지 않는 이상한 흐름이 느껴지고 있다. 자칫 너희에게 위기가 닥칠 수도 있을 것이다. 그 비급들은 그때를 대비한 것이니, 언젠가 너희에게 도움이 될 것이다."

허수의 음성은 어느새 애잔하게 젖어 있었다. 어쩌면 이것이 당수정과의 마지막 만남이 될지도 모른다는 생각 때문이었다.

허수의 그런 모습을 본 암수가 재빨리 허수의 말을 이었다. 조금이라도 자신들의 약한 모습을 보이고 싶지 않았기 때문이다.

"사실 당문의 비급은 그 양이 어마어마한 만큼 우리조차도 아직 읽지 못한 것들이 있다. 비록 우리가 너에게 많은 것을 가르쳐 주고자 했으나, 그것이 당문의 모든 것이 아님을 명심하거라. 당문은 인간 안에 내재된 두려움이다. 아무리 없애려 해도 사라지지 않는 것, 그것이 바로 당문임을 명심해야 한다. 네 아비 당개수에게 어쩌면 우리 귀수삼방은 무거운 짐이었는지도 모른다. 네 아비가 추구하고자 했던 것이 우리와는 달랐기 때문이다. 하지만 그것이야말로 네 아비의 한계일 것이다. 수정아, 어쩌면 네 대에서 우리 당문은 진정한 위상을 되찾게 될 것이라고 우리는 믿고 있다. 너는 빛과 그림자, 그 모든 것의 가치와 의미를 아는 아이이기 때문이다. 자, 이제 나가보거라. 우리는 조용히 술이나 한잔 나눈 다음 이 지긋지긋한 방을 나서야겠구나."

암수 역시 눈가에 일렁이기 시작하는 눈물 때문에 말을 제대로 이을 수 없게 되자 손을 휘저으며 당수정을 내보내고자 했다.

"하지만 사부님……."

"어허, 수정아. 이 늙은이들의 주책을 더 보고 싶은 것이냐? 이제 네게는 여우 같은 자식이 생길 것이고 또 당장 토끼 같은 남편이 옆에 있으니 이제 철이 들어야 할 것 아니냐."

시종 침묵을 유지하고 있던 독수가 짐짓 노한 음성을 가장해 소리쳤다.

하지만 그 말에 화들짝 놀란 것은 무산이었다.

"사부님들… 꺼억! 토끼 토끼 하지 마세요. 저는 야수예요. 어흥! 꺼억! 이것 보세요. 어흥 하고 우는 토끼 봤어요?"

술에 곤죽이 되어 꾸벅꾸벅 졸고 있던 무산이 입술을 삐죽 내민 채 소리쳤다.

"토끼가 없으면… 꺼억! 누가 토끼풀을 먹나요? 꺼억!"

무산은 아예 자리에서 벌떡 일어나 귀를 잡고 깡충깡충 뛰어다니며 재롱을 피웠다.

"푸히히히! 저 귀여운 놈을 다시 보기 위해서라도 반드시 돌아와야겠구나. 푸히히히히…!"

암수의 젖은 목소리가 공허한 웃음과 함께 방 안에 맴돌았다.

'수정아, 네겐 이제 새로운 삶이 기다리고 있느니라. 부디 당문의 딸답게 강하게 살아가거라. 너로 인해 우리 세 늙은이의 삶이 아름다웠느니라.'

귀수삼방은 마지막이 될지도 모르는 당수정과의 만남을 그렇게 끝맺었다.

화촉(華燭)을 밝히다

    천우막과 당개수가 무림맹 회의에 참석하기 위해 소림사로 떠나기로 한 것은 다음날 이른 아침이었다.
    당개수는 당수정의 혼례로 인해 무림맹과 소림에 섭섭한 마음을 품고 있었으나, 공과 사의 구분을 철저히 하는 성격인만큼 자존심을 버리고 무림 회의에 참석하기로 한 것이다.
    하지만 인사를 올리기 위해 천우막과 함께 별실을 찾았을 때 귀수삼방은 이미 당문을 떠나고 없는 상태였다.
    당개수는 뒤늦게 당수정과 무산으로부터 어젯밤의 일을 이야기 듣게 되었는데, 그 이야기에 함께 자리했던 천우막의 표정이 굳어지고 있었다.
    "자칫 불상사가 생길 수도 있겠구려, 형님……!"
    천우막은 길게 한숨을 내쉬며 당개수에게 말했다.

"그게 무슨 소린가, 아우님?"

"그러니까 그게……."

천우막은 세 달 전, 나루에서 구용각과 귀수삼방이 벌인 일전에 대해 상세하게 이야기했다. 그때는 그저 그렇게 싸움이 끝나는 것으로 천우막은 생각했다. 설마 귀수삼방이 그 일을 잊지 않고 목숨을 건 승부를 위해 떠나리라고는 상상도 못했던 것이다.

파검 구용각. 자신의 두 눈으로 확인했듯, 그는 신기에 가까운 무공을 소유한 자였다. 최근 강호에 모습을 드러내지 않아 그 명성이 많이 바래기는 했으나 그가 가진 무공은 소문으로 듣던 것 이상이었다.

"정말 귀수삼방 사숙들이 그 일 때문에 떠난 것이란 말인가……?"

당개수는 난처한 표정을 지으며 낮게 말했다. 어떻게 해서든 그 싸움을 말려야 할 것이나, 자신은 당장 무림맹 회의에 참석하기 위해 소림으로 떠나야 했던 것이다.

"형님, 어차피 그 나루는 소림으로 향하는 길목에 있습니다. 지금이라도 서두른다면 싸움을 막을 수 있을지도 모르겠습니다."

천우막이 당개수의 근심을 덜어주기 위해 재빨리 말했다.

"숙부님, 그게 정말이에요? 그렇다면 저도 따라가겠습니다."

천우막의 이야기를 듣는 동안 얼굴빛이 달라져 있던 당수정이 두 사람의 대화에 끼어들었다. 뭔가 미심쩍다고 여겨지기는 했으나 귀수삼방이 스스로 죽을 길을 찾아갈 것이라고는 미처 생각하지 못했던 것이다.

"자, 서두릅시다. 급히 말을 달린다 해도 내일 아침까지 닿을 수 있을지 걱정이구려."

천우막의 말에 당개수와 당수정은 화급히 자리에서 일어섰다.

"서방님, 그렇게 앉아서 구경만 하실 생각입니까?"

어젯밤에도 여기저기 불려 다니며 술에 곤죽이 되어버린 탓에 멍하니 자리에 앉아 있던 무산에게 당수정이 눈을 매섭게 치뜨며 말했다.

"아니… 싸움 구경이라는데 보러 가야지요. 딸꾹……!"

비몽사몽인 와중에도 핵심은 꼭꼭 챙겨들은 무산이 비틀거리며 일어섰다. 토끼 주제에 말이라도 잘 들어야 그나마 당문에서 사랑받을 수 있겠다 싶었던 것이다.

하지만 정작 무산의 말은 당수정의 염장을 지른 것에 불과했다.

"이 멍청이 같은 녀석. 너, 매 맞고 사는 토끼 될래?"

당개수와 천우막이 방문을 나서자마자 당수정은 본색을 드러내며 으르렁거렸다.

야수! 적어도 무산 부부에게 있어 그것은 어디까지나 아내만의 향기였다.

[야, 휘두백! 너 이런 자세로 올라타 본 적 있어? 딸꾹.]

「글쎄요……! 우리 마님과의 관계를 돌이켜 볼 때 이런 자세는 그다지 효율적이지 않아서……」

[히히히! 네가 아직 남성 상위의 참맛을 모르는구나. 딸꾹! 히히히, 솔직히 말해 봐. 너, 매일 너네 마님 밑에 깔려 있었지? 딸꾹!]

「…….」

무산은 모처럼 오래, 아주 오래 위에 올라타 있었다. 가끔은 엉덩이를 툭, 툭 쳐 가면서 지칠 줄 모르고 올라타 있었던 것이다.

그러고도 지치지 않아 심심해졌고, 기어코는 행위 중에 휘두백과 전음까지 나눌 만큼 여유로웠다.

올라탄다는 것, 남자에게 있어 그것은 가장 뿌듯한 쾌감이 아닐 수 없었다.

"수정아, 괜찮겠느냐?"

"네. 우리 서방님은 워낙 취향이 별나서 저런 자세도 아주 익숙할 거예요. 저것 보세요. 히죽히죽 웃고 있잖아요."

걱정스러워하는 천우막과는 달리 당수정은 아주 고소하단 표정으로 주정뱅이 무산을 쳐다보았다.

타그닥, 따그닥……!

정오를 갓 지난 시각. 네 마리의 말이 사천성 외곽을 향해 달려가고 있었다. 앞서 가는 세 마리의 말 위에는 당개수와 천우막, 당수정이 올라 놀라운 기마술로 속력을 내고 있었다. 하지만 그들의 기마술은 뒤처진 한 마리의 말 위에 있는 사내와는 비할 바가 못 되었다.

주정뱅이 무산. 그는 제 몸도 가누기 힘겨운 상태였기에 당수정이 부득불 자루처럼 안장 위에 횡으로 눕힌 후 그 몸통을 밧줄로 안장에 꽁꽁 묶어두었던 것이다.

그런데 말은 저 혼자 잘 달리고 있었음에도 무산은 또 무엇이 그리 좋은지 해롱대며 팔을 뻗어 말 엉덩이를 찰싹찰싹 두들겨 댔다.

"도대체 어떤 녀석들이 저 지경이 되도록 술을 먹인 것이냐?"

신경을 쓰지 않으려 해도 계속 마음에 걸리는지 천우막이 퉁퉁거리며 물었다.

"글쎄요. 아무도 불러주는 사람이 없는 것 같은데, 자기가 좋아서 쫓아다니는 모양이에요. 아무래도 밤을 무서워하는 것이 아닌가 싶군요. 이랴……!"

당수정은 입가에 묘한 미소를 머금은 채 채찍으로 말의 엉덩이를 갈기며 쏜살같이 앞서 나갔다. 올라탄다는 것! 그녀에게 있어서도 그것은 더할 수 없는 쾌감이었던 것이다.

「주인님! 첫날밤에 채찍 사용 못했죠?」

[…….]

당수정의 행동거지를 지켜보던 휘두백이 안쓰럽다는 듯 무산에게 전음을 보냈다. 이왕이면 쓸 만한 몸에 붙었으면 좋았을 것을, 무산처럼 처가살이하는 인간에게 붙은 탓에 휘두백 역시 하루하루가 조마조마했다.

[야, 휘두백! 다른 방법은 없겠냐?]

기가 꺾일 대로 꺾인 무산이 간절한 전음을 보냈다.

「크……! 내가 첫날밤이 인생을 좌우한다고 그렇게 일렀거늘…….」

휘두백은 길게 한숨을 내쉰 후 무엇을 생각하는지 잠시 침묵을 지켰다.

「할 수 없습니다요, 주인님. 여자를 사로잡는 기교 2단계! 오늘부터는 기필코 제 말대로 해야 합니다요. 체력으로 여자를 제압할 수 없을 때는 여자의 생리를 이해하고 공략해야겠습죠. 히히히! 이건 제가 주인 마님 내외의 첫째 딸을 꼬실 때 나름대로 정리한 이론이니까 귀 기울여 들으셔야 합니다요.」

[…….]

아무리 취중이지만 휘두백의 말은 충격적일 수밖에 없었다. 마님도 모자라 주인집 딸년하고도 그 짓거리를 했다니, 상식적으로 용서가 되지 않는 일이었다.

'이런 쳐죽일 물귀신 같은 놈. 평소 같았으면 내 너 같은 놈은 실컷 두들겨 팬 후에 자루에 담아 강물에 내다버렸겠지만… 참, 그리고 보

니 이놈이 그렇게 물귀신이 된 놈이지……?'

무산은 정의감으로 몸을 바르르 떨었다. 그러나 참는 수밖에 없었다. 평소라면 모를까, 지금은 긴급 상황인 것이다. 자칫하면 한평생 무시당하고 괄시받으며 종놈 취급이나 받게 될 것이다. 어떻게 해서든 당수정을 꺾어야 했다.

비록 부도덕한 물귀신 놈의 충고라도 인생에 보탬이 되는 조언이라면 일단 들어두는 것이 현명한 처사인 것이다.

[호히히……! 휘두백, 내가 원하는 것이 바로 그런 것이란다. 계속 얘기해 보려무나.]

「음… 오늘은 배우고자 하는 주인님의 자세가 그럭저럭 마음에 드는군입쇼. 그런데 말입니다요, 저번에도 말씀드렸다시피 제가 워낙 이 방면에 탁월하다 보니 많은 강의를 할 수밖에 없었고, 또 그러다 보니 강의체 말투에 익숙해져서…….」

휘두백은 다시 건방져지기 위해 포석을 깔고 있었다. 잠시라도 빈틈을 주면 기어오르는 것이 휘두백이라는 물귀신의 습성이었다.

[그러니까 네놈이 지금 내게 말을 까겠다는 싸가지없는 얘기렷다?]

무산은 또다시 주종 관계로 유지되고 있는 사회 정의를 되새기며 분노를 터뜨렸다.

「아닙니다요. 다만 강의의 능률을 높일 수 있는 방안을… 싫으시다면 그만이굽쇼.」

[어… 그래, 뭐 능률을 위해서라면… 어쩔 수 없지. 편한 대로 하거라.]

끊임없이 비굴해지는 무산. 하지만 사회 정의보다는 가정의 정의를 지키는 것이 우선이었다. 그것이 가장의 본분인 것이다.

「히히히……! 그래, 물방개. 오늘은 정말 산뜻한 마음가짐으로 배움을 청하는구나. 그럼 이제부터 그 성의에 보답할 만한 훌륭한 강의를 시작하지. 우선 남자들이 여성에 대해 가지고 있는 잘못된 지식들부터 짚고 넘어가자. 첫째, 흔히 남자들은 여자들의 모성애를 자극하는 방법으로 관심을 끌려 하지. 동정심 유발이라거나 애정 결핍증처럼 보여지는 행동들. 히히, 하지만 그건 날초보들이나 하는 짓입지. 여자는 워낙 영악하고 이기적인 존재라서 자기 자식이 아닌 놈을 자식 취급하지 않아. 간혹 그런 미끼에 걸려드는 여성들이 있긴 하지만 그건 어디까지나 남자가 마음에 들었을 때지. 쉽게 말하자면 미끼를 던진 낚시꾼이 마음에 들기 때문에 미끼를 무는 것이지 결코 그 미끼가 마음에 들어 덥석 집어삼키는 게 아니란 거다. 그런 남자라면 굳이 모성애를 자극하지 않아도 어떤 방식으로든 여자가 달려와 품 안에 안기게 되지. 이 경우는 대개 나에게 해당되는 경우였습지. 흠, 흠……! 남자들이 여성에 대해 잘못 알고 있는 두 번째 지식. 첫 번째와는 반대의 예인데, 일부 남자들은 흔히 여성이 자신을 휘어잡을 수 있는 강한 남자를 좋아한다고 믿지. 이것은 모성애 운운하는 것보다는 보기도 좋고 얼마간 타당한 견해이기도 하지만 사실은 아주 일부의 여성에게나 먹혀 들어가는 방법이라네. 이미 말했듯 여자는 영악하고 이기적인 존재지. 하지만 남성과는 달리 동물적인 본능이 많이 퇴화해 있다네. 물론 밤일 잘하는 남자들을 무조건 선호하는 경향이 있는 것만은 부정할 수 없기에 그 부분은 별도로 하지. 여자들은 정말 밤일 잘하는 남자를 좋아하고, 자네가 그런 경우라면 굳이 내 조언이 필요하지 않을 테니까. 하지만 이 경우에도 그것이 모든 것을 결정짓는다고는 할 수 없네. 밤일은 어디까지나 유희의 차원이지. 평생 함께할 반려자를 평가하는 유일한 기준은 될 수 없다네. 음… 내게 너무도 각별하고, 또 내가 워낙 강한 부분이라 잠시 이야기가 딴 데로 샜구먼. 밤에 약한 자네가 이해하게. 자, 원점으로 돌아가서 다시 이야기하자면 결코 강한 척한다고 해서 여자를 휘어잡을 수는 없다는 것이지. 그럴 경우 오히려 여자의 반발을 사게 될 뿐이라네. 자, 그럼 이제 정답이 나오겠지? 첫째, 때로는 부드럽고 때로는 무모하게 여자를 공략하게. 그것은 마치 예술과 같은 기교를 필요로 한다네. 여자는 남성에 비해 논리를 담당하는 뇌의 구조가 부실하지. 반면 감정을 담당하는 뇌 구조는 아주 복잡하고 정교하다네. 하루에 최소한 열 번 이상은 변덕을 부려야 해가 진다네. 그 생리를 이해한다면 무모한 공략, 즉 광기에 휩싸인 어떤 사건이 여자에게 미치는 영향의 중요성을 깨닫게 될 것일세. 상식을 벗어나는 행위는 여자의 복잡한 뇌 구조를 일시에 파괴하지. 감정을 담당하는 정교한 뇌가 그렇게 무력해지고 나면 남는 것은 남은 한쪽, 논리를 담당하는 뇌인데 이미 말했지만 보다 솔직하게 이야기해서 그것은 애초에 무용지물이네. 여자에게 논리는 아예 존재하지 않는다고 생각하게. 그것이 진리네. 하지만 방금 내가 제시했던 그 공략법은 어디까지나 감정적인 측면을 담당하네. 그것만으로는 부족하지. 일을 깔끔하게 처리하기 위해서는 여자의 본능까지를 확실히 휘어잡아야 하네. 자, 그럼 여자의 본능이 무엇일까? 히히히. 그건 소유욕일세. 좀 모자란 사내들은 여성의 자궁을 예로 들어 아까 설명한 모성애 공략법을 생각해 냈지. 하지만 그건 정말 여자를 모르는 무식하고 터무니없는 주장일세. 자궁이란 것이 무엇인가? 그건 하나의 주머니지. 주머니는 곧 소유하고자 하는 욕망일세. 주머니를 단 여자에겐 결코 누구에게 퍼주고자 하는 욕망이 존재할 수 없어. 모성애는 자신의 분신인 아기에게나 적용되는 아주

특수한 예지. 결코 타인에게 적용될 수 없는 것이라네. 그 주머니는 오직 채워지고자 하는 욕망, 그것이야. 자, 이제 강의는 끝났다고 볼 수 있지. 자네가 그것을 채워주면 되는 거야. 히히… 히히히히!」

[……]

뭔가 미심쩍지만 어디 한 군데 흠 잡을 곳 없는 휘두백의 이야기에 무산은 완전히 휘말려 버렸다. 정말 길고 긴 이야기였지만 다시 외라면 욀 수 있을 만큼 무산은 그 이야기에 집중한 것이다. 갑자기 하나의 서광이 자신을 비춰주는 느낌이라고나 할까.

남자들의 단순한 뇌로는 다소 이해하기 힘든 오묘한 논리였지만, 무산은 대충 감을 잡을 수 있었다. 때로는 부드럽게, 때로는 광적으로… 그리고 주머니를 가진 여자의 소유욕을 채워주어야 하는 남자의 사명!

[야, 휘두백! 딸꾹! 너, 종놈 맞아? 일자무식에 종놈이라면서 어떻게 그렇게 논리 정연하냐?]

비록 취중이긴 했으나 무산은 짚고 넘어가야 할 것 같았다.

종놈에 일자무식이라는 휘두백의 입에서 나온 말치고는 지나치게 논리 정연하고 그 어휘 하나하나가 너무 어려워 귀를 자극하는 것들이었기 때문이다.

「히히히! 제가 말씀을 안 드렸는갑쇼? 저희 주인님이 서당 훈장이셨습니다요. 히히히. 교육자 집안에서 머슴살이를 하다 보니…….」

어느새 했습죠체로 돌아온 휘두백이 곰살궂게 전음을 보냈다.

[이런, 그러게 이 나라의 교육이 뿌리부터 썩었다니까. 수신제가도 못하는 주제에 어찌 치국과 평천하를 가르칠 수 있을꼬……. 딸꾹!]

「…….」

화촉(華燭)을 밝히다

4장
후계자

사람은 대체로 나이가 들면서
조금은 더 너그러워진다.
죽어 호랑이처럼 쓸 만한 가죽을
남길 수 없기 때문이다.

후계자

"팽이야, 이놈. 어서 재천이를 내놓지 못할까?"

아침 일찍 득달같이 달려온 일소천으로 인해 팽가객잔의 고요한 하루에 금이 가기 시작했다. 지난밤 이재천이 짐을 꾸려 팽가객잔으로 도주하면서부터 예견된 일이긴 했으나, 생각보다는 일소천이 발 빠르게 움직인 탓에 열해도 팽이 역시 얼마간 당혹스러워할 수밖에 없었다.

"못 준다, 이놈. 내가 처음으로 제자를 거두고자 하는데 네놈이 그것을 배 아파하냐?"

"이놈아, 네가 제자를 거두든 말든 내 알 바 아니다만, 왜 멀쩡한 남의 제자를 훔쳐 가느냐?"

"푸히히, 훔쳐 가다니? 네놈이 개 사들이느냐고 꿔간 돈이랑, 어제 먹은 닭 값으로 사 온 것이다. 다섯 셀 동안 네놈이 갚으면 내가 다시 재천이를 내주마. 하두세네다. 땡! 푸히히. 못 갚았지? 못 갚았지? 이제

썩 꺼지거라, 제자 아낄 줄 모르는 놈아."

"......?"

객잔의 문을 꼭 걸어 잠근 팽 영감과 문밖에서 노한 일갈을 터뜨리는 일소천이 시비를 가리는 동안 이재천은 침상에 누워 바르르 떨며 이불을 뒤집어쓰고 있었다.

막상 살기 위해 달아나기는 했으나, 이재천은 과연 팽 영감이 자신을 보호해 줄 수 있을지 걱정스러웠던 것이다.

"미친 영감탱이, 너하고는 말이 통하지 않으니 재천이와 얘기를 해야겠다. 일단 재천이를 내보내거라."

돈 얘기가 나오자 일단 주춤거리던 일소천이 발로 문을 뻥뻥 걷어차며 소리를 내질렀다.

그동안 일소천은 심심찮게 팽가객잔에서 돈을 꿔가곤 했다. 물론 갚은 일은 한 번도 없었다. 어떤 이유에선지 팽 영감은 용문파의 후견인을 자처했고, 일소천이 어려움을 겪을 때마다 소매를 걷어붙이고 나서서 도와주곤 했던 것이다.

일소천으로서도 용문파에 있어 유일한 후견인인 팽 영감의 심기를 건드리지 않기 위해 나름대로 노력을 기울였지만, 이번 일은 좀 민감한 사항으로 볼 수 있었다. 얼마나 어렵게 얻은 제자인데 생으로 빼앗길 수 있겠는가 하는 것이 일소천의 생각이었다.

"우리 재천이는 너랑 직접 이야기하기가 싫다는구나. 할 말이 있으면 나를 통해서 하거라, 이 제자를 개만큼도 사랑하지 않는 못된 영감탱이야."

팽 영감은 이재천을 의식하며 조금도 주저없이 떠들어댔다.

일소천으로서는 정말 미칠 노릇이었다. 아내 마군희가 떠난 이후 그나마 굶지 않고 용문마을에서 버틸 수 있었던 것은 팽 영감의 후원이 었기에 성질대로만 할 수도 없는 일이고, 어렵게 얻은 제자를 날로 빼앗길 수도 없는 일이었다.

"좋다. 재천이도 안에 있으니 내 말을 들을 것으로 믿느니라."

일소천은 길게 한숨을 내쉰 후 무슨 말을 할까 머리를 굴리기 시작했다.

사실 이재천으로 인해 그동안 일소천은 심심지 않은 하루하루를 보냈던 것이다. 톡톡 튀는 해학적 감각이나, 아무리 두들겨 패도 오뚜이처럼 다시 일어나 매를 버는 그런 이재천의 기질을 일소천은 사랑해 마지않았다.

"재천이 네게 사소한 오해가 있는 것 같구나. 이제껏 이 사부가 너를 두들긴 것은 유독 너를 사랑하는 마음이 크기 때문이니라. 사랑의 매라는 말도 있지 않더냐. 사실 이 사부는 너의 작시(作詩) 능력까지도 애절하게 사랑하고 있느니라. 내 이 나이에 어디에서 너처럼 유능한 제자를 다시 얻을 수 있겠느냐. 정말이지 앞으로는 네게 절대 매를 대지 않을 테니 다시 돌아오려무나. 흐흐흑……! 사랑하느니라, 재천아."

일소천은 아부와 비굴함과 감정적 호소가 뒤섞인 말들로 이재천을 공략했다.

그 순간, 이제껏 이불을 돌돌 말고 있던 이재천이 삐죽이 이불 밖으로 얼굴을 내밀었다.

방금 전 일소천의 그 말이 얼마간 이재천의 귀를 솔깃하게 한 것이다. 이재천은 특히 '너의 작시 능력까지도 애절하게 사랑하고 있느니라'라는 부분에서 크게 감동받았다.

하지만 눈치 빠른 팽 영감이 그 꼴을 가만히 보고 있을 리 없었다.

팽 영감은 냉큼 이재천에게 다가가 침상에 걸터앉으며 귓속말로 소곤거렸다.
"재천아, 저 너구리 같은 영감의 말을 절대 믿어서는 안 되느니라. 하, 차마 이 말은 하지 않으려 했으나 똑같은 불행을 방지하기 위해선 어쩔 수 없구나. 마군희가 저 영감탱이를 떠난 이유 중의 하나가 그 못된 손버릇에 있었느니라. 일소천이는 폭력 남편의 전형으로 누군가를 구타하지 않고는 버티지 못하는 놈이니라. 전에는 무산이란 놈이 그 역할을 했고, 이제는 네가 마군희 대신 그 폭력의 희생양이 되어가고 있는 것이다. 저놈의 폭력이 나날이 잔혹해지지 않더냐, 잘 생각해 보거라. 푸후~ 하지만 걱정 말거라. 어떻게 해서든 내 너를 지켜주마."
말을 마친 팽 영감은 자리에서 벌떡 일어나 다시 문가로 가서 소리쳤다.
"이놈, 일소천. 우리 재천이가 답하기를, 개도 안 물어갈 소리 하지 말란다. 네놈이 진정 시인으로서의 두백 이재천을 사모했다면, 어찌 감히 개똥이나 치는 잡일을 시켰겠느냐. 한 위대한 시인의 예술적 과업을 위해서라도 그만 물러가거라."
팽 영감의 말은 이재천에게 또 한 번의 감동을 선사했다.
'한 위대한 시인의 예술적 과업? 진정 시를 아는 사람이다!'
이재천은 비로소 자신이 진정한 사부를 만난 것이라 확신할 수 있었다. 어젯밤, 팽가객잔에 당도했을 때만 해도 그는 팽 영감이 말한 요식업체라는 것에 크게 실망하며 또 한 번 속은 것이 아닌가 하는 의심을 품기도 했으나, 적어도 제자 사랑하는 마음만큼은 진심이라 믿게 된 것이다.
"허……! 시경도 한 번 안 읽어본 불학무식한 놈이 시를 입에 담느

뇨? 나 일소천은 우리 두백이에게 진정한 시인의 감수성을 일깨워 주기 위해 그동안 안쓰러운 마음을 감추며 혹독한 시련을 준 것이니라. 무식한 소리 작작 하거라."

"이런, 이런……! 네가 한때 하북팽가의 시성(詩聖)이라 일컬어지던 나 시지모(詩之母) 팽이의 화려한 과거를 미처 듣지 못하였구나. 어찌 공자의 시경 따위로 시를 논하는고? 천상의 음률과 같은 시를 그런 하찮은 서책 나부랭이가 정의할 수 있다냐? 진정한 시는 우리 두백이처럼 고귀한 영혼을 지닌 시인에게 내려진 하늘의 은총, 즉 영감으로 풀어낸 천의무봉의 언어적 건축물을 이르는 것이니라."

그야말로 가관이었다. 이재천의 약점을 간파하고 있는 두 늙은이는 간과 쓸개를 모두 빼낸 채 이재천 시인 만들기에 어쩔 수 없이 동참하고 있었다.

그때였다.

용문사(龍門寺)의 두 중놈은
불경을 많이 읽었다.
이 적요한 여름 아침에
부처의 뜨락에 든 것을 보면…….

이제껏 침상에 엎어져 있던 이재천이 발딱 일어나 뒷짐을 짚고 이리저리 거닐며 같잖은 시를 읊조리기 시작했다.

"오늘, 시를 아는 두 분을 만나니 모처럼 시심이 요동을 칩니다그려. 방금 전 제 시가 어떠했습니까?"

이재천은 문가에서 걸음을 멈추더니 아픔도 잊은 듯 득의에 찬 미소

후계자 131

를 지으며 떠들어댔다.

　그는 일소천과 팽이의 대화를 듣던 도중 알 수 없는 시심에 이끌려 시를 읊은 것이고, 그 시에 나름대로 흡족해하며 두 사람의 시평을 기다리고 있었던 것이다.

　사람인만큼 무엇에 깊이 빠지는 일이 간혹 있을 수 있으나, 이재천의 취미는 좀 지나친 구석이 있었다. 가끔 사람들을 닭살 돋게 하거나 궁지에 몰면서도 정작 그런 자신의 죄를 전혀 의식치 못했다.

　하지만 일소천과 팽이에게 있어서 그 순간은 절대적인 위기였으며, 놓치고 나면 평생 후회할 기회이기도 했다. 어쨌거나 이재천의 쓸모는 두 사람 모두에게 절실했기 때문이다.

　"두백아, 이 용문마을을 고즈넉한 절간에 비유한 것이나, 너의 그 시 세계를 부처의 뜨락에 비유한 것은 정말이지 시의 천재인 네가 아니라면 일궈내지 못했을 문학적 혁명이로구나. 아, 내 머리를 맑게 씻어내는 천상의 음을 이곳에서 듣게 되다니… 정녕 부처님의 은혜로다. 아미타불……!"

　먼저 선수를 친 것은 일소천이었다. 이재천을 알아도 자신이 더 먼저 알았고, 그의 황당한 정신 세계를 이해함에 있어서도 자신이 훨씬 앞선다는 자부심이 일소천에게는 있었다. 더욱이 이재천이 떠남으로 인해 아침밥을 굶고 있을 깜구의 암캐들을 떠올리자 온몸에 이는 닭살조차 극복해 낼 힘이 생겨났다.

　"크하……! 사부님께서 비로소 벼룩의 쓸개만한 시심을 일깨우셨군요. 어젯밤 일이 막 용서가 되려 하고 있습니다."

　이재천은 거만한 표정을 지으며 일소천에게 답한 후 팽 영감의 표정을 살짝 살폈다.

순간 팽 영감은 바짝 긴장할 수밖에 없었다.

위기의 순간이었다. 어제오늘 얼마나 치밀한 공작으로 이재천을 포섭했던가. 그런데 그 모든 작업이 한순간에 물거품이 될 수도 있는 것이다. 기껏 해야 오라나 키우고 있던 그에게 이재천은 그야말로 최고의 애완용 제자였다. 이재천과 함께라면 하루하루가 적적하지 않을 것이고, 상대적으로 일소천에게 느껴야 했던 초라함도 씻어낼 수 있을 것 같았다. 절대, 절대로 놓쳐서는 안 될 인물이었다.

하지만 무엇보다 이재천을 놓칠 수 없는 가장 큰 이유는 자신의 경쟁 상대가 일소천이라는 점 때문이었다. 이제껏 무공으로 단 한 차례도 그를 꺾을 수 없었던 팽 영감으로선, 이 순간을 놓치면 어떤 식으로든 다시 일소천을 꺾을 기회가 없을 것임을 잘 알고 있었다.

"진정 시성을 뵈옵니다……!"

팽 영감은 두 눈을 질끈 감고는 이재천 앞에 털썩 무릎을 꿇고 허리를 굽혀 바닥에 엎드렸다. 그 순간 수많은 생각과 갈등으로 머리 속이 복잡해졌으나, 머리를 비우고 하나에 집중하기로 했다.

"시성 두백아, 시에 있어 비유는 한낱 기교에 지나지 않는다. 일소천 같은 무식한 늙은이는 그런 비유에 얽매여 참된 천상의 음률을 이해하지 못했지만 나는 다르다. 방금 전 네 시를 듣는 순간, 나는 내 머리 속이 하얀 빛에 휩싸이는 것을 느꼈느니라. 그것은 마치 빛으로 화한 음악과 같았다. 내 몸에 전율이 일고 심장에 소름이 돋는가 하면, 불경으로도 깨우치지 못할 부처의 세계를 본 듯한 느낌이었다. 두백아, 흐흐흑……! 이제 나를 일으켜 다오."

팽 영감은 눈물까지 쏟아내며 이재천에게 손을 내밀었다.

"사부님……!"

팽 영감이 보여준 처절한 연기에 이재천은 그만 심장의 고동이 멎을 만큼 크게 감동받고 말았다. 그는 팽 영감 앞에 털썩 마주 꿇어앉으며 엉엉 울기 시작했다.

"오늘에서야 저의 진면목을 알아주는 참스승을 만났습니다. 오늘부터 스승님의 문하에 들어 벽뢰도법의 맥을 잇겠습니다. 흐흐흑……!"

"재천아……! 흐흐흑……! 오늘 이후 이 팽가객잔을 '두백지향'이라 이름하고 간판도 아주 커다란 것으로 달아 네 시의 향기를 대륙 전체에 전하겠노라. 으흐흑……! 풋하하하하하!"

"사부님……!"

일소천의 완패였다.

더불어 그것은 40여 년에 걸쳐 열해도 팽이의 가슴속에 쌓였던 한이 봄눈 녹듯 스르르 녹고 있음을 의미하는 것이기도 했다.

털썩……!

황량한 팽가객잔의 문밖에서 일소천은 힘없이 무너지고 말았다.

'앞으로 개똥은 누가 치우지……?'

황야를 스치는 바람에 귀밑머리를 날리며 일소천은 통곡하고 싶은 심정이었다. 아내 마군희를 떠나보내던 순간의 그 비통함이 다시 가슴을 후려치고 있었다. 있을 때 잘하라던 고인들의 말씀을 외면한 결과는 그렇게 처절했다.

"할아버지……!"

마을 입구까지 나와 일소천을 기다리고 있던 방초는 힘없는 모습으로 터덜터덜 혼자 돌아오는 일소천을 보면서도 그다지 놀랍지 않다는 투의 반응을 보였다.

"그러게 할아버지, 나랑 같이 가자니까. 두백 오라버니는 요사이 내가 이편 오빠랑만 어울리는 바람에 충격을 받아서 반항하고, 가출하고 그러면서 자기 삶을 망치고 있는 거야. 이 문제를 해결할 수 있는 사람은 나, 방초 한 사람뿐이라니까."

"……."

"아휴, 내 미모는 가끔 이렇게 사소한 문제들을 만들어낸단 말야. 하지만 내가 어떻게 한 사람에게만 관심을 기울일 수 있겠어? 그 정도는 두백 오라버니도 이해를 해야지, 무작정 가출을 하면 어쩌자는 거야, 참……!"

"……."

일소천은 옆에서 염장을 지르고 있는 방초로 인해 머리가 깨질 것 같았지만, 아무 내색도 하지 않았다. 그렇게 멍청하고 제멋대로인 손녀딸일망정, 유일한 핏줄이다 생각하다 보면 저절로 용서가 되곤 했던 것이다.

"이편이는 잘 가둬두었느냐?"

"그럼! 창고에 가두고 문을 걸어 잠근 다음에 곰탱이에게 잘 지키라고 명령하고 왔으니까 걱정없어."

"그래, 잘했느니라. 그 녀석까지 달아나면 우리 용문파는 개파 이래 최고의 위기를 맞게 되느니라. 그나저나 유청이까지 흔들리고 있는 건 아니겠지?"

"그 곰탱이가? 걱정 붙들어 매, 할아버지. 걔는 내 밥이야."

"무랑, 그놈의 동정은 어떠하던고?"

"글쎄, 웬일인지 병든 닭새끼처럼 정신을 빼놓고는 하늘만 쳐다보면서 한숨을 내뱉고 있더라고. 내 미모로도 감당이 안 되는 놈들은 무산과 무량, 그 두 놈밖에 없다니까. 정말 뇌를 해부해 볼 만한 가치가 있는 놈들이야."

"……."

일소천과 방초가 두런두런 이야기를 나누며 용문도장이 올려다보이는 언덕 초입에 도착했을 때였다.

"사부님……! 낭보입니다."

용문도장 대문에 나앉아 밖을 내다보고 있던 주유청이 큰 소리를 내지르며 달려 내려오고 있었다.

"곰탱아, 한번 굴러서 내려와 봐. 그럼 내가 오늘 하루 동안 귀여워해 줄게……!"

주유청이 뛰어오는 모습을 보고 있던 방초가 헤벌쭉이 웃으며 소리쳤다.

그녀는 순간 주유청으로 인해 한 마리 팬더곰이 데굴데굴 재주를 넘으며 재롱을 피는 모습을 상상했던 것이다.

"뭐, 뭐라고 했소, 낭자? 어… 어허헉!"

방초가 무엇인가 자신을 향해 소리치는 걸 들은 주유청은 너무 흥분한 나머지 그만 돌부리에 걸려 앞으로 고꾸라지더니 데굴데굴 구르기 시작했다.

"봐, 할아버지. 쟤는 내 밥이라니까?"

방초는 생글생글 웃으며 말했다.

'이러다가 유청이 놈까지 달아나는 건 아닌지 몰라……!'

데굴데굴 굴러 자신의 발치까지 다가온 주유청을 보며 일소천은 일순 불안한 상상을 떨칠 수 없었다. 만약 주유청까지 가출하게 되면 일소천 자신은 어쩌면 다시 일어설 수 없을지도 모른다는 생각이 들었던 것이다.

일소천에게 있어 주유청은 분명 이재천과는 다른 가치를 지니고 있었다. 이재천이 단순히 자신을 즐겁게 하는 제자였다면, 주유청은 그런 단순한 즐거움과는 비교할 수 없는 실질적인 효용 가치가 있었던 것이다.

쉽게 비유하자면 간식과 주식의 차이라고나 할까? 이재천이 간식이라면 북경반점을 배경으로 하는 주유청은 그야말로 가장 확실한 주식이었던 셈이다.

"이런, 이런……! 유청아, 조심해야 하느니라. 너는 우리 용문파의 기둥인데 혹시라도 옥체가 상하기라도 하면 어찌하느냐?"

불길한 상상에 한차례 몸을 떨던 일소천은 냉큼 주유청에게 다가가 부축해 일으키며 호들갑을 떨었다.

"할아버지, 곰탱이가 그렇게 좋아? 이 이쁜 방초보다 더 좋아?"

"……."

방초의 주접에 일소천은 다시 할 말을 잃었다. 어쩌면 이재천이 방초 때문에 자신과 사제지연을 끊은 것이 아닌가 하는 생각이 들 정도였다.

"그래, 유청아. 무슨 낭보가 있다는 게냐? 북경반점에서 음식이라도 짊어지고 온 것이냐?"

"……."

"히히, 농담이니라. 뭐, 너에게 부담을 주자고 하는 소리도 아니었느니라. 그저 제자 놈이 배신을 하고 나니 속이 헛헛해서……."

일소천은 속이 뻔히 들여다보이는 말을 늘어놓았지만, 주유청은 그저 방초만 멍하니 바라보며 헤벌쭉이 웃고 있었다. 그는 돌부리에 걸려 넘어지는 순간에야 비로소 '오늘 하루 동안 귀여워해 줄게……!' 라는 방초의 말을 되새길 수 있었던 것이다.

"뭘 봐, 곰탱이?"

느끼한 주유청의 시선을 의식한 방초가 냉랭하게 말했다.

"아, 아니오, 낭자……!"

주유청은 얼굴을 붉히며 고개를 숙였다. 하지만 곧 자신이 달려온 용건을 떠올리곤 일소천에게 고하기 시작했다.

"사부님! 드디어 무림맹에서 사부님을 초청하는 공문을 보내왔습니다. 얼마 후 무림맹 회의가 소집되는데, 그때 참석해 달라는 내용이었습니다."

주유청은 얼굴에 환한 웃음을 머금은 채 말하고 있었다. 비록 아귀황을 조직해 형 주유술을 도우며 무림인들과는 다른 길을 걸어온 그였지만, 마음 한편으로는 늘 강호에 대한 향수에 젖어 살아왔다. 그런데 우연히 일소천을 알게 되었고, 그로 인해 강호인의 삶을 살아갈 수 있게 된 것이다.

"흠! 내가 그렇게 조용히 살려 했건만 강호가 다시 나를 원하니 이거 갈등이 아닐 수 없구나. 흐히히히……!"

일소천은 뭐가 그렇게 좋은지 헤벌쭉이 웃으며 큰 소리로 말했다.

사실 이번 무림맹의 회합령은 일소천으로선 다소 의외의 소식이었다. 낭만과 계휼에 패한 이후 강호와는 인연을 끊고 살려 했으나, 그 모질고 모진 유혹을 견뎌내기란 쉽지 않았다. 지난번 무림맹과 천무밀교의 일전에 무산과 무량을 보낸 이유도 그것이었다.

40여 년 전처럼 자신이 다시 검을 들고 강호를 주유할 수는 없는 일인만큼, 제자들을 앞세워 자신의 존재를 다시 한 번 강호에 드러내고 싶었던 것이다.

하지만 무림맹이 패하고 무산과 무랑은 아무 전적도 없이 쫓겨나다시피 했기에 은근히 부화가 치밀었다. 그런데 그나마 무산과 무랑이 낙양에서 무림맹의 명부에 이름을 올린 것이 이런 좋은 결과를 가져왔으니, 일소천으로서는 속으로 쾌재를 부를 수밖에 없었다.

"사부님, 이번 회합은 얼마 후에 있을 무림맹 비무대회를 안건으로 한다고 합니다. 우리 용문파로서는 그야말로 강호에 그 위치를 확고히 할 절호의 기회가 될 것입니다. 모두 사부님의 크나큰 위명 덕분입니다."

"흐히히. 유청아, 네놈은 그야말로 훌륭한 사부를 만나 청운의 꿈을 펼칠 수 있게 되었구나. 쯧쯧쯧……! 하지만 이재천이란 놈은 팽 영감의 감언이설에 속아 그 좋은 기회를 놓쳤으니… 흐흐히히히……! 사부 된 나로서는 마음이 좋지 않구나. 아, 이 울적하고 헛헛한 속을 무엇으로 채울 수 있을꼬……?"

일소천은 전후 사정을 모르고 흥분에 들떠 있는 주유청을 심상치 않은 눈길로 바라보며 은근한 어투로 말했다. 갑자기 북경반점의 음식들이 다시 눈앞에 아른거렸던 것이다.

"사부님……! 재천이의 빈자리를 이 주유청이 채워 드리겠습니다. 이제 북경반점은 완전히 잊은 채 오직 무공 연마에만 주력할 터이니 심려 놓으십시오."

"……."

2
후계자

　다시 사천성.
　무산과 휘두백이 전음을 주고받으며 이제까지의 통설을 뒤집어엎는 동안에도 시간은 흐르고 흘러 날이 저물고 있었다.
　마침 그 무렵 산길을 벗어나 작은 마을에 도착한 그들은 저녁을 먹기 위해 식당을 찾아 두리번거렸다. 이제 귀수삼방과 구용각이 만나기로 한 나루까지는 세 시진가량의 거리만 남았으므로, 저녁을 먹고 말을 달린다면 새벽이 오기 전에 도착할 수 있을 듯했다.
　"수정아, 이제 네 서방도 어느 정도 정신이 들었을 테니 밧줄을 푸는 것이 어떠냐? 사람들 이목도 있고……."
　당개수는 행인들의 시선이 무산에게 향하는 것을 보고는 즉시 당수정에게 말했다.
　하지만 당수정은 좀체 무산의 밧줄을 풀어주고 싶어하지 않았다.

"아버지, 뭐 그런 걸 신경 쓰세요. 아직도 저렇게 히죽히죽 혼자서 웃고 있는데 편한 대로 가게 하시죠."

당수정 그녀 자신도 좀체 이해할 수 없는 일이었다. 어떻게 된 것이 하루 종일 밧줄에 묶여 쌀자루처럼 안장에 횡으로 누워 오면서도 무산은 혼자 히히덕거리고 있었던 것이다.

"멍청이, 그 자세가 그렇게 편하니?"

당수정은 무산에게 다가가 나직하게 물었다.

"흐히히! 내 오늘 이 자세로 마누라를 녹여줍지. 흐히히……!"

휘두백과 전음을 주고받느라 정신이 없던 무산은 무심결에 그렇게 대답하고 말았다.

그 대답은 결코 휘두백이 말한 광기를 선보이고자 했던 것은 아니다. 하지만 당수정에겐 지극한 광기로 받아들여졌고, 곧바로 발길질이 시작되었다.

퍽! 퍼퍽……!

"흡……! 허헝… 헝!"

당수정은 천우막과 당개수의 눈을 피해 기술적으로 무산에게 폭력을 가했고, 그로 인해 무산은 정신이 바짝 들었다. 술이 이미 어느 정도 깬 상태였기에 당수정의 발길질은 더욱 아프게 느껴졌다.

"수정……! 그만 하시오. 계속 이렇게 나오면 비명을 내지르는 수가 있소."

무산 역시 당개수와 천우막의 눈치를 보느라 비명을 안으로 삼키고 있었으나 당수정의 발길질이 멈추지 않자 그녀를 위협하기 위해 빠드득, 이를 갈며 신음을 내뱉듯 말했다.

"호호호! 서방님, 이제 어느 정도 정신이 드시나 봐요? 예? 좀만 더 그렇게 누워 계신다구요? 뭐, 그게 편하다면 어쩔 수 없지요. 하지만 아주 조금만이에요……?"

사특한 아내 당수정은 한 번 더 무산의 어깻죽지를 걷어찬 후 발랄한 목소리로 말했다.

"오, 마침 저기에 식당이 있구나. 우선 저기에서 요기를 하자꾸나."

당개수가 골목 한구석에 있는 식당을 발견하고는 그곳으로 말을 몰았다.

식당은 다소 허름했으나 그나마 궁벽한 시골에서 식당을 찾는 것이 쉬운 일이 아니었으므로 당개수는 더 둘러볼 필요도 없다는 듯 그 식당 앞에서 말을 멈추었다.

일행은 우선 말에서 내려 마구간에 말을 댄 후 식당 문을 열고 안으로 들어섰다.

매달려 오는 동안은 몰랐으나 막상 말에서 내리자 무산은 다리가 휘청거릴 만큼 어지러웠다. 머리가 땅을 향해 있었으므로 피가 온통 그곳에 쏠려 있었던 것이다.

"서방님, 안색이 좋지 않네요. 술 때문에 속이 거북하신가 봐요. 그럴 땐 식사를 거르는 것도 괜찮은 방법인데."

"생각해 줘서 고맙구려……."

당수정의 싸가지없는 말에도 불구하고 무산은 담담하게 말했다.

부드러움으로 공략하기 위해서는 각고의 노력이 필요했던 것이다.

"형님, 저기를 보십시오. 아미의 적선 사미가 아닙니까?"

마땅한 좌석을 살피기 위해 식당을 두리번거리던 천우막이 턱짓으로 식당 한 켠을 가리키며 말했다.

"음… 그렇군. 저들도 무림맹 회의에 참석하기 위해 길을 나선 모양이군."

천우막이 가리킨 곳을 바라보며 당개수가 뚱한 음성으로 대답했다.

비록 적선 사미가 강호에서 그럭저럭 좋은 평판을 얻고는 있으나, 이번 혼사로 인해 당개수로서는 서운한 마음이 없지 않았다. 멀리 광동의 하오문에서조차 사람을 보내왔건만, 같은 사천성 내에 있는 아미파에서는 정작 한 사람의 하객도 보내지 않았기에 은근히 심사가 뒤틀렸던 것이다.

"형님, 이왕 이렇게 된 거 모르는 척하기도 민망한 일이니 가서 인사나 합시다."

천우막이 당개수의 소매를 잡아끌며 말하자, 당개수는 못 이기는 척하며 그를 따라 적선 사미가 앉아 있는 식탁으로 걸음했다.

그 바람에 무산과 당수정 역시 그들 뒤를 따르게 되었다.

잿빛 법복을 입은 적선 사미는 두 명의 여제자와 함께 채식으로만 꾸며진 조촐한 식사를 하고 있었다.

아직 검은 머리를 얼마간 간직하고는 있었으나 적선 사미의 얼굴은 주름투성이로, 아무도 세월을 거스를 수 없음을 보여주고 있었다. 하지만 그렇게 늙은 얼굴임에도 적선 사미는 얼마간 도도해 보이는 인상이었다. 오똑하게 솟은 코에 형형하게 빛나는 눈동자는 꽤나 엄한 성격을 지닌 여자임을 말해 주고 있었는데, 그것을 증명이라도 하듯 양옆에 앉은 30여 세의 여제자들은 시종 웃음기없는 얼굴로 절도있게 식사를 하고 있었다.

"허허… 이거 이곳에서 적선 선배님을 뵙습니다그려."

천우막은 사람 좋은 웃음을 웃으며 적선 사미에게 포권을 취해 보였다.

"당문의 개수가 노선배님을 뵙습니다."

천우막과는 달리 당개수는 깍듯하게 예를 갖추어 적선 사미에게 인사를 했다.

그런데 막상 그들의 인사를 받은 적선 사미는 천우막에게만 시선을 주며 반갑게 화답을 했다.

"아니, 이거 개방의 천우막 대협 아니십니까. 이런 곳에서 천 대협을 만나다니 빈니가 오늘 명당에서 식사를 하고 있었습니다그려."

적선 사미는 자리에서 일어나 합장을 한 채 천우막에게 인사를 한 후, 달갑지 않은 시선으로 당개수를 바라보다가 어쩔 수 없다는 듯 당개수에게도 합장을 해 보였다.

"당문의 당 문주께서 동행을 하셨군요. 아, 얼마 전 혼례가 있었다고 들었는데 잘 치르셨는지요. 빈니가 직접 찾아뵈었어야 하나 최근 아미가 워낙 분주하다 보니······."

적선 사미는 궁색한 변명을 늘어놓은 후 당개수 뒤편에 서 있던 무산과 당수정에게 눈길을 주었다.

"예. 노선배님께서 염려해 주신 덕에 무사히 마쳤습니다. 여기 두 젊은이가 제 못난 딸년과 이번에 얻은 사위입니다."

적선 사미의 눈길을 의식한 당개수는 곧장 무산과 당수정을 그녀에게 소개했다.

"이분은 현 강호의 성불로 알려지신 아미파의 적선 사미 선배님이시다. 앞으로 너희들에게 많은 영향을 미칠 분이니 어서 인사드리거라."

"후학 당수정이 아미파의 장문인을 뵈옵니다. 많은 가르침 부탁드립니다."

당수정이 앞으로 한 발 나아가 예를 갖추며 말했다.

하지만 당개수와 당수정 부녀의 가식적인 인사는 뒤이은 무산의 술주정으로 인해 빛을 발하게 되었다.

"제 혼삿날 안 오셨다구요……? 딸꾹. 나중에 손녀 시집보낼 때 청첩장 보내지 마세요. 딸꾹!"

"……."

무산은 휘청거리며 히죽 웃어 보였고, 한순간 적선 사미의 얼굴이 붉어졌다.

이미 어느 정도 술이 깨 말짱한 정신이기는 했으나, 눈치 빠른 무산은 당개수가 적선 사미에게 섭섭한 마음을 품고 있다는 것을 한눈에 알아채고는 대신 무안을 준 것이다.

"이보게, 아직도 술이 안 깬 것인가?"

당개수는 당혹스런 표정으로 적선 사미에게 미안하다는 고갯짓을 해 보인 후 무산의 소매를 잡아끌어 적선 사미와 멀리 떨어져 있는 곳에 자리를 잡고 무산을 앉혔다.

"푸히히……! 적선 선배께서 이해하시구려. 저놈이 원래 내 제자 놈인데 사부가 이 꼴이다 보니 완전 개망나니가 되었습니다그려."

무산의 행동을 지켜보던 천우막이 실실 웃으며 능글맞게 변명을 늘어놓았다.

"그럼 저희는 그만 제자리로 돌아가겠습니다요. 맛있게 드십시오."

천우막은 다시 한 번 실실 웃어 보이며 당수정과 함께 당개수가 자리 잡은 곳으로 갔다.

그 자리엔 이제 적선 사미만이 멍하니 서 있을 뿐이었다.

적선 사미로서는 수치스러운 일이 아닐 수 없었다. 새까만 후학에게 놀림을 당하고도 한마디 훈계도 하지 못했다는 생각이 들자 은근히 화가 치밀어 올랐다.

 적선 사미는 강호의 모든 이들이 존경하고 두려워해 마지않는 인물이기에 방금 전과 같은 봉변은 당한 일이 없었다. 하지만 당개수와 천우막이 있는 마당에 대놓고 자신이 꾸지람을 줄 수도 없는 일이고, 싸가지가 없을 뿐 특별히 잘못을 저지른 것이 아니니 시비를 가리자고 덤벼들 수도 없는 일이었다.

 '저런 천둥벌거숭이가 있나……! 아미타불. 요 녀석, 다음 생에서 보자꾸나.'

 적선 사미는 평소 버릇처럼 속으로 중얼거리며 울화를 식힐 수밖에 없었다.

 '아니지, 저 버르장머리없는 놈을 내생에서 반드시 만나게 되리란 보장도 없지!'

 성질을 누그러뜨리며 자리에 앉았던 적선 사미가 일순 마음을 바꾸고 무산이 앉아 있는 탁자를 노려보았다.

 "얘들아, 불가에서 술을 금하는 이유는 신성한 불당에 저런 개차반 같은 쓰레기를 들여놓지 않기 위해서이니라. 오늘 너희는 좋은 본보기를 보았으니, 이것도 다 부처님의 뜻이라 여기거라. 행여라도 술을 입에 대고 저렇게 버르장머리없게 행동했다간 내 손으로 곡 소리나도록 만들 테야. 우리 아미파는 강호의 쓰레기들과는 다르다."

 당개수 일행이 들으라는 듯 적선 사미는 앞에 앉은 두 제자에게 큰 소리로 훈계를 했다.

 막상 앞에 앉은 두 제자는 멀뚱히 적선 사미를 보았지만, 어렵지 않게 적선 사미의 의중을 알아챈 당개수는 빠드득, 이를 갈았다. 그것은 천우막도 마찬가지였다.

강호의 명성과는 달리 적선 사미란 늙은 여우는 겉과 속이 너무도 다른 인물이었다. 지나치게 도도하고 자존심이 강해서 조금이라도 자신의 기분을 상하게 하면 반드시 복수를 하고 마는 성격이었던 것이다. 특히 강한 자를 친구로 삼고, 약하거나 자신의 명성에 누를 끼칠 만한 인물에겐 매몰찬 것이 그녀였다.

하지만 그렇다고 해서 당개수나 천우막이 그녀를 상대로 시비를 가릴 수도 없는 일이었기에 그들은 그저 치미는 분노를 삼킬 뿐이었다.

"뭘 드릴깝쇼?"

마침 그때 식당의 점소이가 당개수 일행에게 주문을 받으러 왔다.

"음, 그저 간단한 식사면 되네. 빠른 것으로 요기할 것이나 주게."

당개수는 차분한 음성으로 말했다.

"장인 어른, 어차피 밤을 새서 달려야 하는데 든든한 것이 좋겠습니다. 그렇게 주문하시면 기껏해야 채소 요리밖에 나오지 않습니다. 저희가 중놈도 아닌데 그럴 필요가 있겠습니까? 든든하게 먹고 가시지요."

점소이의 목소리에 이제껏 탁자에 엎어져 있던 무산이 발딱 상체를 일으키며 큰 소리로 말했다. 그 역시 적선 사미를 염두에 두고 염장을 지르기 위한 것이었다.

"여기 오리 구이와 동파육, 소금에 절인 양고기를 내오게나. 흐히히……! 혹, 물개고기는 있나? 내가 신혼이다 보니 그것이 간절하게 필요하구먼. 아이고, 밤일 걱정 없이 허벅지나 푹푹 찔러가며 한평생 중놈처럼 사는 것이 차라리 나을 것을……. 그럼 채소만 먹고도 어떻게든 버텨낼 수 있을 터인데……."

무산의 주접에 당개수와 천우막이 헤벌쭉이 웃어 보였다. 다소 버릇이 없긴 하지만 무산에겐 남을 속시원하게 만들어주는 재주가 있었던 것이다.

하지만 무산의 말은 기어코 적선 사미의 인내심을 꺾고 말았다.

"불가의 제자들은 청정한 곳에 머물러야 하건만 오늘 이 늙은이의 실수로 똥을 밟게 되었구나. 그나저나 당문의 앞날이 걱정이로고……."

적선 사미는 무산은 물론 그를 단속하지 못한 당개수까지를 싸잡아서 비꼬듯 말했다. 그 말은 한편으로는 위협으로 느껴지기까지 했다.

적선 사미의 말에 당개수는 얼마간 당혹스러웠다. 자칫 당문의 이미지를 흐리거나 무림맹에 밉보이는 계기가 되지 않을까 하는 걱정 때문이었다.

반면 이제껏 잃을 것 없이 살아온 무산은 그다지 두려울 것이 없었다.

"어이쿠……! 저 뱀 봐라, 뱀. 잔뜩 풀만 얹어놓으니 식탁에 뱀이 다 돌아다닌다."

무산은 시선을 천장에 둔 채 주정처럼 지껄였다. 차마 적선 사미 일행의 식탁을 쳐다보며 말할 용기까지는 없었던 것이다.

"똥인 줄 알았더니 간덩이가 부은 미친놈이로구나."

"허이구, 풀 뜯어 먹는 염소 줄 알았더니 노망난 할망구였구나."

"네놈이 정녕 불가 제자의 칼에 피를 묻힐 작정이로구나."

"부처도 바다를 건너면 망나니가 되는구나."

적선 사미와 무산은 서로 천장을 쳐다보며 설전을 벌였다.

하지만 시간이 지나면 지날수록 얼굴이 벌겋게 달아오르는 것은 어쩔 수 없이 적선 사미였다. 한참 어린 녀석을 상대로 하다 보니 깎이는 것은 자신의 체면밖에 없었던 것이다.

"도저히 참아줄 수 없는 놈이렷다……!"

적선 사미는 좌수를 가볍게 비틀며 들고 있던 젓가락을 무산에게 휙 날렸다.

  핏슝―!

  짧고 예리한 파공음이 허공을 갈랐다.

  하지만 적선 사미의 움직임을 지켜보고 있던 천우막이 재빨리 빈 의자의 다리에 발을 끼워 들어 올림으로써 무산을 향해 날아가던 그 젓가락은 정확히 의자의 등받이에 꽂혔다.

  적선 사미는 날카로운 눈빛으로 천우막을 노려보았고, 천우막은 무산과 마찬가지로 딴전을 부리며 손가락으로 식탁을 두드리고 있었을 뿐이다.

  그것을 아는지 모르는지 무산은 여전히 천장을 쳐다보며 적선 사미의 대답을 기다렸다. 하지만 적선 사미로부터 아무런 말이 나오지 않자 다시 저 혼자 지껄이기 시작했다.

  "어이, 주방장. 오리 구이 대신 영계 구이를 주게. 꼭 영계여야 하네. 늙은 닭은 질기기만 한 데다 이상한 냄새까지 풍겨서 영 맛이 없거든. 그렇지 않아도 식당에서 노계 썩은 것 같은 칙칙한 냄새가 나서 영……."

  계속되는 무산의 빈정거림에 적선 사미는 드디어 자리에서 몸을 일으켰다.

  쿵……!

  그녀는 한차례 식탁을 내려친 후 곧장 당개수 일행이 앉아 있는 곳으로 걸어왔다.

  "천 대협, 분명 이 아이가 대협의 제자가 맞소이까?"

  적선 사미는 매서운 눈길로 천우막을 쏘아보며 물었다.

"그렇다마다요. 심혈을 기울여 만들어낸 제자올시다."

천우막은 멀뚱하게 적선 사미를 쳐다보며 대답했다.

비록 천우막이 얼마 전 개방의 방주 직을 맡기는 했으나 아직 무림맹에 정식으로 알리지 않은 데다 강호에서의 연륜도 한참 늦은 탓에 천우막은 적선 사미에게 꼬박꼬박 선배 대접을 해주어왔다. 하지만 평소 적선 사미의 이중적인 성격을 그다지 좋아하지 않은 탓에 그를 존경하는 마음은 조금도 없었다.

천우막과 적선 사미의 그런 가식적인 관계는 서로에 대한 예우를 해주는 것으로 이제껏 그럭저럭 유지되었으나 오늘 무산으로 인해 깨질 위기에 처한 것이다.

"호호호, 평소 천 대협의 무공을 높이 존경하고 있었으나 한 번도 볼 기회가 없었구려. 마침 오늘 인연이 닿았으니, 서로 제자를 내세워 비무를 겨루어보는 것도 괜찮을 것 같소이다. 머지않아 무림맹의 비무대회가 열릴 것인데, 그 전초전으로 생각하고 한번 겨루었으면 하는데…… 천 대협 생각은 어떠신지요?"

적선 사미는 야릇한 미소를 머금은 채 천우막에게 말했다.

사실 적선 사미가 그렇게 자신만만한 데는 나름대로 믿는 구석이 있었기 때문이다. 우담화와 여래. 아미파의 두 송이 꽃이라 일컬어지는 두 제자가 지금 자신과 함께하고 있었던 것이다.

우담화와 여래는 각각 아미파의 절기인 태청검법과 소청검법의 일인자로, 실질적인 구소희의 사부이기도 했다. 나이는 둘 모두 서른. 비록 비무대회에는 한 차례도 나간 적이 없으나 언제나 적선 사미의 그림자 역할을 해왔다.

그 두 제자에 대한 적선 사미의 믿음은 확고했다.

우담화와 여래는 가외체인 소희를 위해 아미 장문인의 자리를 일찌감치 포기한 채 열과 성을 다해 구소희의 역량을 키우는 데 헌신해 왔다. 그것도 적선 사미의 강요 때문이 아니라 그녀들 스스로 아미의 장래를 위해 결정했던 것이다.
　그렇듯 아미에 대한 충성심이 강한 데다 무공 또한 출중해 구소희를 보좌하며 향후 아미를 이끌어 나갈 두 거두로 적선 사미는 일찌감치 그 두 여인을 점찍어두었다.
　"설마 우담화나 여래 중 한 명과 제 모자란 제자 놈으로 싸움을 붙이자는 말씀이십니까?"
　천우막은 난처한 표정을 지으며 말했다. 그 역시 우담화나 여래에 대한 소문은 익히 들어 알고 있었던 것이다.
　"하하, 천하의 일장천라 천우막 대협의 제자라면 두려울 것이 무엇이겠소. 그리고 마침 강호에 그 위명이 쟁쟁한 당문의 당수정이 자리를 함께했으니 2대 2로 비무를 겨루는 것도 재미있겠군요. 호호호!"
　적선 사미는 이 참에 천우막과 당개수의 기를 꺾기 위해 애매한 당수정까지 걸고넘어갔다. 하긴, 평소 강호에서 당수정의 이름이 거론될 때마다 적선 사미는 영 마땅치 않아했다. 보잘것없는 애송이가 한낱 당문의 이름을 팔아가며 소란을 피운다는 인상을 떨쳐 버릴 수 없었기 때문이다.
　'저 여우 같은 늙은이가 도대체 무슨 꿍꿍이지?'
　적선 사미의 입에서 자신의 이름이 거론되자 당수정은 인상을 찡그리며 생각에 잠겼다.
　"고마운 말씀입니다만 우리는 갈 길이 바빠 여기에서 지체할 시간이 없습니다. 최근 당문이 워낙 분주하다 보니……."

이제껏 적선 사미의 수작을 보고 있던 당개수가 방금 전 그녀가 했던 말을 흉내 내며 정중하게 거절의 뜻을 내비쳤다.

하지만 적선 사미는 당개수의 말에 얼굴이 굳어졌다. 가뜩이나 심기가 편치 않은 마당에 평소 곱게 보이지 않던 당문의 문주가 감히 자신의 말을 가로막는 것이 마음에 들지 않은 것이다.

"하하, 언제부터 당문 따위가 이 적선 사미를 농락할 만큼 도도해졌는가?"

"……."

적선 사미는 본색을 드러낸 채 당개수를 노려보며 말했다. 구용각과 귀수삼방의 일전에 관해 알지 못하는 그녀로서는 바쁘다는 당개수의 말을 핑계로 여겼다. 더욱이 이미 자신의 입으로 비무를 제의했고, 그것이 무산의 버릇을 고치기 위함이었기에 무슨 일이 있어도 그것을 성사시키고자 하는 고집이 생겨난 것이다.

"적선 선배께서 양해해 주시지요. 지금 당문엔 정말 화급한 일이 있어 시간을 지체할 수 없습니다."

적선 사미의 언사가 영 마음에 들지 않았으나, 그 일을 중재할 수 있는 사람은 자신밖에 없다고 여긴 천우막이 나섰다.

"좋소. 하지만 무산이라는 저 녀석은 오늘 반드시 버르장머리를 고쳐 놓아야 하겠소. 이제껏 참기는 했으나, 천 대협도 보셨다시피 저 꼬마가 나 적선 사미를 농락했소이다."

적선 사미는 당개수를 외면한 채 무산을 손가락으로 가리키며 천우막에게 말했다.

천우막으로서도 난감할 수밖에 없는 상황이었다. 자신이 직접 적선 사미와 비무를 나누어 시비를 가릴 수도 있겠으나 같은 무림맹 소속끼리 그렇게 하는 것도 보기가 아름답지 않을 듯하고, 대신 무산을 꾸짖자니 괜히 억울한 느낌이 들었다.

"아, 거 스님 말 많으시네요. 불가의 제자는 모든 걸 폭력으로 해결합니까? 우리는 아주 시급한 일 때문에 식사할 시간밖에 없고, 그 시급한 일이란 사람의 목숨이 걸린 일입니다. 도대체 비무와 인명을 구하는 일 중 어느 것이 더 중요하겠습니까?"

두 눈 똑바로 뜨고 적선 사미를 쳐다보던 무산이 답답하다는 듯 가슴을 두드리며 불량스럽게 말했다.

"천 대협……! 나도 참을 만큼은 참았소. 만약 비무를 받아들일 수 없다면 내 손수 저 녀석의 버릇을 고쳐 주리다. 그걸 막으시겠다면 천 대협과의 일전도 피할 수 없게 되겠지요."

적선 사미는 이미 마음을 굳혔다. 자신이 말년에 이름도 없는 젊은 녀석에게 치욕을 당하리라고는 상상도 해보지 못했던 것이다.

이제 남은 것은 천우막과 당개수의 결정이었다. 일이 이렇게까지 된 이상 아무 일도 없었던 것처럼 넘어갈 수도 없는 노릇이었다.

"좋소. 노선배님 생각이 정 그러시다면 제자들끼리의 비무를 받아들이는 수밖에요. 강호의 이목이 있는데 저희가 감히 노선배를 상대할 수는 없는 일이니까요."

그렇지 않아도 적선 사미에게 좋지 않은 감정을 가지고 있던 당개수가 차라리 잘됐다는 듯 단호하게 결정을 내렸다.

당개수의 그런 모습이 또 자존심을 상하게 했으나 적선 사미는 빠드득, 이를 가는 정도로 넘어갈 수밖에 없었다. 어차피 우담화와 여래가 자신의 치욕을 충분히 씻어주리라 믿고 있었던 것이다.

"자, 밖으로 나가시지요."

적선 사미가 득의에 찬 미소를 지으며 식당의 뒤뜰로 제자들과 함께 나가며 말했다.

"무산 아우, 자네 우담화와 여래에 대해 들어본 적이 있는가?"

천우막이 걱정스럽다는 듯 무산에게 물었다. 비록 자신의 눈으로 그가 시전하는 타구봉법을 보기는 했으나 무산 자신에게 직접 들은 바로는 연기인형이 펼치는 단 한 번의 시범만을 본 것이 전부였기 때문이다.

사실 무산이 오비공천과 겨룰 때에도 무산의 타구봉법은 어딘가 어색한 부분이 있었고, 천우막은 어느 누구보다 그 사실을 잘 알고 있었다.

"우담화는 불가에서 말하는 전설의 꽃이고, 여래라 하면 석가모니를 신성하게 이르는 말 아닙니까. 그것이 어쨌다는 겁니까?"

"이런…… 내가 말하는 것은 아미파의 우담화와 여래라 불리는 저 두 여인을 말하는 것일세. 원래의 법명은 각각 상하(象河)와 아로(牙露)지만, 그 성품과 검법이 워낙 신비하고 깊어 강호의 협객들이 붙여준 이름일세. 일각에선 적선 사미보다 그들 두 여인의 무공이 뛰어나다고 말하고 있지. 자네가 과연 저 여인들을 당해낼 수 있겠는가?"

적선 사미가 먼저 나가고 나자, 천우막이 걱정스런 음성으로 무산에게 물었다.

"진작 말씀해 주시지 않고요. 술도 덜 깬… 딸꾹! 제가 뭘 알겠습니까요? 흐히히! 하지만 강호에 그 명성이 높은 제 처가 있는데 뭐가 걱정입니까. 저는 그저 그 언덕에 비비는 수밖에요."

무산은 다시 취기를 가장하며 농담에 가까운 대답을 들려주었을 뿐이다. 그리고는 당수정을 바라보며 씩, 웃었다.

"으휴~ 이 사고뭉치 같은……."

당수정은 무산으로 인해 다시 복잡한 일에 휘말리게 되었다는 생각에 눈을 흘겼다. 그러나 한편으론 자신의 아버지인 당개수의 자존심을 지켜준 무산이 고맙기도 했다.

[야, 휘두백……! 나 괜찮았냐? 광기에 휩싸인 어떤 사건이란 게 바로 이런 거지?]

「…….」

무산은 아무도 모르게 한차례 부르르, 몸을 떤 후 휘두백에게 전음을 날렸다.

사실 무산 역시 아미파의 우담화와 여래에 관해 들은 적이 있었다. 강호에서 그들의 명성이 제법 높은 만큼, 듣고 싶지 않아도 들을 수밖에 없었던 것이다.

하지만 지금 중요한 것은 암고양이 길들이기였다. 한평생 쥐어 잡혀 사느니 어떤 식으로든 당수정을 감동시켜 자신에 대한 존경심을 이끌어내자는 생각이었다.

「저… 주인님, 전문가의 소견을 피력하자면… 여자 때문에 목숨을 거는 건 진짜 하수들이나 하는 짓거리거든요?」

[뭐?]

「저… 제가 우리 주인집 큰딸을 꼬실 때는… 저…….」

[어떻게 했는데?]

「그냥 냅따 덮쳐서 치마를 들추었습죠…….」

[그게… 네가 말한… 광기였냐?]

「이론과 실제 사이에 존재하는 얼마간의 괴리라고나 할까…….」

[저질…….]

후계자

식당의 뒤뜰은 작은 정원처럼 고만고만한 여러 관목들로 둘러싸여 있었다. 네 사람이 비무를 겨루기에는 다소 좁은 느낌이었으나 아무도 그런 것에 괘념치 않았다.

적선 사미는 시종 여유로운 표정인 반면 천우막과 당개수의 얼굴엔 긴장의 빛이 역력했다.

"아미파의 검법은 심법(心法)에 기초한 것으로, 유연하면서도 날카롭다네. 또한 변화가 많고 임기응변에 강하며 그 동작이 현란해 상대방의 시선을 사로잡지. 게다가 우담화와 여래는 각각 아미파의 절기인 태청검법과 소청검법의 일인자로, 결코 만만한 상대가 아니니 특별히 조심하게."

무산 옆으로 다가온 천우막은 낮은 목소리로 상대방의 무공에 대해 개략적으로 설명하기 시작했다. 무산이 지닌 무공의 수준이나, 위기에 처했을 때 그에게서 발휘될 수 있는 잠재력이 어느 정도인지 확실히 가늠할 수 없는 형편이었기에 영 마음을 놓을 수 없었던 것이다.

"천 대협, 타구봉법으로 저들을 제압할 수 있겠습니까?"

"글쎄… 같은 무공으로 서로 겨룬다 해도 승부가 나지 않는가? 무공에 앞서 그 사람이 지닌 기량이 어느 정도이냐가 문제겠지. 아미의 검법과 우리 개방의 타구봉법이 지닌 무공을 비교할 수는 있겠으나 어찌 그 우열을 논할 수 있겠는가?"

"흐히히! 천 대협, 타구봉법의 장점이 뭔지 아십니까?"

"글쎄……."

무산의 뜬금없는 질문에 천우막은 멍하니 무산을 바라볼 수밖에 없었다.

"상대방이 개다 생각하고 나면 봉이 저절로 나간다는 것입죠. 흐히히……! 상대가 적선 사미라면 훨씬 수월할 텐데……!"

"……."

천우막의 목소리에 비해 무산의 목소리가 비교적 큰 탓에 천우막은 화들짝 놀라며 적선 사미의 표정을 살펴야 했다.

다행히 적선 사미는 우담화와 여래에게 무엇인가를 당부하고 있는 듯 멀찍이서 이야기를 나눈 탓에 무산의 이야기를 듣지 못하고 있었다.

"자, 시작해 볼까요? 빈니의 생각으로는 시간 끌 것 없이 네 사람이 함께 비무를 겨루었으면 합니다. 다만 서로의 실력을 확인하고 단순히 버릇을 고쳐 놓자는 데 의미가 있으니 서로 목숨을 해하여서는 안 되겠지요?"

적선 사미는 싸늘한 미소를 머금은 채 말한 후 당개수와 천우막의 표정을 살폈다.

평소 적선 사미의 성정을 잘 알고 있는 천우막으로서는 분노가 치밀어 오를 수밖에 없었다. 분명 불가의 제자로 강호에서도 명성이 높은 적선 사미였지만, 방금 전 그녀의 말은 목숨을 해하지 않는 범위 내에선 어떤 불상사가 일어나도 책임이 없다는 식의 말이었던 것이다. 더욱이 이번 비무가 무산의 버릇을 고쳐 놓기 위한 것이니만큼 앞으로는 조심하라는 의미도 담겨 있었다.

천우막은 방금 전 우담화와 여래에게 적선 사미가 당부한 것도 손속에 사정을 두지 말라는 것이었으리라 생각할 수밖에 없었다.

"무산 아우, 상대의 팔이나 다리보다는 몸통과 머리를 공략하게. 수정이라면 한 사람을 상대로 반각 정도는 버틸 수 있겠으나 그 이상은 무리일세. 이 싸움은 전적으로 자네에게 달려 있는 것이야."

천우막이 마지막 당부를 남긴 후 당개수와 함께 멀찍이 물러섰다.

이제 달빛이 내리비치고 있는 뒤란으로는 무산과 당수정, 우담화, 여래 그렇게 네 사람이 서로 맞서 있을 뿐이었다. 무산은 봉 하나를 들고 있었으며 당수정은 평소와 마찬가지로 부채를, 우담화와 여래는 검을 들고 있었다.

'음……! 제법 풍만한걸. 얼굴도 저 정도면 미인 측에 속하는데 왜 하필 중이 되었을꼬?'

우담화와 마주 선 무산은 느끼한 시선으로 그녀의 몸을 훑어 내리다가 한순간 가슴에 시선을 고정한 채 헤벌쭉이 웃었다.

"오늘 네놈에게 강호의 법도를 가르쳐 주마."

팽팽한 긴장을 깨뜨린 것은 우담화였다. 그녀는 무산의 느끼한 시선에 발끈해 검을 날려온 것이다.

우담화의 검은 빙그르르 원을 그린 후 아래에서 위로 솟구치다가 다시 예리한 파공음과 함께 직선으로 무산을 찔러 들어왔다. 천우막의 말대로 그 짧은 거리에서도 숱한 변화를 일으키며 시선을 현혹하고 있었던 것이다.

"흠……! 내가 아직 홀몸이라면 스님에게 가정의 법도와 함께 운우지정을 가르칠 것이나, 장가를 간 몸이니 이것 참 난처하구려……!"

무산은 현란한 퇴법으로 우담화의 검을 피하며 히죽거렸다. 하지만 그런 여유는 오래가지 못했다. 우담화의 검은 무산의 실력으로 감당하기엔 벅찰 만큼 빠르게 허를 찔러들었고, 그때마다 무산은 아찔한 전율을 느껴야 했다.

한편 여래와 당수정 역시 한쪽에서 치열한 공방을 펼치고 있었다. 하지만 당수정의 부채는 몇 차례 여래의 공격을 막아낼 수는 있었으나 암기를 사용하지 않고 싸우려다 보니 검에 비해 훨씬 그 효율성이 떨어지고 있었다.

상대는 무림맹에서도 그 배분이 높은 적선 사미의 아미파. 자칫 암기를 사용했다가는 아버지인 당개수가 세우고자 했던 당문의 위상이 한순간에 무너질 수도 있었던 것이다. 하지만 암기를 배제한 싸움에서 당수정은 현격한 실력 차를 느낄 수밖에 없었다. 상대가 상대이다 보니 얄팍한 기교나 눈속임이 먹혀들 리 없었던 것이다.

"헛……!"

"앗……!"

채 얼마 지나지도 않아 무산과 당수정의 입에서 동시에 신음이 새어 나왔다.

무산은 오른쪽 팔에 가벼운 검상을 입었고, 당수정 역시 검끝에 목덜미를 스치며 희미하게 선혈을 내비쳤다.

"호호호호……! 이거 천 대협의 제자가 너무 손속에 사정을 두는 것이 아닌지 모르겠습니다."

비무를 지켜보던 적선 사미가 통쾌한 웃음을 웃어 젖히며 비아냥거렸다. 그 바람에 우담화와 여래는 잠시 공격을 멈춘 채 적선 사미를 응시했다.

"음…… 역시 아미의 무공은 심오합니다. 이제 그만 비무를 물려도 되겠지요?"

너무나 현격한 실력 차이를 확인한 천우막이 씁쓸한 음성으로 적선 사미에게 말했다.

"천 대협, 무슨 겸양의 말씀을……. 아직 대협의 제자는 비무를 끝내고 싶어하지 않는 듯하지 않습니까. 저렇게 멀뚱히 서서 봉을 겨누고 있다니…… 호호호! 당장 땅바닥에 엎드려 목숨을 구걸하지 않는 걸 보면 아직 개방의 미덕을 배우지 못한 모양입니다그려. 호호호호!"

"말씀이 심하시구려……!"

천우막은 적선 사미의 거만한 말에 울화가 치밀었으나, 이러지도 저러지도 못한 채 어정쩡하게 서 있을 수밖에 없었다.

그런데 그때였다.

"이거 채소 밑에 고기 깔아 먹는 거 아냐? 풀만 먹는다는 땡중들이 어떻게 이렇게 팔팔할 수 있어?"

수세에 몰려 숨조차 제대로 쉬지 못하던 무산이 잠시 비무를 멈춘 틈을 타 또 시건방을 떨기 시작했다.

"저런 발칙한……!"

한껏 거드름을 피우고 있던 적선 사미가 무산의 말에 발끈하더니 곧장 우담화와 여래에게 눈짓을 보냈다.

"네놈은 자비를 얻을 인간도 못 되는구나. 아미파의 매서운 손속을 원망 말거라."

우담화는 검을 빠르게 회전시키며 무산의 가슴을 노려왔다.

"어절씨구리……! 난 중이 검을 쥔다는 것 자체가 마음에 들지 않아. 석가모니가 검으로 세상을 평정했냐, 말발로 했지, 이런 야채 만두에 고기 집어넣어 먹을 땡중들아."

무산의 모습은 분명 방금 전과는 달라져 있었다. 그는 당문의 시험에서 허수아비들의 검을 피해 나갈 때 이용했던 무퇴(無退)를 이용해 오히려 우담화에게 다가가며 타구봉법을 응용해 공격을 펼치기 시작했다.

무산은 적선 사미로 인해 비무가 잠시 멈춰진 사이 우담화의 검법을 머리 속에 그려보며 그 약점을 찾아냈던 것이다. 우담화의 공격은 화려한 만큼 허초가 많고 현란한 움직임으로 눈을 현혹시키고 있었다.

그런 만큼 무산은 우담화의 초식을 여러 개의 허수아비라고 정의 내린 후 허초를 빗겨가며 자신이 목적한 하나의 실체에 주목해 공격을 펼쳐 간 것이다. 그러자 점차 우담화의 약점이 보이기 시작했고, 봉은 정확히 그녀의 공격을 막아내는 동시에 빈곳을 파고들어 우담화를 궁지에 몰아넣었다.

"적선 선배, 개방의 미덕은 아무에게나 무릎을 꿇는 데 있는 것이 아니올시다. 주인 믿고 날뛰는 못된 개를 평정해 마을을 평안케 하는 것 입지요. 푸헤헤……!"

무산이 우위를 점하는 모습을 지켜보던 천우막이 흐뭇한 미소를 띠며 적선 사미의 염장을 질렀다. 아무리 생각해도 무산은 남 주긴 아까운 인재였다. 워낙 영리하고 무공의 바탕이 튼튼해 한번 몸을 섞어본 상대라면 쉽게 그 약점을 간파해 냈던 것이다.

하지만 당수정의 사정은 그다지 좋지 않았다. 그는 줄곧 여래에게 밀리며 한 초 한 초를 어렵게 막아내고 있었다.

"이런… 외라는 염불은 안 외고 싸움질만 배웠나?"

수세에 몰리고 있는 당수정을 발견한 무산은 우담화가 검을 찔러오는 순간을 노려 즉시 공중제비를 돌며 빈틈이 생긴 그녀의 검을 후려갈겼다.

"하악—"

우담화가 날카로운 비명을 내지르며 앞으로 고꾸라지는 사이 무산은 어느새 봉과 함께 빠르게 회전하며 여래를 공격해 들어갔다.

빠지직……!

"허엇……!"

아찔한 순간이었다.

여래의 소청검법은 우담화의 태청검법과는 상당히 다른 면을 가지고 있었다. 우담화가 화려하고 현란한 검법을 구사하며 상대를 압도해 나가는 것과는 달리 여래는 간결하면서도 예리한 초식으로 상대의 빈틈을 허용하지 않았다.

무산이 자신을 향해 날아오는 것을 본 여래는 미처 피할 틈이 없음을 깨닫고 본능적으로 검을 뻗어 지척에 다다른 무산의 대나무 봉을 쪼개 나갔던 것이다.

우담화의 검과 수차례 맞부딪치는 동안에도 멀쩡했던 봉이다. 하지만 막상 봉과 정면 충돌한 여래의 검은 대나무 마디를 뚫고 결을 따라 쭉 미끄러지며 봉의 중간 부분을 쥐고 있던 무산의 손까지를 베어 들어왔다.

만약 무산이 손을 빼지 않았다면, 그의 손은 분명 여래의 예리한 검 날에 여지없이 잘려 나갔을 것이다. 그러나 천우막의 믿음처럼 무산은 빠르고 영악했다. 그는 곧장 봉을 비틀어 돌림으로써 검을 쥔 여래의 균형을 깨뜨렸고, 뒤이어 봉을 놓은 채 한 바퀴 굴러 튀어 오르며 오른 발로 여래의 손목을 걸어찼다.

"아얏……!"

여래의 짧은 비명이 울려 퍼지기가 무섭게 그녀의 검이 튀어 나가 차—앙, 하는 맑은 소리를 내며 작은 관상석에 부딪쳐 튕겨 나갔다.

"이 못된 계집, 각오해라!"

당수정의 앙칼진 목소리가 들려온 것도 그 순간이었다.

당수정은 여래가 당황하고 있는 틈을 놓치지 않고 곧장 날아올라 부채를 펼치며 여래의 목을 베어갔던 것이다.

타—탁……!

"에구머니……!"

무엇인가가 당수정의 부채를 쳐냈고, 그 충격에 부채를 놓쳐 버린 당수정은 그대로 여래를 덮치며 바닥에 나동그라졌다.

"적선 선배! 어찌 제자들의 비무에 끼어들어 방해를 놓으시오?!"

방금 전, 적선 사미가 염주 알 하나를 튕겨내 당수정의 부채를 쳐내는 것을 본 천우막이 항의하듯 그녀를 노려보며 말했다.

하지만 적선 사미는 천우막의 말을 무시한 채 짐짓 노한 표정을 띠며 당수정을 윽박질렀다.

"누가 당문의 계집이 아니랄까 봐 신성한 비무에서 암기를 사용하느냐?!"

"말씀을 삼가시오. 암기를 사용했다면 여래는 진작에 바닥을 나뒹굴었을 것이오."

 이제껏 속으로만 조바심을 치고 있던 당개수가 불같이 노하며 적선 사미를 노려보았다.

 "오늘 여러 가지로 실망을 하게 됩니다그려. 아미파의 검법에 실망을 하게 된 것은 일진으로 여길 수 있으나, 노선배의 경박함에 대한 실망은 좀체 잊혀질 것 같지 않습니다. 지난 10여 년간 우리 당문은 공명정대한 운영을 해왔습니다. 그것은 강호의 모든 협객들이 인정하는 바이며, 무림맹에서도 그러하리라 믿고 있소. 어찌 덕망 높은 노선배께서 사사로운 감정을 이유로 당문을 매도하려 하시오."

 "이런… 이런 건방진 것들!"

 당개수의 강경한 비난이 이어지자 적선 사미의 얼굴은 노기로 가득 찼으며 차마 말을 제대로 잇지 못하고 부르르 몸을 떨기만 했다.

 전혀 예상하지 못했던 결과로 인해 적선 사미는 최대의 수모를 겪고 있는 것이었다. 무림맹의 차기 맹주로 낙점되다시피 한 자신이 한낱 새파랗게 젊은 당문의 후학들로 인해 봉변을 당할 것이라고는 상상도 하지 못했다.

 "저 계집의 부챗살 끝에 칼날이 박혀 있는데 그것이 암기가 아니고 무엇이더냐?!"

 적선 사미는 궁색한 변명을 늘어놓으며 당수정의 부채를 가리켰다.

 "적선 선배, 정말 안쓰럽구려. 저것이 암기라면 우담화와 여래가 들고 있던 저 검 역시 암기가 될 것이오. 정말이지 오늘 보아서는 안 될 모습을 본 것 같아 씁쓸합니다그려……!"

 천우막은 적선 사미를 똑바로 쳐다보며 혀를 끌끌 찼다.

 천우막의 그런 반응은 당개수의 직설적인 비난보다 더 적선 사미를 초라하게 만들었다.

하지만 적선 사미는 아무런 항변도 할 수 없었다. 스스로 생각하기에도 이번 비무는 철저하게 무산과 당수정의 승리였다. 자신은 그것을 결코 인정하고 싶지 않았으나 인정할 수밖에 없는 상황이었다.

"일이 이렇게까지 번진 이상 빈니가 나서는 수밖에 없겠소. 나 적선 사미가 천 대협과 당문주에게 비무를 신청합니다."

자존심 하나로 살아온 적선 사미는 이미 이성을 잃은 듯했다. 사소한 시비를 참지 못해 일을 점점 크게 확대하고 있었던 것이다.

"적선 선배, 선배의 비무 신청이라면 내 기꺼이 응할 것이외다. 하지만 지금 우리는 상당히 시급한 일로 촌각을 다투고 있습니다. 차후 언제든 비무에 응할 것을 약속하는 바이니, 오늘은 이 정도에서 사태를 수습했으면 합니다."

"……."

연민 어린 시선으로 자신을 대하는 천우막으로 인해 적선 사미의 수치는 절정에 달하게 되었다. 그동안 쌓아온 법력은 모두 사라진 것인지, 그녀는 마치 풍에 걸린 사람처럼 몸이 마비되어 오는 것을 느낄 수 있었다.

'이… 이 수모는 반드시 갚아버릴 것이다.'

적선 사미는 빠드득, 이를 갈며 마치 돌로 굳어버린 것처럼 그 자리에 붙박이고 말았다.

"자, 무산과 수정이는 어서 길 떠날 채비를 하거라. 사소한 일로 시간을 지체하게 되었으니 식사는 말 위에서 한다."

천우막은 무산과 당수정을 짐짓 엄한 목소리로 다그친 후 식당 안으로 들어섰다. 뒤이어 당개수와 당수정, 무산이 천우막을 따라 식당 안으로 모습을 감추었다.

　흔들리는 나뭇잎 사이로 달빛이 내려앉고 있는 뒤란. 이제 그곳에는 허탈한 모습으로 서 있는 적선 사미와 차마 얼굴을 들지 못한 채 바닥에 꿇어앉아 있는 두 여제자만이 남아 무거운 정적에 짓눌리고 있었다.

4
후계자

"두백아……!"

"옙, 사부."

"네가 그동안 일소천 그 영감탱이에게 배운 것이 무엇이더뇨?"

"편애와 합당치 못한 폭력과 무식한 언사, 맹목적인 식탐과 게으름, 치사한 행동 양식과 뻔뻔스러움, 그 외 부도덕이라 불릴 수 있는 많은 것들을 보아왔으나, 제가 워낙 바른 사람이다 보니 정작 배운 것은 아무것도 없습니다."

"크하~ 좋다! 더러운 것에 물들지 않으니 너야말로 군자로구나. 자고로 시인의 눈과 귀는 그 모든 혼탁한 것들을 정화시켜 왔느니, 우리 두백이야말로 참시인의 길을 걷고 있도다. 그런데 두백아, 이 참스승 열해도 팽이가 너에게 가르칠 것은 너무나 많도다. 최근의 비계두일도 단법이나 벽뢰도법 등은 물론 그동안 각혈을 토해내며 정리한 무공 비급들이 50여 권에 이른다. 너는 이미 시성(詩聖)의 경지에 이르렀으니, 남은 일은 도성(刀聖)이 되는 것이다. 알겠느냐?"

팽가객잔, 아니, 이제 두백지향으로 상호를 바꾼 팽 영감의 객잔.

밤새 이리 떼의 울음소리로 밤잠을 설쳤음에도 이재천은 새벽같이 일어나 팽 영감으로부터 도법(刀法)을 전수받고 있었다.

"옙, 사부. 그런데… 이 생강은 찜에 들어갈 건가요, 아니면 탕에 들어갈 건가요? 큼직큼직하게 썰갑쇼, 아니면 얇게 썰갑쇼?"

다짜고짜 시작된 오늘의 도법 강의는 생강 썰기. 이재천은 팽 영감에게 건네받은 커다란 식도(食刀)로 생강의 껍질을 벗기다가 문득 물었다.

시작부터 식도를 들게 되었으니 이재천으로선 다소 불길한 예감이 들었으나, 팽 영감은 분명 일소천과는 달랐다. 제자 사랑이 너무 각별해 도(刀)를 잡는 것 외의 일은 아직껏 시킨 적이 없었다.

어젯밤에 닭 열두 마리에 오리 여섯 마리, 염소 한 마리를 잡긴 했으나 그것은 어디까지나 도를 이해하기 위한 어쩔 수 없는 과정이었다.

"재천아, 도(刀)와 검(劍)의 차이를 아느냐?"

숫돌에 칼을 갈고 있던 팽 영감이 모처럼 진지한 자세로 물었다.

"이런, 이런……! 사부님, 양날이 선 것은 검, 외날이 선 것은 도 아닙니까. 아무렴, 강호밥 먹겠다고 나선 놈이 그걸 모를까요."

"흠……! 그건 일소천같이 검을 쓰는 무리들이 자신들의 무기를 더 유용한 것처럼 보이게 하려고 꾸며낸 것이니라. 지는 두 날이고, 우리는 한 날이니 저희가 유리하다는 것이지. 하지만 그것은 도검의 역사를 모르는 무식한 망발이니라."

"……."

"문자를 풀어보면 알 수 있듯 검(劍)은 도리깨질 첨(僉)에, 칼 도(刂)를 붙여 완성된다. 이것은 검이 마치 도리깨처럼 쓰인다는 의미다. 이런 해석이 무엇을 의미하겠느냐. 검은 곧 도리깨처럼 크게 휘둘러 사용함으로써 다수의 싸움, 즉 전쟁에 유용하게 사용되는 무기임을 말한다. 물론 최근 검은 찌르기, 도는 베기에 유용하다는 인식이 지배적이나, 이 역시 잘못된 것이니라. 그것은 도(刀)의 해자(解字)를 생각하면 쉬워진다. 쌀 포(勹)에 삐칠 별(丿)이 붙어 만들어진 것이 도(刀)다. 이것은 곧 꼬챙이 같은 것에 손잡이를 붙인 형상이다. 그 자체로 찌르기를 염두에 두고 있음이다. 특히 여기에서 간과할 수 없는 것은 손잡이이니라. 도(刀)가 꼬챙이처럼 찌르는 것을 목적으로 한다는 측면만을 의미하고자 했다면 굳이 손잡이처럼 생긴 포(勹) 자를 붙일 필요가 없었겠지. 푸히히. 여기에 바로 도의 비밀이 있느니라. 도에 있어 중요한 것은 바로 그 손잡이라는 얘기지. 이 도를 보거라."

도검의 이론을 설명하던 팽 영감은 천에 둘둘 말려 선반 위에 놓여 있던 장도(長刀)를 꺼내 펼치며 손잡이 부분을 가리켰다.

"검과는 달리 제대로 된 도는 그 날보다 손잡이가 길다. 이 장도 역시 날은 2척 1촌에 불과하지만 손잡이는 무려 3척 2촌에 이른다. 이것이 무엇을 의미하는지 아느냐?"

"……"

"푸히히……! 바로 무기와 주인과의 친밀성을 의미하느니라. 검이 그저 많은 인간들을 죽이기 위해 칼날만을 길게 만든 반면 도는 늘 내 품에 머무르며 꼭 필요한 일에만 사용되기에 내 공간, 즉 손잡이가 길어지게 된 것이지."

팽 영감은 말을 마친 후 곁눈질로 이재천의 표정을 한번 살폈다. 하지만 기대한 것만큼의 반응이 나오지 않자 한차례 수염을 쓰다듬은 후 다시 열변을 토하기 시작했다.

"그 기원을 보아도 그렇다. 도가 검보다 훨씬 이전에 나타났다는 것을 문자가 보여주지 않느냐. 검(劍) 역시 도(刂)에서 파생된 것이니라. 검에서 도를 빼면 도리깨 첨(僉)만이 남지. 도의 의미를 상실한 검은 도리깨에 불과하다는 깊은 의미가 거기에 담겨 있는 것이니라. 자, 이제 도와 검 중 어느 것이 더 위대한지 온몸으로 느낄 수 있겠지?"

"그런데 사부, 왜 검을 쓰는 일소천 사부를 한 번도 못 이겼나요?"

"……."

일소천의 이름이 나오자 식도를 든 팽 영감의 손이 바르르 떨렸.

'이 녀석이 정녕 매를 버는 녀석이로구나. 성질 같아서는 모가지를 비틀고 싶지만… 어떻게 얻은 제잔데…….'

팽 영감은 이재천의 얼굴을 물끄러미 쳐다보았다.

"이미 설명했듯 그것은 무기의 차이가 아니라 기량의 차이였느니라. 인정하고 싶지는 않으나 50여 년이 넘도록 산에서 혼자 야수처럼 살며 무공을 익힌 일소천을 따라잡기는 쉽지 않았느니……! 하지만 너는 다르다. 내가 그동안 정리해 온 도법의 핵심만을 전수해 최대한 짧은 시간 안에 고수의 반열에 올려놓겠다."

"사부님……!"

이재천은 팽 영감의 인내력을 시험하기 위해 염장을 지른 것이었다. 하지만 팽 영감이 화를 억누른 채 어른다운 모습을 보이자 이내 감동하기에 이르렀다.

"왜, 더 궁금한 것이 있더냐, 재천아?"

"예, 이 생강은 찜에 들어갈 건가요, 아니면 탕에 들어갈 건가요? 큼

직큼직하게 썰갑쇼, 아니면 얇게 썰갑쇼?'

팽 영감은 다시 한 번 이재천의 얼굴을 물끄러미 쳐다보았다. 도통 그 속을 알 수 없었던 것이다. 조금의 진지함도 참아낼 수 없고, 자신의 속내를 비치는 것을 죄악시하는 부류가 바로 이재천이었던 것이다.

"껍질은 다 깠느냐?"

"예."

이재천의 자신감 넘치는 대답에 팽 영감은 몸을 일으켜 도마 위의 생강들을 살펴보았다. 얇게 껍질이 벗겨진 생강들이 원래의 형상 그대로 놓여져 있었다.

"음……! 육질이 다치지 않게 잘 깠구나. 그럼 이제 이 도를 가지고 나가 마당의 장작을 패거라. 각 토막을 여섯 조각으로 만들되 결을 무시한 채 고르게 베도록 해라."

"예, 사부."

이재천은 식도를 도마 위에 탁, 꽂아놓은 후 터덜터덜 마당으로 걸어나갔다.

'음……! 진정 섬세한 손을 가졌도다.'

이재천의 뒷모습을 바라보던 팽 영감의 입가로 흐뭇한 미소가 흘렀다.

팽 영감이 이재천에게 주었던 것은 2척의 길이에 달하는 비교적 큰 식도로, 칼날이 8촌, 손잡이가 1척 2촌이었다. 그런데 도면의 세로 길이가 9촌, 그 두께가 1촌으로, 식도라기보다는 도끼에 가까운 형태였다. 그런 식도를 이용해 생강의 껍질을 벗기라는 것 자체가 무리였으나 놀랍게도 이재천은 말끔하게 생강을 까낸 것이다.

"어라?"

잠시 생각에 잠겨 있던 팽 영감이 생강 하나를 집어 들며 놀라운 눈으로 바라보았다. 그 생강에는 사부일체 두백지심(師父一體 杜白之心)이라는 작은 글귀가 정교하게 새겨져 있었던 것이다.
그 글귀를 읽는 팽 영감의 마음에 싸한 감동이 물결치기 시작했다.
'저 녀석은 진정 도신(刀神)의 경지에 이를 재목이다……!'
일소천으로 인해 허비한 인생이 40여 년. 하지만 80의 나이에 이르러서야 비로소 열해도 팽이는 자신이 이제껏 이 황야의 객잔을 떠나지 않고 버텨온 보람을 찾을 수 있었다.
어젯밤, 배은망덕 이편이 잠시 이재천을 찾아왔었다. 오랫동안 주인으로 섬겨온 이재천과 다른 길을 걷게 된 만큼 마음의 정리가 필요했던 것인지도 모른다. 이편은 이미 일소천에게서 용등연검법을 전수받기로 마음을 굳힌 만큼 이재천과 결별해야 했던 것이다.
그런데 두런두런 이재천과 이야기를 나누던 이편은 느닷없이 무림맹의 비무대회에 관한 소식을 전했다. 머지않아 무림맹에서 비무대회를 열게 되는데, 용문파에서도 그 대회에 참가하게 되리라는 얘기였다.
그 이야기를 듣는 순간 팽 영감은 흥분을 감출 수 없었다. 어쩌면 그 비무대회는 자신이 다시 강호에 그 위명을 떨칠 기회가 될지도 모른다는 생각이 들었기 때문이다.
이재천은 비록 검을 익혀오기는 했으나 오랫동안 도를 연구해 온 팽 영감이 보기에 천부적인 도인(刀人)이었다. 시간이 다소 촉박하기는 했으나 심혈을 기울여 연마한다면 놀랄 만한 성취를 이루리라는 확신이 있었다.
하지만 문제는 이재천에게 그 대회에 참가할 자격이 있느냐였다. 개인 자격으로 참가하는 것이 허용된다면 모를까, 자신은 아직 개파조차

하지 않았으므로 무림맹의 초청을 받을 형편이 아니었던 것이다.

　결국 이재천을 그 대회에 참가시킬 수 있는 방법은 세 가지였다.

　첫째, 자신이 이재천과 함께 하북팽가로 돌아가 하북팽가의 제자 자격으로 참가시키는 것. 둘째, 일소천에게 압력을 행사해 이재천을 용문파의 제자 자격으로 참가시키는 것. 셋째, 하나의 문파를 연 후 과거 자신과 친분이 깊었던 무림맹 소속의 인물들에게 참가 자격을 얻기 위한 청탁을 넣는 것.

　하지만 어느 것 하나 쉽게 결정 내리기 어려웠다. 지금의 초라한 모습으로 하북팽가를 찾을 면목도 없었고, 제자를 도둑맞아 미치기 직전인 일소천의 염장에 불을 지를 수도 없었다. 그나마 가장 무난한 것이 개파인데, 그러자니 시간이 너무 촉박했다.

　하나의 문파를 여는 것이야 제 마음이지만, 그 문파를 알리기 위해 소림과 무당, 화산 등 많은 거대문파들을 들락거리자면 족히 세 달은 잡아먹게 될 것이다. 그렇게 되면 정작 이재천에게 도법을 전수할 시간이 없는 것이다.

　'음… 결국 다음 기회를 기다려야 하는 것인가? 아니지, 이대로 포기할 수는 없지. 하루만 더 생각을 정리해 보자.'

　팽 영감은 깊은 한숨을 내쉬며 마당으로 나갔다.

　온통 누런빛을 머금고 있는 황야. 그러나 태양은 오늘도 잊지 않고 그 황량한 대지를 비추고 있었다. 그리고 그 한편에선 웃통을 벗어젖히고 5척이 넘는 거대한 도를 머리 위로 치켜 든 채 장작을 노려보고 있는 이재천이 있었다.

　"아비용～!"

　빠직, 빠지직……!

이재천의 도는 눈부시게 햇빛을 반사하며 빠르게 수차례 오르내렸고, 그때마다 바닥에 놓인 장작을 정확히 절반씩 동강 냈다.

 그 모습을 지켜보던 팽 영감은 말없이 고개를 끄덕이며 생각에 잠겼다.

 '아, 하늘은 공평하다. 공부는 지지리도 못했다더니, 칼질 하나는 가히 나무꾼의 수준이로다. 나 열해도 팽이의 이력이 이 허름한 객잔에서 끝나진 않겠구나……!'

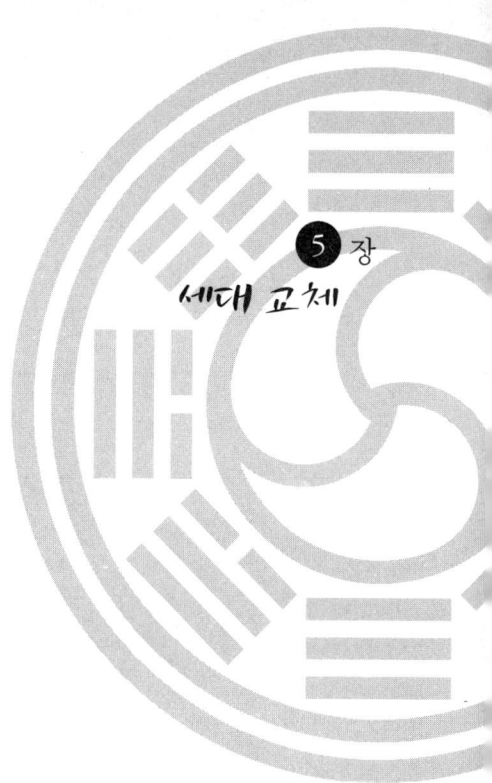

5장
세대 교체

지는 꽃의 아름다움.
지는 석양의 황홀한 빛.
그 뒤에 비로소, 다시 피는 꽃과
다시 뜨는 태양의 눈부심이 있다.

1
세대 교체

"저기 누군가가 이곳을 향해 오고 있구나!"

새벽 어스름을 뚫고 희미하게 들려오는 말발굽 소리에 귀 기울이던 허수가 찌를 갈아 끼우며 입을 열었다.

"구용각은 아닌 듯하구나. 분명 두 마리의 말인 데다 반대 방향에서 달려오고 있지 않느냐."

"그놈이 겁을 집어먹고 안 나타나는 건 아닌지 모르겠구나."

허수의 옆에 앉아 낚싯줄이 드리워진 수면을 바라보고 있던 암수와 독수가 차례로 입을 열었다.

귀수삼방은 어젯밤 이 나루에 도착해 줄곧 낚시를 하고 있었다. 하지만 아직 건져 올린 고기는 한 마리도 없었다.

"이거, 이놈의 물고기들이 밤새 잠만 자고 있나 보구나."

"혹시 독수, 네놈 미끼에 독을 타놓은 것은 아니냐?"

"네 밥에 탈 독도 모자르니라, 이놈아."

세 사람은 평소와 다를 바 없이 태연하게 농담을 주고받았으나 그 마음은 착잡하기 이를 데 없었다. 어쩌면 오늘이 자신들의 제삿날이 될 수도 있기 때문이다. 차라리 구용각이 나타나지 않았으면 하는 것이 그들의 솔직한 바람이었다.

타그닥, 타그그닥……!

말발굽 소리는 점점 나루를 향해 다가오고 있었고, 희미하게나마 형체를 드러내기 시작했다.

"낄낄! 당문의 세 늙은이가 눈 빠지게 죽음을 기다리고 있을 것 같아 내가 말까지 빌려 타고 오는 길입지!"

귀수삼방의 바람과는 달리 그 목소리는 구용각의 것이었다.

"푸히히! 암수야, 허수야, 이제 그만 낚시를 접어야겠구나. 붕어 몇 마리 잡아 방생(放生) 좀 하려 했더니 그조차도 어렵구나. 천상 지옥 갈 팔자인가 보다."

"이놈아, 잡았다 놓아주면 붕어가 퍽도 고마워하겠다."

"독수 저놈이 꼭 귀수삼방의 얼굴에 똥칠을 하지……!"

귀수삼방은 빈 낚싯대를 들어 올려 바닥에 놓은 채 차례로 일어서며 말했다.

자욱한 안개를 뚫고 두 마리의 말과 사람이 모습을 드러냈다. 앞선 자는 다소 신수가 훤해진 구용각이었고, 그 뒤에는 방년의 여인이 따르고 있었다.

"소희야, 인사드리거라. 저 세 사람은 사천당문의 귀수삼방이니라."

구용각은 말에서 내린 후 구소희에게 귀수삼방을 소개해 주었다. 그리고 잠시 무엇인가를 생각하더니, 이내 입을 열었다.

"낄낄! 부탁 하나만 드려도 되겠소?"

구용각의 말에 귀수삼방은 잠시 서로의 얼굴을 쳐다보다가 이내 고개를 끄덕였다. 뭔가 사정이 있으리라는 것을 쉽게 짐작할 수 있었기 때문이다.

"내 생각엔 오늘 귀수삼방이 이 나루를 살아서 빠져나가기는 어려울 것 같소이다. 하지만 만에 하나 살아난다 해도 이 아이에게 내 정체를 밝히지 말아주시오."

구용각은 포권을 취하며 진지하게 귀수삼방에게 부탁했다. 그는 접몽, 즉 구소희의 신분을 철저히 숨기기 위해 자기의 이름조차 아직 그녀에게 밝히지 않았던 것이다.

이곳 나루까지 오는 동안 구용각은 몇 번이나 접몽이라는 이름을 부르고 싶었다. 아니, 사실은 그녀의 어미인 야란의 이름을 부르고 싶었다. 물론 자신이 아비임을 밝히고 뜨거운 가슴으로 딸을 안아보고 싶었으나, 그러자면 너무 많은 상처들이 덧나게 될 것 같았다.

할 수 없이 구용각은 적선 사미와의 약속대로 딸 접몽, 아니, 구소희에게 자신의 무공을 전수하는 것으로 아비의 정을 다하는 수밖에 없었다. 그리고 오늘, 어쩌면 귀수삼방과의 싸움이 자신이 줄 수 있는 마지막 가르침이 될지도 모른다고 막연히 짐작하고 있었다.

방금 전 귀수삼방에게 정중하게 부탁한 이유 역시 그 때문이었다. 하지만 자신의 그런 바람은 채 몇 촌도 지나지 않아 나온 암수의 한마디로 인해 처절하게 깨지고 말았다.

"허수야, 구용각 저놈이 도대체 무슨 소리를 하는 게냐?"

"……."

쿠쿵……!

암수의 입을 통해 구용각이라는 이름을 듣는 순간, 구소희의 표정에 이채로움이 스쳐 갔다.

하지만 그것은 구용각의 위명을 익히 알고 있기 때문은 아니었다. 적선 사미와 범현 거사는 철저하게 구용각이라는 이름을 입 밖에 내지 않았다. 또한 그녀의 검법 사부인 여래와 우담화 역시 단 한 차례도 구용각의 이름을 입에 담지 않았기에 소희로서는 그 이름을 들을 기회가 없었던 것이다.

구소희는 단지 비밀에 싸여 있던 괴팍한 사부의 이름을 알아냈다는 즐거움으로 잠시 미소 지었을 뿐이다.

"이 미련한 놈. 구용각이 자기 이름이나 과거를 밝히지 말아달라고 부탁을 한 것이니라."

"그럼 지를 뭐라고 불러달래? 다시 혈루검으로 불러달래?"

"암수, 너 이놈! 그러다가 구용각이 과거에 북천문의 최고수였다는 얘기까지 하겠다?"

"……."

쿠쿵……!

암수도 허수도 결코 고의로 구용각의 과거를 밝힌 것은 아니었다. 귀수삼방 역시 명예를 아는 위인들로, 상대의 청을 이유없이 묵살할 만큼 모질지는 않았다. 다만 그들은 너무 나이가 들었고, 궁금한 것이 많아 때와 장소를 가리지 못한 채 주접을 떨곤 했을 뿐이다. 바로 지금 이 순간처럼…….

'북천문……! 혈루검 구용각……!'

구소희는 혼란에 빠질 수밖에 없었다.

적선 사미가 구용각에게 자신을 위탁할 때만 해도 그녀는 그다지 대수롭지 않은 일로 여겼다. 어차피 소림의 범현이나 적선 사미, 여래와 우담화 외에도 몇 차례 강호 고수들을 초빙해 교육을 받아온 만큼 구용각 역시 그런 인물 중 하나일 것이라고 막연히 짐작했을 뿐이다.

하지만 구용각과 함께 여행하는 동안 구소희는 여러 가지 의문을 가질 수밖에 없었다. 우선 구용각의 무공은 어딘가 사특한 기운이 느껴지는 것 같으면서도 마치 물빛처럼 투명하고 맑아 그 근원을 헤아리기가 어려웠다. 게다가 철저하게 비밀에 싸인 사람이라 때로는 신비감까지 느껴질 정도였다. 북천문의 교주였던 매성목의 위패에 예를 올릴 때부터 그런 의문은 증폭되었고, 정식으로 그에게 무공을 전수받기 시작한 이후 그것은 절정에 달해 있었다.

더욱이 평소 자신을 바라보는 구용각의 눈에서는 뭔가 애절함이 묻어났고, 때로는 회한과 증오가, 때로는 감당하기 어려울 만큼의 정이 느껴지기도 했다.

그런데 그런 인물이 한때 북천문의 최고수였다니 구소희로서는 충격이 아닐 수 없었다. 얼마 전 태산에 올라 매성목의 위패에 예를 올린 까닭을 이제야 깨닫게 되었으나, 왜 굳이 자신에게까지 그것을 강요했을까 구소희는 궁금하지 않을 수 없었다.

한편 구용각 역시 난처한 처지에 놓이고 말았다. 이곳까지 구소희를 데려오는 동안 행여 이런 사태가 벌어지지 않을까 걱정하지 않은 것은 아니었다. 구소희를 아미파에 보낸 후 혼자 올 생각도 해보았지만 자신에게 주어진 구소희와의 길지 않은 시간을 그렇게 포기할 수는 없었다.

아니, 어쩌면 어떤 식으로든 구소희에게 과거를 밝히고 '아버지'라는 한마디를 듣고 싶었던 것인지도 모른다. 하지만 그 소원은 너무나 큰 대가를 요구하는 것이었고, 차마 그 자신이 받아들일 용기가 없었다.
"사부님."
"……."
구소희는 알 수 없다는 눈빛으로 구용각의 눈을 똑바로 쳐다보았으나 정작 구용각은 아무 말도 할 수 없었다.
한동안 정적이 흘렀고, 그제야 귀수삼방 역시 구용각과 구소희 두 사람 사이에 이상한 기류가 형성되고 있음을 깨달았다.
"구용각, 일단 우리 자리를 옮기세."
정적을 깨뜨린 것은 허수였다.
허수가 생각하기에 어쩌면 조만간 천우막을 위시한 당문의 사람들이 이 싸움을 만류하기 위해 이곳으로 몰려올 것 같았다. 만약 그런 일이 벌어진다면 상당히 소란스러워질 것이 뻔한 만큼 일찌감치 다른 장소로 옮겨 구용각과 대적하고 싶었다.
귀수삼방은 어쩌면 이 싸움에서 자신들이 패해 죽게 될지도 모른다는 생각을 떨칠 수 없었다. 하지만 이 일에 당문까지 끌어들이고 싶은 생각은 없었다. 애초 죽음이 두려웠다면 이 자리에 나오지 않으면 그만이다.
단 한 번, 죽기 전에 단 한 번만이라도 자신들이 아직 살아 있다는 것을 느끼고 싶었다. 그저 숨을 쉬며 밥을 축내는 늙은이들로서가 아닌 강호인으로서, 온몸에 전율을 일으키는 순간순간을 체험하고 싶었던 것이다.
게다가 구용각. 그 정도의 인물이라면 귀수삼방은 자신들의 마지막을 장식해 줄 수 있는 훌륭한 상대임을 알고 있었다. 결코 그 기회를 놓치고 싶지 않을 만큼.

"좋소!"

구용각은 이유도 묻지 않은 채 허수의 청에 응했다. 당장은 구소희의 눈빛으로 인해 느껴야 하는 당혹스러움에서 벗어나야 했기 때문이다.

"고맙네. 자, 이쪽으로……."

허수는 강물에 발을 담근 채 물결을 따라 강의 하류로 걸음을 옮기기 시작했다. 암수와 독수 역시 똑같은 방식으로 허수의 뒤를 따랐다. 발자국을 남기지 않기 위해서였다.

"소희야, 내 제자가 된 것을 후회해도 좋다. 하지만 아직 네게 가르쳐 줄 것 하나가 남아 있다. 내가 네 사부였다는 사실은 영원히 비밀로 부쳐질 것이니 심려 말아라."

귀수삼방의 모습에서 그들의 의중을 짐작한 구용각은 말을 버려둔 채 강물에 발을 담갔다. 그리고 구소희에게 따라오라는 손짓을 보낸 후 무심히 걷기 시작했다.

차가운 새벽 강물의 한기가 전신으로 퍼지며 더욱 또렷하게 야란의 마지막 모습을 회상시키고 있었다.

"수정, 그대는 말을 참 사랑하나 보오."

"또 무슨 헛소리지? 음… 아무래도 변태토끼보다야 말에 정이 가긴 하지."

"확실하군……!"

"뭐가 확실하다는 거지, 멍청이?"

"말을 사랑한다는 거. 이제 그대를… 애마수정이라 불러주리

세대 교체 183

다……!"
 나루가 가까워질수록 어스름이 걷혀가며 사물이 온전한 제 빛과 형체를 갖추기 시작했다.
 당개수와 천우막, 무산 부부는 말 위에서 식사를 하며 쉬지 않고 달렸으나 예상보다는 다소 늦어지고 있었다. 적선 사미로 인해 식당에서 소비한 시간이 적지 않은 데다, 미처 여물을 먹지 못한 말들이 지쳐 있었기 때문이다.
 하지만 그런 일에는 아랑곳없이 무산은 그저 당수정 길들이기에만 혈안이 되어 있었다.
 '애마수정? 뭐야, 이거. 왠지 느낌이 거북해……!'
 당수정 역시 시간이 지날수록 무산이 괜찮은 인간일지도 모른다는 생각은 하고 있었으나 타고난 성격 때문인지 좀체 고분고분해질 수 없었다.
 어제저녁 장인 당개수가 수모를 겪는 것을 참지 못하고 무모하게 날뛰던 모습이나, 우담화와 여래를 상대로 보여준 뛰어난 무공 실력은 정말이지 멋지고 통쾌했다. 은연중 무산이 남편이라는 사실에 뿌듯해지기도 했다.
 하지만 밤새 말을 달리는 동안 무산이 보여준 행태는 그야말로 끔찍했다. 은근히 다가와 엉덩이를 후려갈기고 달아나는가 하면, 짜증나는 말들로 머리를 어지럽히기도 했다. 아무리 남편이라지만 정 붙일 구석이 없는 위인이었다.
 "애마수정……!"
 한동안 잠잠하던 무산이 다시 말을 가까이 댄 후 심각하게 당수정을 불렀다.

"그렇게 부르지 마, 변태토끼. 뭔지 몰라도 찜찜하단 말야."
"애마수정……!"
"이 자식이?!"

당수정은 도끼눈으로 무산을 노려보며 낮지만 살벌한 목소리로 으르렁거렸다.

하지만 무산은 그런 반응엔 아랑곳하지 않은 채 담담하게 말을 이었다.

"나 정말 미안하게 생각하고 있다오."
"뭘?"
"말이 되지 못한걸……!"
"이런 저질스런 자식. 너, 오늘 밤에 보자……! 빠도독!"

무산과 수정이 티격태격하는 사이 일행은 어느새 나루에 당도하게 되었다. 새벽 안개는 이미 어느 정도 걷혀 있었으며, 날이 훤하게 밝아 오고 있었다.

눈앞에 펼쳐진 넓은 강을 보는 순간 일행은 가벼운 한숨을 내쉬며 얼마간 안도할 수 있었다. 이제 그 강만 건너면 되는 것이다.

하지만 맞은편 나루에는 아무도 없었다. 생각대로라면 귀수삼방이 그곳에 모여 있어야 했으나 빈 배만이 강물에 출렁이며 묶여 있었다.

"아우, 분명 오늘 저곳에서 구용각과 만나기로 했단 말이지?"

당개수는 걱정스런 눈빛으로 천우막을 바라보며 물었다.

"분명 이 나루입니다. 아직 시간이 일러 나오지 않았을 수도 있으니 조급해하지 마십시오, 형님."

천우막 역시 뭔가 이상하단 느낌이 들긴 했으나 짐짓 태연한 척 대답했다.

"음… 그래, 일단 강을 건넌 다음 생각하세나."

당개수는 주위를 둘러보았으나 사공의 모습은 보이지 않았고 빈 배와 뗏목 몇 척만이 나루에 묶여 있었다.

"말이 있으니 천상 뗏목을 이용해야겠습니다."

천우막은 뗏목을 나루 가까이 끌어당긴 후 일행을 그 뗏목에 오르게 했다.

그런데 그제야 뒤편에서 한 사내가 달려오며 일행을 불러 세웠다.

"나으리, 뗏목을 이용하시려면 값을 치르셔야 합니다요. 이 나루에 의지해 사는 사람들이 많다 보니 공동으로 배들을 관리하고 있습죠. 사공이 필요하다면 불러올 수도 있굽쇼."

사내는 연신 굽실거리며 일행의 눈치를 살폈다. 가끔 뱃삯을 요구하다가 봉변을 치르는 경우도 있었기에 신중에 신중을 기하고 있었던 것이다.

"아닐세, 우리가 몰고 가겠네. 그나저나 혹 이 나루에서 괴상하게 생긴 노인 세 명을 보지 못했는가?"

당개수는 주머니에서 동전 몇 개를 꺼내며 물었다.

"아, 그 노인네들 말입니까요? 어제저녁부터 내내 저 나루 근처에 앉아 낚시를 했습죠. 제가 잠을 자러 간 자정 무렵까지 그러고 있었는데 그새 어디로 사라졌군입쇼."

"뭣이라……. 어제저녁부터 저 자리에 있었단 말인가? 자네, 이 나루로 방금 전에 오는 길인가? 혹시 오늘은 보지 못했는가?"

당개수는 다급한 마음에 다그치듯 사내에게 물었다.

"예, 방금 전 마을 사람과 교대를 했습죠. 저… 원래는 다른 사람이 지키는 날인데……."

사내는 잔뜩 주눅이 들어 묻지 않는 말까지 변명처럼 늘어놓으며 말을 얼버무렸다. 하지만 잠시 후 무엇인가가 생각났다는 듯 고개를 번쩍 들어 당개수를 쳐다보더니 빠르게 대답하기 시작했다.

"아, 그러고 보니 방금 전 저와 교대한 사람이 했던 얘기가 생각납니다요. 어떤 사람들이 말을 버려둔 채 강물을 따라 아래로 내려가는 걸 봤다고 했습죠. 어쩌면……."

"그래? 음, 고맙네. 우린 이 뗏목을 타고 강 아래로 내려가야 할 것 같으니 뱃삯 대신 뗏목 값을 주겠네. 여기 이걸 받게나."

당개수는 주머니에서 은전을 꺼내 건넨 후 말을 탄 채 뗏목에 올랐다.

사내는 은전을 본 후 환한 웃음을 지으며 연신 허리를 굽실거렸다. 그리고 일행이 뗏목에 오르는 것을 거들기 위해 소매를 걷어붙인 채 뗏목의 끈을 잡았다.

세대 교체

"애초 우리에겐 서로 원한이 없었네. 그러니 이 싸움은 그저 즐기기 위한 것으로 알지."

허수의 차분한 음성이 물소리에 섞여 더욱 잔잔하게 퍼졌다.

귀수삼방은 구용각과 마주 대한 채 아주 편안한 얼굴을 하고 있었다. 하지만 지난번과는 달리 충분히 준비를 갖춘 듯 몇 개의 무기를 몸에 꽂거나 들고 있었다.

우선 허수는 의수 속에 감추어진 칼 외에도 손바닥보다 조금 큰 도끼 두 자루를 허리에 꽂고 있었으며 등 뒤엔 평범해 보이는 검을 멘 상태였다. 그리고 오른손에는 당수정이 흔히 사용하는 부채를 접어 쥐고 있었다.

허수의 오른편에 선 암수는 몸 곳곳에 여러 개의 독질려와 독가루를 감춰두었으며 양손에 각각 다섯 개씩의 독침을 꽂고 있었다. 다만 허수의 왼편에 서 있는 독수는 보이지 않는 곳에 암기를 감춘 것인지 외관상으로는 맨손처럼 보였다.

 반면 구용각은 평소 보이지 않던 검 한 자루를 손에 쥐고 있었는데 검집은 어디에 버린 것인지 보이지 않았다. 그리고 그들과는 10여 장 떨어진 거리에서 구소희가 복잡한 표정을 지은 채 멍하니 지켜보고 있었다.

 "고마운 말씀이구려. 나 역시 간절히 이런 싸움을 원하고 있었으니 우린 서로 좋은 사이라고도 볼 수 있겠지비."

 "그래, 하지만 지난번처럼 만만히 보아서는 안 될 걸세."

 "사실 지난번에도 만만치는 않았지비. 귀수삼방으로 인해 오랫동안 앓았으니……."

 "위로가 되는군. 자, 그럼 이제 시작해 볼까?"

 허수의 말이 떨어지는 것과 동시에 귀수삼방의 움직임이 부산해지기 시작했다.

 파검 구용각. 그의 손에는 검이 들려져 있었다. 그것은 미처 귀수삼방이 예견치 못했던 일이었다. 파검이란 외호가 워낙 처절한 사연을 담고 있었던 만큼 그가 다시 검을 들 것이라고는 생각하지 않았던 것이다.

 구용각이 검을 들었다는 것은 과거 명성을 떨치던 시절보다, 지난번 나루에서보다 훨씬 까다로운 상대가 되어 있다는 것을 의미했다. 그 옛날 검을 잡던 시절에는 결코 지니지 못했을 본능적이며 빠른 몸놀림이 새롭게 그의 명성에 추가된 것이기 때문이다.

 하지만 귀수삼방은 낙담하지 않았다. 구용각은 어차피 어려운 상대였다. 좀 더 어려워졌다고 해서 달라질 것은 없었다.

 "소희야, 잘 보아두거라. 검(劍)은 도(刀)에서 비롯되었으나 도로써는 이룰 수 없는 무위의 경지에 다다를 수 있다. 검은 곧 사람과 하나가 된 칼을 의미한다. 내가 곧 검이고, 검이 곧 나다. 검을 깨뜨린다는 것은 나를 깨뜨린다는 의미이며, 검을 든다는 것은 새로이 나를 세우는 것을 의미한다."

구용각은 축을 이룬 오른발을 움직이지 않은 채 선 자리에서 화려한 검무를 선보이며 구소희에게 말했다. 그는 이것을 마지막 검법 강의로 여기고 있었던 것이다.

한편 귀수삼방은 구용각의 절정에 이른 검법을 감상하며 천천히 걸음을 옮겨 구용각을 포위하고 있었다. 귀수삼방 역시 구용각 이상으로 비장한 마음을 가지고 있었다. 그런 만큼 초연했고 여유로웠다.

[독수야, 암수야, 구용각은 인간이 아니다. 늘 9장 이상의 거리를 유지해야 산다.]

허수는 여전히 담담한 표정으로 독수와 암수에게 전음을 보냈다.

[허수야, 너나 잘 해, 임마.]

[허수야, 너나 잘 해, 임마.]

[……]

어느 한순간, 구용각의 화려한 검무가 끝났다.

구용각은 지그시 눈을 내리 감고 전방을 향해 검을 뻗은 채 움직임을 멈추었다. 1촌, 2촌, 3촌… 시간은 아주 천천히 흘렀고, 어느새 귀수삼방의 움직임 역시 멈추어졌다.

지난번 싸움에서 젊은 구용각은 놀라운 빠르기를 이용한 박투술로 귀수삼방의 혼을 빼놓으며 분주히 움직였다. 근 일각(一刻)의 시간 동안 그런 박투가 이어졌지만 그 시간은 마치 몇 촌에 지나지 않는 듯했다.

하지만 오늘은 그 반대였다. 일 촌 일 촌이 마치 몇 각의 시간처럼 느껴졌다.
 이미 한차례 당한 경험이 있으므로 귀수삼방은 박투를 피하고 촌철살인의 한 수를 노리고 있었다. 그들은 이미 죽음을 각오한 상태였으므로 구용각이 한 사람을 공격해 들어가는 순간 동시에 암기와 독공을 펼치기로 약속해 둔 상태였다.
 반면 구용각은 십수 년 동안 잡아보지 않은 검을 오늘 다시 들었다. 그 역시 삶에 연연하지 않고 있는 만큼, 그동안 차마 머리 속에서 지워 내지 못한 채 그 깊이를 더해간 검법의 심오한 경지를 오늘 발견해 내고자 했다.
 '내 검은 얼마나 빠르고 강할 수 있을까? 아니, 나는 얼마나 빠르고 강할 수 있을까?'
 구용각은 검과 자신을 일치시키기 위해 정신을 하나로 모았다. 검을 스치는 바람과 검에 머무는 빛의 밝기와 소리, 온도. 그 모든 것을 느끼고 싶었던 것이다.
 [구용각의 검이 이 독수의 철갑공보다 빠를 수 있을까?]
 구용각을 지켜보고 있던 독수가 정말 궁금하다는 듯 전음으로 물었다.
 [너보다 느리면 구용각이겠냐?]
 [거북이보다 느린 놈……!]
 [……!]
 만약 독수가 모든 내공을 운용해 지난번 잠시 선보였던 철갑공(鐵甲功)을 시전한다면 귀수삼방은 어느 정도 승산이 있었을지도 모른다. 이미 말했듯 독수는 오랫동안 온몸에 톱니 같은 칼날을 박아왔고, 그

칼날 하나하나엔 독이 묻어 있었다. 만약 독수가 내공을 절정까지 끌어올려 폭사한다면 만천화우를 뛰어넘는 위력을 지니게 될 것이다.

하지만 귀수삼방은 이미 한 날 한 시에 생을 마감하기로 약속했다. 독수만의 희생을 담보로 한 승리를 바랄 수는 없는 일이었다.

귀수삼방과 구용각 사이에 자리 잡은 팽팽한 긴장은 좀체 깨질 줄 몰랐다. 하지만 그 사이에도 시간은 흘러 어느새 일각의 시간이 지나갔다.

구소희는 그 시간 동안 그들 네 사람의 움직임없는 대결을 지켜보고 있었으나 결코 지루하지 않았다. 오히려 점점 숨을 옥죄는 듯한 긴장으로 인해 그녀 자신의 몸조차 굳어지고 있는 느낌을 받았을 뿐이다. 그리고 어느 한순간, 그 느낌은 절정에 달했다.

구용각의 검에서 푸르스름한 검기가 생겨나기 시작한 것이다.

'하나의 쇠가 저렇게 아름다울 수 있을까?'

구소희는 아찔한 현기증을 느낄 만큼 구용각의 검기에 빠져들고 있었다.

구용각의 검기를 발견한 것은 구소희뿐만이 아니었다. 귀수삼방은 아예 얼굴이 하얗게 질려가고 있었다. 구용각의 검법은 짐작하고 있던 것 이상의 수준이었다. 그는 검과 일치된 하나의 전신(戰神)이었던 것이다. 그 정도의 검기라면 귀수삼방이 유지하고 있는 9장의 거리는 아무런 의미가 없었다.

하지만 섣불리 움직일 수도 없는 노릇이었다. 만약 누군가가 움직인다면 바로 그 순간 예리한 검기가 그의 몸을 동강 낼 것이기 때문이다.

최악의 상황이었다. 귀수삼방의 모든 무기는 이제 무용지물이나 다름없었다.

[히히, 허수야, 암수야, 그러기에 나처럼 끊임없이 연구에 몰두를 했

어야지. 네놈들, 내가 아니라면 이 상황에서 살아남을 수 있겠냐?!

허수와 암수에게 씁쓸한 전음을 보낸 후 독수는 크게 숨을 들이마셨다. 그리고 이제껏 단전에 모으고 있던 기를 일거에 온몸으로 흩어내며 바르르 경련을 일으키기 시작했다.

투둑……! 투두둑……!

마치 뼈가 어긋나며 서로 갈리는 듯한 거북한 소리와 함께 독수의 옷이 쫙쫙 찢어지기 시작했다. 그리고 갈기갈기 찢긴 천 조각이 떨어져 내리며 온몸에 칼날이 박힌 독수의 알몸이 드러나고 있었다.

어쩔 수 없는 일이었다. 귀수삼방이 비록 강호에 위명을 떨친 적이 있다고는 하나 이미 늙을 대로 늙어 있었으며, 독과 암기를 제외한 무공은 내세울 것이 못 되었기에 검기를 내뿜는 구용각의 공격을 막아낼 실력이 없었다.

구용각의 검기를 보는 순간 독수는 어쩌면 지난번 싸움에서 목숨을 건진 것은 운이 좋았기 때문인지도 모른다고 생각할 수밖에 없었다. 이제 그를 상대할 수 있는 것은 철갑공밖에 없었다. 그것은 독수 자신도 알고 있으며, 허수와 암수 역시 인정할 수밖에 없는 현실이었다.

"독수야……!"

"독수야……!"

허수와 암수의 입에서 동시에 젖은 목소리가 새어 나왔다.

하지만 지켜볼 수만은 없는 일이었다.

"하압……!"

순식간에 날아오른 암수가 기합을 내지르며 두 손을 털어냈다.

무모한 공격일망정, 먼저 구용각을 상대함으로써 독수가 철갑공을 시전할 시간을 벌고자 했던 것이다. 암수의 손을 벗어난 열 개의 독침은

세대 교체 193

햇빛에 잠시 번쩍이는가 싶더니 어느새 구용각의 전신에 쏟아져 내렸다.

"티티… 팅……!"

하지만 구용각이 단 한 차례 검을 휘두르는 것으로 암수의 독침은 허무하게 사방으로 튕겨 나가 버렸다.

"촤—앙!"

"허억……!"

뒤이어 날카로운 쇳소리와 함께 공중에 떠 있던 암수의 입에서 비명성이 터졌고, 허수와 독수의 머리 위로 선혈이 흩뿌려졌다. 그리고 그 선혈은 빠르게 바닥을 구르고 있던 구용각에게까지 튀고 있었다.

방금 전, 구용각이 암수의 독침을 쳐내는 것과 동시에 검기를 쏘아내는 순간, 허수는 팔을 엇갈려 뻗으며 서로 다른 방향으로 도끼를 던졌던 것이다. 하나의 도끼는 암수를 향해 뻗어간 검기를 쳐내기 위해서였고, 또 하나의 도끼는 구용각을 노린 것이었다. 하지만 허수의 그런 공격은 허무하게 끝나 버렸다.

구용각이 쏘아낸 검기는 허수의 도끼를 튕겨낸 채 암수의 두 다리를 절단했다. 그 순간 구용각은 자신을 향해 날아든 도끼를 피해 이미 바닥을 구르고 있었다.

"쿵……!"

잠시 후, 암수의 몸통이 바닥에 곤두박이치며 산산이 깨져 버릴 것처럼 끔찍한 소리를 냈다. 암수는 마치 날개를 잘린 새처럼 몇 번인가 몸을 뒤척이다가 이내 숨을 거두고 말았다.

그 모습을 본 허수와 독수의 눈에서 불길이 이글거리기 시작했다.

"독수야……! 이번엔 내 차례인 듯싶구나."

허수가 바닥에서 막 일어서고 있는 구용각을 향해 몸을 날리며 말했다. 허수는 도끼를 던지느라 잠시 입에 물고 있던 부채를 잡아 쫙 펼치며 흔들었다.

핏— 슝……!

수십 개의 독침이 부채에서 쏘아져 나갔다.

구용각은 다급하게 몸을 날려 독침을 피하며 다시 검을 휘둘렀다.

쇄—액……!

구용각의 검이 예리한 파공성과 함께 빛을 뿌려냈다. 하지만 허수는 그 공격을 예상하고 있었음에도 피할 생각을 하고 있지 않았다. 단지 펼쳐진 부채로 그 검기를 막아내며 구용각을 덮치고 있을 뿐이었다.

쇄액—

허수의 부채가 검기와 맞부딪치며 횡으로 잘려져 나갔다. 뒤이어 부채 뒤에 감추어져 있던 검이 부러져 나갔고, 몸통과 분리된 허수의 목이 선혈을 흩뿌리며 공중으로 튀어 올랐다. 그리고 머리 없는 몸통만이 그대로 구용각을 덮치고 있었다.

"헉……!"

구용각의 입에서 외마디 비명이 새어 나왔다.

하지만 그것도 잠시, 구용각은 자신은 내리누르고 있는 허수의 몸통을 옆으로 밀쳐 낸 후 몸을 일으켰다.

"사부님……!"

이제껏 네 사람의 싸움을 지켜보고 있던 구소희가 기겁하며 구용각을 불렀다. 구용각의 가슴 한복판에 검 하나가 꽂혀 있었던 것이다.

방금 전, 허수는 부채를 펼쳐 날아오르는 동시에 등 뒤의 검을 빼 부채 뒤에 받쳐 들었었다. 하지만 그것으로 구용각의 강력한 검기를 막지는 못했다. 결국 검과 함께 허수의 목이 달아난 것이다.

세대 교체 195

하지만 미처 구용각이 생각하지 못한 것이 있었다. 허수의 왼쪽 의수에 박혀 있던 또 하나의 검. 구용각은 지난번과 마찬가지로 다시 한 번 허수의 의수 속에 숨겨진 칼에 상처를 입은 것이다. 그것도 그때와는 비교할 수 없을 만큼 치명적인 상처를······.

구용각은 묘한 웃음을 배어 물며 구소희를 바라보았다. 그 눈동자에선 구소희로서는 짐작할 수 없는 너무나 많은 감정들이 빠르게 빛나다가 소멸해 가고 있었다.

"소희야··· 내가 보여줄 수 있는 모든 것을 보여주었구나······. 이로써 적선 사미와의 약속은 지켜진 것이겠지. 푸하하······! 그리고 내가 짊어지고 온 무거운 삶도··· 얼마간 가벼워진 것 같구나······. 푸하하하하!"

구용각은 한차례 크게 웃은 후 구소희에게서 시선을 거두었다. 그리고 그 시선은 곧 백치처럼 멍하니 허수의 주검을 바라보고 있는 독수에게 옮겨졌다.

잠시 후 독수 역시 구용각에게 눈을 돌렸고, 두 사람의 시선이 정확히 마주치게 되었다. 하지만 누구의 눈빛에도 원망 따위는 담겨 있지 않았다. 구용각도 귀수삼방도 이제야 편안해지게 된 것임을 깨닫게 된 것이다.

그런데 그때였다.

"사부님! 사부님······!"

강 상류에서 당수정의 목소리가 들려왔다.

당개수와 천우막, 무산과 당수정은 뗏목 위에서 허수의 머리가 잘려져 나가는 모습을 분명히 보았다. 네 사람은 경악할 수밖에 없었고, 당수정은 처절하게 부르짖었다.

"구용각······! 내 제자에게 더 끔찍한 꼴을 보이기 전에 끝내야 할 것 같구나……!"

당수정을 마지막으로 한 번 더 쳐다본 독수는 그녀에게서 시선을 거두며 담담하게 말했다.

"자, 이제 저번 싸움에서 결판 짓지 못했던 일을 마무리 짓자꾸나, 구용각!"

독수는 말을 마친 후 가슴을 최대한 부풀리며 숨을 들이켰다. 이미 온몸에 솟아나 있던 칼날들이 미세하게 떨리기 시작했다. 그리고 점차 시간이 지나자 그의 몸은 마치 거대한 공처럼 부풀려지며 각질을 이루었던 피부가 쫙쫙 갈라져 나갔다.

독수는 자신의 몸을 터뜨려 구용각과 함께 죽음을 맞이하려 하는 것이다.

한편 구용각 역시 일전에 시전하려다 만 청산장을 준비하고 있었다. 늘어진 그의 양손이 조금씩 파동을 일으키기 시작했고, 머지않아 귀곡성과 함께 소매가 부풀어 올랐다. 모든 내공을 끌어올리고 있는 것인지 얼굴이 벌겋게 달아오르다가 어느 한순간 푸르스름한 기운에 휩싸였다.

"끄아아아!"

독수가 괴성을 터뜨리며 구용각을 향해 달려가기 시작했다. 독수의 몸은 마치 터지기 직전의 화산처럼 붉은 화염에 휩싸여 있었다.

"갈……!"

구용각의 쌍수가 거대한 빛에 휩싸이며 푸르스름한 광채를 쏘아낸 것도 그 순간이었다.

펑! 퍼, 퍼, 퍼, 퍼, 퍼펑! 쾅!

거대한 폭음과 함께 강물과 모래가 공중으로 솟구쳐 올랐다가 파편처럼 흩어져 내렸다.

세대 교체 197

"크헙……!"

자욱하던 연기가 사라지면서 서로 마주 선 두 사람의 모습이 드러났다. 구용각과 독수는 3장 정도의 거리에서 서로를 마주 보며 무표정하게 서 있었다.

구용각의 승리였다.

잠시 후, 가느다란 선혈을 입가로 흘리고 있던 독수가 털썩 무릎을 꿇었다. 그의 몸 곳곳은 바람 구멍이 난 것처럼 뻥뻥 뚫린 채 피를 쏟고 있었다.

"멋진 공격을 보았구려."

여전히 가슴 한가운데에 허수의 검을 꽂고 있던 구용각이 비틀거리며 말했다.

구용각의 승리는 내공에서 온 것이었다. 북천12장로가 주입해 준 내공이 없었다면 온몸에 독수의 칼날을 박은 채 살과 뼈가 부식되어 죽었을 것이다. 더욱이 허수의 공격에 치명상을 입고 있었던 만큼 자신의 내공을 바닥까지 퍼올리고서야 간신히 독수의 공격을 막아낼 수 있었다.

"크, 크크크……! 아직 끝난 것이 아니라네."

독수는 희미한 미소를 흘리며 구용각을 빤히 쳐다보았다.

독수의 몸은 만신창이가 되어 더 이상 일어설 기력도 없어 보였으나, 그를 바라보는 구용각은 왠지 온몸에 전율이 이는 듯했다. 자신이 너무 일찍 결론을 내렸다는 불안한 생각을 떨쳐 버릴 수 없었던 것이다.

"우리 함께 가세나……. 크하―"

"으… 으아―악!"

한순간의 일이었다. 독수의 입에서 핏물이 쏟아져 나오며 구용각의 몸을 뒤덮었고, 채 일 촌도 지나지 않아 구용각의 몸이 녹아 들어가며 허물어져 내렸다.

"크헉……!"

독수의 몸이 빈 껍데기만 남은 것처럼 맥없이 고꾸라진 것도 그때였다.

믿어지지 않는 일이지만 어느새 독수는 자신의 피까지도 철저하게 독으로 만들어놓았던 것이다. 끼니마다 독을 탄 음식과 물을 마시는 사이 그는 그야말로 독의 화신이 되어버렸고, 지난 세 달 동안은 아예 독으로 끼니를 이어 온몸이 독에 중독되어 있었다.

"사부님……! 사부니―임!"

당개수와 천우막, 무산, 당수정이 뗏목을 떠나 그곳에 내려섰을 때는 이미 모든 것이 끝난 후였다.

그곳에는 처절한 최후를 맞은 귀수삼방과 얼굴의 형체도 알아보기 힘들 만큼 순식간에 썩어버린 구용각의 주검만이 있었다. 그리고 명한 표정으로 그들을 바라보고 있는 구소희, 그녀만이 한적한 강가의 정적 안에 갇혀 있었다.

털썩……!

하얗게 질린 얼굴로 사부들의 주검을 지켜보던 당수정이 힘없이 바닥에 주저앉았다. 지난 십수 년 동안 자신과 함께했던 귀수삼방의 모습 하나하나가 눈물에 어른거리며 스쳐 지나가는 듯했다.

당개수와 천우막, 무산 역시 큰 충격에 휩싸여 아무 말도 꺼내지 못한 채 하늘만을 바라보아야 했다. 귀수삼방과 구용각이라는 거물들의 죽음. 지난 세대를 기록하던 역사의 한 장이 마감된 것이다.

세대 교체

　귀수삼방의 장례는 9일에 걸쳐 엄숙하게 치러졌다.
　당개수는 상주가 되어 장례를 진행했고, 취설이 문주의 대리인 자격으로 무림맹 회의에 참석하기 위해 천우막과 함께 길을 떠났다.
　그사이 생기발랄한 무산은 당수정의 눈치가 보여 농담도 하지 못한 채 좀이 쑤신 나날을 보내야 했고, 오당마환과 당비약을 비롯한 반 당개수 세력은 내심 쾌재를 부르고 있었다.
　물론 당문의 많은 사람들이 귀수삼방의 죽음을 애통해했다. 당문에 있어 귀수삼방이 차지하는 역할은 상당했고, 그들의 빈자리는 적지 않은 근심과 그리움을 만들어냈던 것이다.
　하지만 그 누구도 귀수삼방의 죽음으로 인해 당수정만큼 큰 슬픔을 경험했다고는 말할 수 없을 것이다. 당수정에게 있어 귀수삼방은 단순한 원로나 사부 이상의 의미를 지니고 있었던 것이다.

귀수삼방의 그늘 아래서 자란 당수정에게 그들의 부재는 하나의 수렁처럼 느껴질 수밖에 없었다. 반면 그것은 이제까지의 철부지 당수정이 좀 더 성숙해지는 계기가 되기도 했다.

어쨌거나 귀수삼방의 장례는 끝났다. 그것은 한 세대가 저물었음을 의미하는 것이고, 이제 당문은 새로운 세대에 의해 움직여지게 될 것이다.

근 10일 만의 합방. 무산은 황촛불을 끄고 당수정이 누워 있는 침상에 기대어앉았다.

마치 한 마리 어린 짐승처럼 가엾은 당수정의 모습이 무산의 마음을 싸하게 했다. 무산은 무슨 말로든 그녀를 위로해 주고 싶었다. 휘두백의 조언도, 자신의 천재적인 잔머리도 빌리고 싶지 않았다. 그저 진심에서 우러난 한마디가 절실했다.

"수정……! 그대 구멍에 내가 들어갈 수는 없겠소?"

"……."

진실에서 우러난 무산의 위로는 지나치게 투박하고 모호했다.

당수정은 가차없이 살기가 느껴지는 눈으로 무산을 쏘아보았고, 무산은 그제야 자신의 말에 얼마간 살을 붙여야겠다는 생각을 하게 되었다.

"저… 그러니까 내 말은… 귀수삼방 사부님들로 인해 겪고 있는 그대의 상심, 상실감, 그런 허전함을 내가 채워줄 수 없겠냐는 뜻이오. 나, 무산. 진심으로 당신의 빈곳을 채워주고 싶구려."

"흥! 내 가슴이 무슨 토끼 굴인 줄 알아, 너 같은 변태토끼가 들어오게?"

"……."

무산의 진심 어린 말에도 불구하고 그동안 장례를 치르느라 녹초가 되어버린 당수정은 냉랭하게 대꾸했다.
"저… 내 말은……."
"니 말? 마구간에서 찾아봐, 멍청아!"
"……."
당수정이 무산을 대하는 태도는 귀수삼방이 죽기 전보다 더욱 차갑고 공격적이었다. 물론 당수정의 충격이 크기 때문이라고는 짐작하고 있었으나 무산으로선 은근히 불쾌하고 억울한 대접이었다.
"나와 이야기를 나누고 싶지 않다면 그냥 자도록 합시다."
"……."
무산은 불쾌한 마음을 억누르며 벽 쪽으로 몸을 돌린 채 잠을 청했다.
'이런 불쌍해야 마땅한 계집…… 말 좋아하는 계집……! 애마수정! 어휴, 마구간 냄새…….'
신혼이라고는 하지만 무산과 당수정 사이엔 아직 어떤 설렘이나 애틋함 같은 것들이 제대로 표현되지 않고 있었다. 우연히 얽히어 부부가 되었을 뿐이고, 서로 적응을 하기도 전에 귀수삼방의 죽음이라는 큰 사건이 터져 그들 사이의 벽을 더 높여놓았을 뿐이다.
무산은 나름대로 많은 노력을 기울였다. 어차피 당수정과 부부의 연을 맺은 이상 즐겁게 한평생을 살아볼 생각이었다. 매일같이 티격태격 다투기는 했으나 그가 당수정을 배려하는 마음은 제법 큰 것이었다. 그럼에도 당수정으로부터 무산이 받는 느낌은 모멸감뿐이었다.
"저… 애마수정……?"
"……."

모멸감에도 불구하고 무산은 다시 한 번 당수정에게 접근을 시도했다.

"물론 귀수삼방 사부님들로 인해 마음의 상처가 클 것이라 믿고 있소. 하지만 그런 큰 슬픔 역시 인생을 살아가는 한 과정이라오. 위로가 될지 모르겠으나, 나 역시 비슷한 경험이 있어 혹 도움이 될까 하고 그 이야기를 들려주려 하오. 만약 이야기가 지루해 듣기 싫어지게 되면 내 엉덩이를 세 번만 두들겨 주시오."

무산은 몸을 홱 돌려 당수정의 등에 대고 이야기를 들려주기 시작했다.

"한때 내게는 탱자라는 애완용 달팽이가 있었소. 그 녀석은 다른 달팽이들과는 달리 각질이 없는 민달팽이였다오. 주식은 난초 잎이었고, 취미는 자갈 굴리기였소. 아침에 일어나 제일 먼저 하는 일은 난초 잎 사이에 얼굴을 묻은 채 이슬을 먹는 것이었고, 그러다 보면 자연히 세수도 되어 얼굴이 말끔해졌다오. 나는 그 모습을 지켜본 후에야 아침을 먹곤 했는데, 그사이 탱자는 자갈을 굴리며 혼자 놀곤 했다오. 후— 그러고 보니 맨 처음 탱자를 만났을 때도 탱자는 자갈을 굴리며 놀고 있었던 것 같구려. 내가 어떻게 탱자와 친구가 되었는지 아시오? 민달팽이는 흔히 볼 수 없는 것이어서 눈길을 끌기는 했으나, 정작 우리가 친해진 계기는 따로 있다오. 탱자는 달팽이인데도 불구하고 정말 탱자처럼 동글동글하게 생겼던 거지. 정말 놀랍지 않소? 달팽이가 탱자처럼 생겼다니. 히, 크크크……! 이제 탱자가 왜 탱자라는 이름을 가지게 되었는지를 설명해 줄 차례구려. 탱자는 달팽이인데도 불구하고 정말 탱자처럼 동글동글하게 생겼었다오. 히히, 크크크……! 하지만 단순히 그런 이유 때문에 탱자가 탱자가 되었다고 추측한다면 그건 일종의 오류라오. 나는 무척 신중한 사람이기 때문이오. 애마수정, 그대는 아직 만나지 못했으나 내게는 무랑이라는 아우가 있다오. 나는 탱자를 데리고 가서 그에게 물었소. '무랑아, 이 달팽이가 탱자처럼 생기지 않았니?' 그러자 무랑이가 이렇게 대답했소. '사형, 이 달팽이가 정말 탱자처럼 생겼구려'. 히히히. 탱자가 탱자라는 이름을 가지게 된 배경은 바로 그런 일이 있고 난 다음부터라오. 하하, 짐작도 못했던 일 아니오? 그래, 탱자는 탱자처럼 동글동글하게 생겼었지. 하지만 그것이 전부는 아니라오. 나는 정말이지 완벽을 추구하는 사람이었지. 그래서 탱자를 데리고 이미 당신이 만난 바 있는 사부 일소천을 찾아가 물었소. '사부, 이 달팽이가 탱자처럼 생기지 않았습니까?' 하지만 사부의 반응은 무랑과는 많이 달랐소. 사부는, '음, 그런 것 같기도 하다만 탱자라기보다는 모과에 가까운 생김새가 아니더냐?' 라고 말하는 것이었소. 사부의 그런 대답은 내게 크나큰 충격이었다오. 그래서 난 또 탱자를 데리고 방초에게……."

"닥쳐! 변태토끼, 너 지금 날 놀리는 거지?"

"아니, 그냥… 당신이 내 엉덩이를 두들겨 주면 얼마나 좋을까 하는 생각이 들어서……."

퍽! 퍽! 퍽……!

"헉, 헉, 헉……!"

아내를 위해 매를 번다는 것이 결코 쉬운 일은 아니다. 하지만 무산은 왠지 오늘만큼은 그녀를 위해 몸을 불사르고 싶었다.

「주인님! 제 충고를 잊지 마세요. 제가 우리 주인집 첫째 딸을 꼬실 때 써먹었던 방법을 가르쳐 드렸잖아요. 저 오늘 우물에서 자고 올게요. 잘해보세요.」

휘두백이 전음을 보낸 것도 그 순간이었다.

'첫째 딸을 꼬실 때 써먹었던 방법……? 아하……!'

무산은 그제야 아내를 위해 제대로 몸을 불사를 방법을 생각해 냈다.

후닥닥……!

"아악! 변태토끼, 너… 너……!"

"우라차차차!"

"너… 너……."

귀수삼방의 장례가 끝나던 날 밤, 당문의 한 처소에서 벌어진 정경이었다.

다음날 아침, 당개수의 방.

귀수삼방의 장례를 치르는 동안 제대로 된 음식과 수면을 취하지 못한 탓에 다소 초췌해진 당개수가 무산 내외와 함께 차를 마시고 있었다.

언제나처럼 서실 한편에선 한 개비의 향이 가느다란 연기를 피워 올리며 미향을 뿜어냈고, 얼마 전 꽃핀 하란은 고즈넉한 정취를 자아내고 있었다.

"자넨 왜 매번 얼굴이 그 모양인가?"

"……."

당개수는 피멍이 들어 퉁퉁 부어 있는 무산의 눈을 안쓰럽다는 듯 쳐다보며 입을 열었다. 확신에 가까운 추측이 있긴 했으나 사위 대하기가 왠지 민망해 그런 식으로라도 딴전을 부리고 있었던 것이다.

"그래, 지내기에 불편한 점은 없는가?"

"……."

당개수는 하나 마나 한 질문을 던지며 무산에게서 시선을 거두어 천장을 쳐다보았다. 두 번째 질문 역시 민망함을 없애기 위한 딴전임에 분명했다.

"오늘 너희들을 부른 것은 긴히 할 얘기가 있어서이니라."

무산이 아무런 대답도 없자 당개수는 어쩔 수 없다는 듯 용건을 이야기하기 시작했다.

"어젯밤 원로들이 모여 당문의 비무대회 날짜와 방식, 그 이후의 관리 체계에 관해 논의했느니라. 이제 곧 발표가 있을 것이나 너희에게 미리 들려주마. 우선 비무대회는 앞으로 한 달 후에 개최하기로 했으며, 취설이 무림맹 회의에 다녀오는 대로 무림맹이 제시한 참가 인원에 맞게 훈련에 참가할 제자들을 선발할 것이다. 내가 알기로 무림맹 비무대회의 나이 제한은 40세 이전이 될 것이다. 따라서 우리 당문에서도 40세 이전의 모든 가족에게 참가 자격을 줄 것이다. 대략 예상되는 참가 인원은 30여 명, 아마 그중에서 다섯 명 안쪽으로 후보가 결정되겠지. 비무는 1대 1로 치러진다. 저번에 너희들이 오비공천과 비무를 겨룬 것처럼 불공평한 대결은 없을 것이니 크게 염려하지 않아도 된다. 다만……."

당문 비무대회에 관해 설명을 하던 당개수가 갑자기 말끝을 흐렸다. 뭔가 걱정되는 것이라도 있는 눈치였다.

"아버님, 계속 말씀을 하시지요."

당개수의 표정이 밝지 못한 것을 본 당수정이 차분하게 말했다.

"음… 무산의 참가 자격에 대한 논란이 있었다. 지난번 무산이 보여준 무공이 개방의 타구봉법이라는 것을 안 이상 무산을 당문의 제자로 내보내기엔 무리가 있다는 것이지."

당개수는 말을 마친 후 무산의 표정을 살폈다.

하지만 당개수의 우려와는 달리 무산은 담담한 표정이었다.

사실 무산은 비무대회나 강호의 패권 따위에는 그다지 관심이 없었다. 어찌어찌 하다 보니 일소천의 제자가 되어 무공을 배우게 된 것이고, 타구봉법을 배우게 된 것뿐이다. 만약 일소천이 아닌 푸줏간 주인이 무산을 거두었다면 무산은 돼지 잡는 백정으로 살아갔을 것이고, 장사치에게 거두어졌다면 장사치가 되었을 것이다. 고아들의 운명이라는 것이 대체로 그랬기 때문이다.

그런 만큼, 무산은 자신에게 다가오는 운명을 있는 그대로 받아들이는 데에 익숙해져 있었다. 현재의 무산에게 있어 가장 큰 문제는 오로지 어떻게 당수정을 길들이느냐 하는 것이었다. 당수정을 길들이기에 따라 그의 운명은 즐거운 것이 될 수도, 끔찍한 것이 될 수도 있었다. 적어도 무산에게 있어 그것보다 절실한 문제는 없었다.

어젯밤 무산은 무턱대고 당수정을 덮치다가 곤죽이 되도록 얻어맞았다. 결국 일은 성사시켰지만 삭신이 쑤시는 데다 쥐어 터진 얼굴은 그야말로 가관이었다. 차마 남 보기가 민망해 바깥출입이 꺼려질 정도였다.

적어도 현재까지의 상태가 지속된다면 무산의 앞날은 암울했다. 이런 식으로 살다간 제 명에 죽기가 쉽지 않은 것이다.

"자네… 지금 무슨 생각을 하고 있는가?"

당개수는 그제야 무산이 자신의 말에 그다지 귀를 기울이고 있지 않다는 사실을 깨달았다. 무산은 마치 혼이 나간 사람처럼 멍하게 앉아 있었던 것이다.

"예, 어떻게 고약한 암고양이를 길들일……. 예? 아, 예… 저… 이 난국을 어떻게 타개할 것인가를 심사숙고……."

무심결에 말을 내뱉던 무산은 자신에게 찍혀져 들어오는 당수정의 도끼눈에 흠칫하며 서둘러 말을 주워 담았다.

"그래… 혹시 자네 타구봉법 이외의 무공을 알고 있는가? 자네가 승신검 일소천의 제자라면 그의 검법을 사사했을 수도 있을 텐데……."

당개수는 기대에 찬 눈으로 무산을 쳐다보았다.

무산이 타구봉법을 사용하지 않는다면 비무대회에 참가하는 데 별다른 제재를 받지 않아도 되기 때문이다. 다만 그 외의 무공으로 과연 무림맹 비무대회에서 좋은 성적을 올릴 수 있느냐가 문제였지만, 승신검에게서 배웠다면 얼마간 기대해도 되지 않을까 하는 생각이었다.

"그게… 잡다하게 배운 것은 많지만 쓸 만한 것은 없습니다. 사부의 절기는 용등연검법이지만 채 전수받지 못했습니다."

"아니, 그래도 자네가 주력해서 배우고 익힌 무공이 하나 정도는 있지 않겠는가."

"예, 있긴 있었으나……."

"답답하군. 좀 상세하게 말을 해보게나."

"예, 용비신공(龍飛晨攻)이라는 절세기공이 있었으나 이 사람으로 인해 무용지물이 되어버렸습니다."

무산은 눈동자를 굴려 당수정을 가리키면서 말했다.

무산의 말에 당수정은 얼굴이 벌겋게 달아올랐고, 당개수는 통 무슨 얘긴지 모르겠다는 듯 턱을 긁어댔다.

"수정이, 네 녀석이 또 무슨 짓을 저질렀던 게냐?"

당개수는 짐짓 노한 표정을 지으며 당수정을 바라보았다.

하지만 당개수의 물음에 답한 것은 무산이었다.

"너무 노여워하지 마십시오. 사실 제가 혼신의 힘을 다해 익힌 용비신공이 제 위력을 발휘하기 위해서는 몇 가지 전제되는 것이 있습니다. 장인어른께서 알고 계시듯 저의 사부이신 승신검께서는 한때 강호의 고수들을 모두 제압한 초절정고수였으나 딱 한 사람에게 패했습니다. 그는 낭만파 계휼이라는 신비의 사내로, 어떤 이유에서인지 이후 강호에서 자취를 감추었다고 합니다. 어쨌든 사부께선 그 한 번의 패배로 인해 이제껏 초야에 묻혀 사셨지요. 그렇다고 해서 패배주의에 빠져 있었던 것은 아닙니다. 오히려 그 패배를 거울 삼아 용비신공이라는 가공할 무공을 연구해 내셨지요. 그런데 그 무공의 핵심은 순연지심(純然之心) 순연지체(純然之體)였기에, 그 정신과 육체의 근본이 더없이 깨끗한 사람만이 익힐 수 있지요. 그래서 사부는 저를 거두게 된 것입니다. 자기 대에서는 이루지 못하였으나, 그 기재가 가히 하늘의 것이라고 믿어 의심치 않을 만한 저 무산을 발굴하게 되었으니 그것으로 흡족해하셨던 거지요."

무산은 최근에 알게 된 일소천의 과거를 밑천 삼아 허무맹랑한 이야기를 꾸며댔다. 자신의 체면이 달린 문제인만큼 최대한 근사하게 자신을 포장해야 했다.

"으음…… 역시 자네가 예사 사람이 아니었구먼. 그런데 그것이 어찌 되었다는 건가?"

당개수는 어리둥절한 표정으로 무산의 이야기를 재촉했다.

무산은 다시 한 번 당수정의 눈치를 슬쩍 살핀 후 말을 이었다. 이참에 당수정의 기를 팍 꺾어놓고 싶었던 것이다.

"예, 이후 사부는 유독 저를 아끼고 사랑하시며 가르침에만 집중을 하셨습니다. 부끄러운 얘기지만 이 나이가 되도록 저는 무공 연습 이외에는 아무것도 한 것이 없습니다. 덕분에 용비신공을 십 성까지 익히게 되었지요. 하지만······."

무산은 결정적인 순간에 다시 말을 끊은 채 얼마간 원망스럽다는 눈빛으로 당수정을 빤히 쳐다보았다.

"어허, 답답하구먼. 도대체 우리 수정이가 얼마나 큰 잘못을 저지른 것인가? 혹, 악독한 독으로 자네의 기혈을 뒤틀어 용비신공의 위력을 없애 버리기라도 한 것인가?"

무산의 달변에 빠져든 당개수는 괜히 자기가 몸이 달아 안절부절못하며 엄한 눈으로 당수정을 노려보았다.

당수정 역시 뭔가 이상하다는 생각이 들기는 했으나 엄하기 이를 데 없는 아비 당개수 앞인만큼 괜히 위축될 수밖에 없었다. 하지만 무산의 이야기는 분명 얼마 전 자신이 눈으로 확인했던 용문파의 분위기와는 많이 달랐다. 당시 방초라는 계집이 무산은 종놈과 다를 바 없다고 했던 말이 떠올랐던 것이다.

잠시 당수정의 표정을 살피던 무산은 다시 말을 잇기 시작했다.

"뭐··· 비슷하기는 하지만 고의로 그런 것은 아니었습니다. 아까 말씀드렸듯 용비신공이 제 위력을 발휘하기 위해서는 몇 가지 전제되는 조건들이 있는데, 그중 반드시 지켜야 할 것이 동정입니다. 그런데 그만······."

무산은 다시 말을 얼버무렸다. 그 이후의 일은 당개수 역시 이미 잘 알고 있었기 때문이다.

그제야 당개수는 무산이 탁혼미분을 이야기하고 있다는 것을 이해하게 되었다. 무산의 말 대로라면 강호의 일인자가 되기 위해 노력해

온 그가, 자신의 못난 딸 당수정이 품고 있던 탁혼미분에 의해 동정을 잃고 십수년 동안 연마해 온 용비신공을 한낱 물거품으로 만들어 버리고 만 것이다.

"후— 그런 사연이 있었군……!"

당개수는 괜히 무산에게 미안한 마음이 들기 시작했다. 차마 그의 얼굴을 똑바로 바라볼 면목도 없었다. 그만큼 딸 당수정이 부끄럽게 느껴지기도 했다.

"네 이놈, 수정아. 네가 그런 극악한 짓을 저지르고도 아직 정신을 차리지 못하였는고? 순연지심 순연지체인 네 남편은 너로 인해 큰 화를 입었음에도 너를 감싸주고, 우리 가문을 위해 위험을 무릅쓴 채 우담화 등과 겨루었거늘……. 아, 이 아비가 차마 하늘을 우러러볼 면목이 없구나. 차후 네놈이 다시 한 번 남편에게 못되게 구는 것이 발각되는 날엔 나, 당개수의 이름을 걸고 너의 무공을 폐하겠도다. 또한 가문에서 내쳐 더 이상 당문의 이름에 먹칠하는 것을 막으리라!"

당개수는 노기가 담긴 음성으로 단호하게 말했다.

"하지만 아버님…….'

"닥치거라!"

당수정은 뭔가 변명을 하기 위해 입을 열었으나 당개수가 두 눈을 부릅떠 보이며 소리를 지르는 통에 말을 멈출 수밖에 없었다.

사실 당개수가 특별히 무산 내외를 불러 이야기를 나눈 것은 무림맹의 비무대회에서 무산이 어느 정도의 실력을 선보일 수 있는가를 알아보기 위한 것이었다.

당개수는 이미 자신의 눈으로 무산이 우담화를 꺾은 것을 확인한 만큼, 이번 무림맹 비무대회에 대한 기대가 커질 수밖에 없었다. 어쩌면 자신의 사위인 무산으로 인해 당문의 위상이 한순간에 높아질 수도 있 겠다는 설렘이 있었던 것이다. 그렇게만 된다면 강호에서의 당문의 입지는 물론 당문 내에서의 자신과 무산 내외의 입지 또한 확고하게 굳힐 수 있으리란 생각이었다.

어차피 귀수삼방의 시대는 저문 지 오래였다. 이제 당문을 세우느냐 눕히느냐 하는 것은 전적으로 당수정과 무산 같은 젊은이들의 어깨에 달린 것이었다. 그런 까닭에 당개수의 모든 기대는 그들에게 쏠릴 수밖에 없었다.

하지만 뜻하지 않게 무산이 절세기공을 잃게 되었다는 이야기를 듣자 마치 그 기회가 달아난 것처럼 느껴져 일순 분통이 터진 것이다.

물론 그것은 어디까지나 일시적인 흥분에 불과했다. 따지고 보면 무산 같은 인재가 가족의 일원이 된 것이 당수정과의 결혼을 통해서이고, 결혼은 곧 동정의 상실을 의미하는 것이었기 때문이다.

'음……! 하늘의 뜻에 맡기는 수밖에…….'

당개수는 자신에게 모욕을 주었던 적선 사미의 얼굴을 떠올리며 깊은 한숨을 내쉬었다. 이번 무림맹 비무대회에서 그녀의 콧대를 확실하게 꺾어놓고 싶었으나 그것이 결코 쉽지 않을 것임을 깨닫게 된 것이다.

흥분과 기대, 근심……. 그것이 무림맹 비무대회를 앞둔 당문의 한 풍경이었다. 그것은 동시에 세대 교체의 과도기에 놓인 당문의 현재 모습이기도 했다.

6장 천하장사 석금이

애들은 가라,
애들은 가라!
어른들만의 은밀한 비밀은
저잣거리에도 있다.

천하장사 석금이

 하남성 등봉현 숭산의 소실봉 중턱 소림사.
 그 역사만을 간략히 정리해도 가히 몇 수레의 책을 만들어낼 수 있을 만큼 유서 깊은 그곳에서 무림회의가 열리고 있었다.
 이제까지의 무림맹 회의와는 달리, 이번에는 강호의 중소문파들까지 모여든 탓에 소림은 전례없는 손님맞이로 분주한 나날을 보냈다. 이번 무림회의는 그간 단 한 차례라도 무림맹이 주최한 일에 동참해 무림 명부에 그 기록을 남긴 문파나 인물들을 초청한 만큼 수백 명의 정파인들이 참여하게 되었다.
 무림회의는 사흘에 걸쳐 진행되고 있는데, 오늘이 바로 그 마지막 날이었다.
 전에 없던 일인만큼 이번 무림회의는 말도 많고 탈도 많았다. 너무 많은 문파와 인물들이 참가하다 보니 옥석을 고르지 못해 개나 소나다 모여들었던 것이다. 주제도 모르고 지나치게 설쳐 대다 혼쭐나 망신만 당한 채 쫓겨나는 사람들도 있었고, 정파를 가장한 사파의 무리가 염탐을 하다 반송장이 되어 실려 나가기도 했다.

아직 회의가 시작되려면 한 시진 정도의 시간이 남은 만큼, 배은망덕 이편은 모처럼 번잡한 무리를 떠나 대웅전이라도 한번 둘러볼 생각으로 걸음을 옮기고 있었다. 사흘째 소림에 머물면서도 아직 한차례도 대웅전을 구경하지 못했기 때문이다.

"음… 어쩌면 나에게 가장 잘 어울리는 곳이 바로 이곳이 아닐까?"

요 근래 방초에 의해 지나치게 시달린 탓에 이편은 피골이 상접할 정도로 여위어 있었다. 가뜩이나 주체하지 못할 욕정을 다스리기 위해 여자들을 피해 다닌 이편이었다. 그런데 방초의 귀여움을 받기 시작한 이후 수시로 농락을 당해, 허벅지를 송곳으로 찌르는 회수가 늘어날 수밖에 없었다. 더불어 밤마다 찾아오는 색마의 근성이 더욱 치열하게 아랫도리를 공략하는 까닭에 밤잠을 설치기가 일쑤였다.

정말 이상한 일이었다. 마음은 이미 반부처라 불러도 될 만큼 청정하게 가다듬어져 있었건만, 육체는 뜻대로 되지 않았다. 여인만 보면 아랫도리가 요동을 쳤고, 이제는 송곳만으로 감당하기가 벅차졌다.

오감을 통해 그를 자극시키는 것들. 가령 여인의 육감적인 몸매나 매혹적인 체향, 부드러운 살결, 가녀린 목소리, 암내 풍기는 손길이 닿은 음식 등이 이편의 육체를 팔딱팔딱 뛰는 한 마리 물고기로 만들어 놓고 했던 것이다.

"차라리 중이 될 것을 그랬어……!"

이편은 다시 한 번 혼잣말을 하며 돌담길을 걸었다.

일소천은 아직 강호에 자신을 내보일 때가 아니라는 이유로 이편을 소림사로 보냈다. 비록 오랜 기간을 같이하지는 않았으나 배은망덕 이편의 인품과 지혜를 알고 있었던 만큼 용문파를 대표하기에 부족함이 없다고 믿은 것이다.

　게다가 젊어 보이기는 하나 나이가 제법 지긋한 만큼, 어린 무산이나 융통성없는 주유청보다는 마음이 놓일 것도 같았다.

　이런저런 이유로 이편은 소림사까지 오게 된 것인데, 막상 절에 들어오자 그렇게 마음이 편해질 수가 없었다. 간혹 아미파와 같이 여성들로 이루어진 문파나 개인 자격으로 참여한 여협들을 만나기도 했으나, 피하고자 한다면 충분히 그들을 피해 다닐 수 있었으므로 송곳의 힘을 비는 회수가 그만큼 줄어들었던 것이다.

　"혹, 용문파에서 오신 분이 아니십니까?"

　깊은 상념에 잠겨 있던 이편은 갑작스레 들려온 목소리에 화들짝 놀랐다. 적어도 아직까지 그에게 관심을 보여주는 강호인은 없었기 때문이다.

　이편은 걸음을 멈춘 채 주위를 둘러보았다. 그러자 뒤편에서 걸어오는 한 사내의 모습이 눈에 들어왔다. 나이는 쉽게 짐작할 수 없었으나 풍기는 내력으로 짐작컨대 상당한 고수임에 틀림없었다.

　"맞습니다만……."

　이편은 얼마간 상대를 경계하며 말끝을 흐렸다.

　"하하하. 인사드리지요. 저는 당문에서 온 취설이라 합니다. 얼마 전 용문의 제자인 무산이 당문가의 여식과 혼례를 치렀으니 우리는 사돈이 된다고 할 수 있겠지요. 그나저나 듣기로 용문파는 왜나라의 인자들로 인해 용문마을을 떠나 있었다고 하던데……."

　사실 취설이 배은망덕 이편을 본 것은 소림에 온 첫날이었다.

워낙 많은 문파와 협객들이 참가한 만큼, 무림회의는 이례적으로 소림의 연무장에서 열 수밖에 없었다. 그리고 첫날은 회의라기보다는 각 문파와 협객들이 서로 인사를 나누는 형식으로 시간을 보냈다. 그때 취설은 용문파와 자신을 소개하는 이편을 보게 된 것이고, 기회를 보아 그에게서 용문파의 소식을 묻고자 했다. 그런데 그 기회가 지금에서야 만들어지게 된 것이다.

"아, 그랬군요. 제가 승신검 사부의 문하에 든 지가 얼마 되지 않아 미처 전후 사정을 알지 못했습니다. 이거 죄송하게 되었구려."

이편은 그제야 단 한 번 본 적이 있는 무산을 떠올렸고, 당문과의 관계를 기억해 낸 후 환한 웃음을 지어 보였다.

하지만 그 웃음은 결코 오래가지 않았다.

"그런데 한 가지 궁금한 것이 있구려. 도대체 무산이 당문가의 여식과 무사히 혼례를 치렀다면 무슨 이유로 우리 용문파를 공격한 것이오?"

이편의 음성은 어느새 싸늘하게 바뀌어 있었.

지난번 용문도장이 화재를 입었을 때 도장 마당에는 초혼야수의 살수들과 함께 몇 명의 당문 제자가 죽어 있었기 때문에 전후 사정을 쉽게 짐작할 수 있었다. 그럼에도 방금 전 취설은 그 일을 전혀 알지 못하는 것처럼 말했으므로 분명 어떤 문제가 있음을 간파해 낼 수 있었다.

"우리가 용문파를 습격하다니, 그게 도대체 무슨 말씀이오?"

취설은 이편의 말이 쉽게 이해되지 않는다는 듯 물었다.

"허허, 그것참 이상한 일이구려. 얼마 전 우리 용문도장은 괴한들로 인해 불타게 되었소. 사부를 비롯한 모든 제자가 구사일생으로 목숨을 건지게 되었는데, 그때 왜나라의 초혼야수와 함께 당문 살수들의 시체 몇 구가 도장 마당에 있었단 말이오. 만약 대협의 말씀처럼 그 당시 우리가 도장을 떠나 있었다면 어찌하여 당문의 시체들이 용문도장에 있는 것이며, 화염에 휩싸여 있던 우리를 몰랐다 할 수 있겠소?"

이편은 취설의 표정을 살피며 차근차근 이야기했다.

용문파에선 자기들 나름대로 살수들의 정체를 추측해 보았으나 현재로써는 진실이 무엇인지 아무도 알지 못하는 상황이었기 때문이다.

하지만 더 답답한 것은 취설이었다. 이편의 이야기는 당비약의 보고와는 상당히 다른 것이었기 때문이다.

'당비약이 무슨 속셈으로……'

취설은 뒷짐을 진 채 잠시 생각에 잠겨 있다가, 이내 이편의 소매를 잡아끌며 보다 한적한 곳으로 자리를 옮겼다. 확실하지는 않으나 당비약이 어떤 음모를 꾸미고 있다는 생각이 문득 들었던 것이다.

취설과 배은망덕 이편이 다시 만난 것은 무림회의가 끝난 저녁 시간이었다.

비무대회를 안건으로 한 무림회의는 유시 즈음에 끝났다. 비교적 좋은 분위기에서 가장 합리적인 의견을 도출해 냈다는 것이 전반적인 의견이었다.

물론 화산파의 장문인 백의천은 시종 범현 거사의 의견에 반론을 제기하며 비무대회를 둘러싼 여러 가지 음모설을 제기했으나, 회의에 참석한 각 문파와 협객들의 야유와 원성에 밀려 결국엔 벙어리처럼 입을 다문 채 그 결과를 받아들여야 했다.

단순히 육파일방이 참여하던 평소의 무림맹 회의였다면 백의천의 주장은 얼마간의 호응을 얻으며 범현과 팽팽하게 맞섰을 것이다. 하지만 범현은 이미 그런 사태를 피하기 위해 강호의 여러 중소문파와 협객들을 초청했던 것이다.

적어도 강호인 대다수에게 있어 아직까지는 범현의 위명이 영향력을 발휘하고 있었으므로 범현과 백의천이 부딪칠 때마다 대다수의 사람들이 범현의 손을 들어주었다. 더욱이 범현이 주장하는 바는 현실적으로도 중소문파 강호인들의 욕구를 흡족하게 충족시켜 줄 만한 것이었다.

어쨌거나 무림맹 비무대회에 관련된 사항은 다음과 같이 결정되었다.

첫째, 참가 자격은 정파를 지향하는 모든 문파와 협객에게 해당된다. 다만 옥석을 가리기 위해 이번 무림회의에 참가하지 않은 문파나 인물일 경우 별도의 심사를 받는다. 또한 신예를 발굴하는 데 의의가 있으므로 나이 제한은 35세 이하로 한다.

둘째, 비무는 철저하게 개인 대 개인으로 이루어진다. 또한 형평성을 유지하고 경기의 효율적인 운영을 위해 각 문파의 참가 인원은 4명 이내로 제한한다. 다만 개인 참가자의 경우 그 실력을 입증할 필요가 있으므로 별도의 자격 시험을 치른다.

셋째, 이번 비무대회의 결과를 토대로 새로운 무림맹주를 선출한다. 또한 강호 내에서의 배분을 정함에 있어 그 성과를 반영한다.

넷째, 암기나 독공의 사용은 철저히 배제하며 기타 세부적인 사항은 별도의 내규를 정해 그 규칙을 적용한다.

이상 네 가지의 결정 사항 외에도 많은 결과물들이 있었다. 물론 보다 세부적으로 논의할 사항들이 많았으나 워낙 많은 문파와 인원이 참가한 만큼 세부적인 사항은 기존 육파일방으로 구성된 무림맹에서 결정하고, 무림 각 파는 그 결정에 전적으로 따를 것을 다짐하는 것으로 회의를 마쳤다.

 회의가 끝난 후 각 파의 대표들은 소림에서의 마지막 저녁 식사를 즐기기 위해 연무장과 식당으로 패를 나누어 흩어졌다. 길을 떠나기에는 늦은 시간이었던 것이다.

 저녁 식사가 끝나자 평소 친분이 있던 강호인들이 삼삼오오 떼를 지어 얼마간 들뜬 모습으로 담소를 나누는가 하면, 한시도 지체할 시간이 없다며 늦은 시간에 소림을 떠나는 이들도 있었다.

 배은망덕 이편은 특별히 아는 사람이 없어 일찌감치 숙소로 돌아갈 처지였으나, 아침에 취설과 약속해 둔 것이 있어 취설이 묵고 있는 방으로 향했다.

 비록 짧은 만남이었지만 이편은 취설을 통해 무산과 관계된 최근 당문의 사정을 상세히 들을 수 있었으며, 일부 세력에 의해 모종의 음모가 진행되고 있음을 눈치 챌 수 있었다. 지난번 자신들이 화염에 휩싸여 죽을 뻔했던 것도 그런 음모와 관련된 것이 분명했다.

 하지만 이제 모두 지나간 일이 되었고, 더 이상 당문의 문제로 인해 용문파가 곤경에 처할 일은 없을 듯했다. 그럼에도 이편이 굳이 다시 취설을 찾아가는 것은 일소천에게 제자 무산에 대한 이야기를 상세히 들려주기 위해서였다. 또한 이편 자신이 강호에 대해 아는 것이 적은 만큼 비무대회와 관계된 유용한 정보를 얻을 수 있지 않을까 하는 기대도 있었다.

 취설은 일찌감치 숙소 앞에서 이편을 기다리고 있었다.

 "하하, 어서 오시오. 안에 소개시켜 줄 또 한 사람이 있으니 우선 들어갑시다."

취설은 환한 웃음으로 이편을 맞아들이며 방으로 안내했다.

이편이 생각하기에 취설은 정말이지 신비로운 사내였다. 깊고 잔잔하며 얽매임이 없었다. 당문의 사람이되 어느 누구의 사람이 아닌 듯했으며, 말 한마디 한마디에서 깊은 식견과 지혜로움이 전해져 왔다. 그를 쉽게 신임하게 된 이유도 그런 것들 때문이었다.

유서 깊은 사찰이라고는 하나 절간은 절간인만큼 취설의 방 역시 이부자리 한 채와 앉은뱅이 책상, 촛대 등 간소한 가재도구만이 놓여 있었다. 그리고 그 한가운데에 한 사람이 멀뚱히 서 있다가 이편이 들어서는 모습을 본 후에야 환히 웃었다.

"자, 서로 인사 나누시지요. 이쪽은 개방주인 천우막 대협이고, 이쪽은 용문파의 대표로 이번 회의에 참가한 이편 대협이십니다."

취설은 정중하게 두 사람을 소개한 후 방 한구석에 있던 다기들을 주섬주섬 소탁 위에 얹기 시작했다.

"아, 고명하신 천 방주님을 가까이서 뵙게 되어 영광입니다."

"이런, 별말씀을요. 승신검 같은 전설의 영웅을 스승으로 둔 대협을 만났으니 저야말로 영광입니다."

천우막과 이편은 서로 예를 갖추어 인사를 나누었다.

천우막은 얼마 전 천진 개방 본타에서 양해구의 유품인 타구봉과 서찰을 공개한 후 정식으로 방주의 자리에 올랐다. 그리고 이번 무림회의에 참가해 그 사실을 공표함으로써 새로이 강호에서의 서열을 높이게 되었다. 그런 만큼 이편은 최대한 천우막에게 예를 갖추었던 것이다.

"이거, 나는 잠시 차를 우려와야겠소이다. 잠시 두 분이 담소를 나누시오."

취설은 다기를 다 올려놓은 후 몸을 일으켜 방을 나가며 말했다.

"사실 대협을 모신 것은 제가 긴히 여쭐 일이 있어서입니다."

취설이 자리를 비운 후 천우막이 이편을 바라보며 다소 긴장된 음성으로 물었다.

천우막의 말에 이편은 얼마간 당혹스러워해야 했다. 꼬박꼬박 자신에게 대협의 칭호를 붙여주는 것도 부담스러웠거니와 최근에야 승신검의 문하에 든 만큼 자신이 천우막의 궁금증을 풀어줄 수 있을까도 의문이었기 때문이다.

"무슨……."

"다름이 아니오라, 무산 아우에게 듣기로 일전에 승신검께서 석금이라는 아이와 쌍두구 한 마리를 거두셨다고 하던데요……."

천우막은 말끝을 흐리며 이편의 얼굴을 살폈다.

그는 이편이 용문파를 대표해 온 데다 나이도 적지 않은 듯해 최대한 조심스럽게 말을 했다. 아마도 승신검의 직계로, 용문파의 2인자일 것이라 짐작하고 있었던 것이다.

"예, 분명히 그랬지요."

"그렇다면 제가 한번 만나보아도 될는지요?"

천우막은 조급증을 내며 이편 가까이에 얼굴을 들이밀었다.

"아… 그것은 좀 곤란하게 되었습니다. 사실……."

이편은 천우막이 무슨 이유 때문에 석금이와 깜구에 관해 묻는 것인지 알 수 없었으나 최근의 용문파 사정에 대해 상세하게 설명할 수밖에 없었다.

뜻하지 않은 화재와 초혼야수 및 당문의 살수들, 깜구의 죽음, 석금이의 실종 등 충격적인 사실들을 모두 이야기하는 데는 일 다경 정도의 시간이 걸렸고, 이야기가 끝나갈 무렵 취설이 김이 나는 주전자 하나를 들고 돌아왔다.

"어허……! 하늘은 언제까지 이 천우막에게 기다림의 고통만을 안겨주려는 것인고……!"

이편의 이야기를 모두 들은 천우막은 고개를 들어 천장을 쳐다보며 깊게 탄식했다.

천우막의 사정을 익히 들어 알고 있던 취설은 그제야 석금이에게 무슨 변고가 생겼음을 깨달았으나 별 내색 없이 찻잔에 차를 따랐다.

"자, 200년 동안 발효시킨 귀한 보이차올시다. 그 맛이 깊어 한 번 맛보면 오랫동안 잊을 수 없지요. 기다림이란 참 묘한 것이올시다. 그 기간이 오래면 오랠수록 더욱 그윽한 맛을 내니 말이오. 자, 어서 한 잔씩 드시지요. 술에 취하는 것과는 비교가 안 될 만큼 황홀한 취기를 느끼게 될 것이오."

취설은 묘한 미소와 함께 천우막과 이편의 잔에 차를 따랐다.

천하장사 석금이

사천성 내에서 제일 번잡한 저잣거리.
무산과 당수정은 모처럼 심산한 마음을 달래기 위해 야시장을 구경하기로 했다. 당수정은 얼마간 마음이 진정된 것인지 요 며칠 웃음도 웃어 보이고, 밥도 잘 먹었다. 물론 무산에겐 여전히 냉랭한 말투였으나 무산이 야시장 구경을 제안했을 때 별말없이 따라나섰다.
사천성의 야시장은 그야말로 가관이었다. 낮인지 밤인지 모를 만큼 환하게 홍등이 밝혀진 거리. 각종 사기꾼들이 모여 투전판을 벌이고 윷놀이나 주사위를 동원해 구경꾼들의 주머니를 터는가 하면, 좀체 만나기 힘든 요리로 사람들의 눈길을 잡아끌었다.
"애마수정, 뭐 먹고 싶은 것 없소?"
무산은 먹자골목에 들어서자마자 당수정의 허리에 손을 휘감으며 다정하게 말했다.

"멍청이, 이 손 못 놔?"

"어허……! 장인어른께 이르는 수가 있소?"

당수정은 지난번 당개수에게 혼쭐난 후 무산에게 함부로 폭력을 휘두를 수 없는 처지였고, 무산은 그 약점을 최대한 적절하게 이용하고 있었다.

"자, 출출하니 식사부터 합시다. 오늘은 내가 쏠 테니까 그대는 그냥 처절하게 맞아주구려. 흐히히. 도마뱀 요리도 있고 전갈 튀김도 있고, 이야… 없는 게 없네. 우리 애마수정이 뭘 좋아할까? 어서 골라보시구려."

사부 일소천을 닮아 음식 앞에선 무한정 약해지고 마는 무산이 혼자 들떠서 호들갑스럽게 당수정을 채근했다. 하지만 당수정은 냉랭한 표정으로 무산을 바라보다가 한심하다는 듯 말했다.

"멍청이, 너 돈 있니? 처가살이하는 주제에 뭐 그렇게 먹고 싶은 게 많니?"

"……."

당수정의 한마디로 무산은 한순간에 흥이 깨지고 말았다.

[휘두백, 너 아직 붙어 있냐?]

「예, 주인님.」

무산은 갑자기 울적해진 심사를 달래기 위해 전음으로 휘두백을 불러냈다.

[너, 처가살이해 봤냐?]

「저, 장가도 안 갔습니다요.」

[…….]

「그래도 주인님 심정 이해합니다요. 제가 처가살이 몰라도 머슴살이로 뼈가 굵은 귀신 아닙니까요. 서러운 게 한두 가지겠습니까요. 그래도 참고 살다 보면 저처럼…….」

휘두백은 무산을 위로한답시고 떠들어대다간 갑자기 말문을 닫았다. 머슴 팔자는 죽어서도 별 볼일 없는 것이었기 때문이다.

[관둬라, 쏩… 뱁새야……!]

무산은 괜히 휘두백에게 화풀이를 한 후 혼자서 성큼성큼 사람들 틈을 뚫고 걸어나갔다. 당수정이야 따라오든 말든 신경 쓰고 싶지 않았다.

사실 무산은 머리가 굵어지면서부터 기회를 엿봐 일소천으로부터 독립할 날만 손꼽아왔었다. 탁월한 능력을 펼치며 젊은 나이에 기반을 잡아 착하고 예쁜 아내를 얻어서 행복하게 살아볼 생각이었다.

워낙 다방면에 뛰어난 재주를 가진 데다 팔팔하게 젊었으므로 무슨 일이든 잘해 나갈 자신이 있었다. 그런데 이제 모든 것이 물거품이 된 것이다. 평생 당문에서 썩어나며 사람들의 멸시나 받고, 성까지도 아내의 성을 따라야 하는 팔자가 되었다. 그랬다. 당수정에게 엮이지만 않았어도 무산은 다르게 살아갈 수 있었다.

오당마환을 비롯한 정통 당문 씨족들의 멸시. 그것까지는 참을 수 있었다. 하지만 살을 섞고 살며 서로 위로가 되어주어야 할 아내까지도 자신을 무시하는 이상 더는 당문의 사위로 살아갈 이유가 없었다. 억울했다. 따지고 보면 무산은 정말 열심히 노력한 것이다.

'에이, 더럽고 치사해서 내가 가출한다.'

무산은 독하게 마음을 먹고 먹자골목이 끝나는 곳까지 걸어갔다.

'그래도 혹시…….'

행여나 당수정이 반성하고 따라오는 것은 아닐까 하는 생각에 무산을 뒤를 돌아보았다. 하지만 당수정의 모습은 보이지 않았다.
 '잘됐군……. 이제 미련도 없다.'
 무산은 모질게 마음을 먹은 후 한숨을 내쉬었다. 그리고 곧바로 주머니에서 동전을 꺼내 만두 가게로 들어갔다.
 "아휴— 얼마나 보고 싶었는지 아냐? 만두야, 너도 나 많이 기다렸지?"
 무산은 만두 두 개를 한입에 집어넣은 후 나머지는 보자기에 담아 만두집을 나왔다.
 만두가 떨어지기까지는 최소한 두세 시진은 걸릴 것이고, 그동안은 복잡한 문제로 골치를 썩을 필요가 없는 것이다. 그것이 무산의 생활 방식이었다.
 음식 앞에 놓고 고민하면 음식이 싫어하는 만큼 음식 행복하게 방긋방긋 얼마든지 웃어주자는 것이다. 그리고 야시장의 풍물을 즐기며 오늘 하루 열심히 즐기고, 내일은 모든 걸 버린 채 길을 떠나는 것이다.
 무산은 모처럼 만족스런 웃음을 지은 후 약장수들이 늘어선 골목으로 들어섰다. 구경 중엔 뭐니 뭐니 해도 약장수 구경이 최고였던 것이다.
 그 골목에선 여러 가지 약재나 희귀 동물의 진액을 늘어놓은 약장수들이 저마다 재주나 차력을 선보이며 자기 약이 만병통치라고 떠벌리고 있었다.
 '만병통치가 동네 개 이름보다 흔하군.'
 무산은 속으로 사정없이 투덜대면서도 구경에 정신이 팔려 여기저기를 둘러보고 다녔다. 그런데 마침 재미있는 차력 시범이 있는지 많은 사람들이 모여 북적거리는 곳이 있었다.

"자, 애들은 가라, 애들은 가! 나는 날이면 날마다 오는 비암 장수여. 하지만 이 비암은 달러, 아저씨, 이런 비암 본 적 있어? 이 비암은 다리가 달렸어. 다른 비암들이 뱃바닥으로 길 때, 이 비암은 네 다리로 뛰어다녀!"

"에이, 그거 도마뱀 아냐?"

"파하하……!"

무산이 다가가 보니 마침 뱀장수가 도마뱀 한 마리를 집어 든 채 끈적끈적하고 미끌미끌한 목소리로 농을 치며 수다를 떨고 있었다.

능글능글한 뱀장수의 수다에 빠져들어 구경꾼들은 하나둘 늘어났다. 하지만 사람들이 그렇게까지 모여든 이유는 단지 그 뱀장수의 수완 좋은 수다에만 있는 것은 아니었다.

뱀장수는 뱀장수답게 쭉 찢어진 뱀눈에 워낙 왜소한 체격이라 그의 모습만 본다면 뱀 사고 싶은 마음이 쏙 들어갈 것 같았다. 하지만 뱀장수 옆에는 집채만큼 커다란 곰 한 마리가 목에 줄을 맨 채 흉포하게 눈알을 굴리고 있었다.

사람들이 그렇게 구름 떼처럼 모여든 이유는 바로 그 곰에 있었다. 놈은 곰 중에서도 가장 난폭한 것으로 알려져 있는 흑곰이었지만, 머리에 삿갓을 쓰고 있어 다소 희극적인 면도 있었다.

"자, 애들은 다 갔나? 그럼 이제 비장의 비암!"

뱀장수는 주위를 한번 휘둘러 본 후 옆에 놓여 있던 자루에서 굵은 백사 한 마리를 꺼내 목을 비틀어 쥔 후 머리 위로 빙빙 돌렸다.

그러자 주위에 모여 있던 구경꾼들의 입에서 저마다 탄성이 쏟아져 나왔다. 귀하디귀한 백사를 보는 것이 자주 있는 일은 아니었기 때문이다.

"자, 이 도마뱀 잘 봐! 지가 아무리 다리가 달려서 펄쩍펄쩍 뛰어다녀도 백사 앞에선 그저 개구리여!"

뱀장수는 다시 한 번 너스레를 떤 후 도마뱀을 공중으로 휙 던졌다. 그리고는 다른 손으로 쥐고 있던 백사의 목을 탁 놓았다. 구경꾼들은 기겁을 했지만 뱀장수는 잽싼 동작으로 백사의 꼬리를 쥐어 잡았다.

"물어!"

순식간의 일이었다. 백사는 마치 허공으로 기어가는 것처럼 쏜살같이 앞으로 뻗어 나가더니 공중에서 떨어져 내리던 도마뱀을 한입에 덥석 물었다.

"우와아—"

그 모습을 지켜보던 구경꾼들이 갈채를 보냈고, 뱀장수는 다시 백사의 목덜미를 눌러 쥔 다음 원래의 자루 속에 집어넣었다.

"봤제, 봤제? 이것이 바로 백사의 힘이여! 자, 해소, 가래, 부황, 황달, 고뿔, 마마, 역질, 문둥병, 이제 고민 끝이여! 밤일 부실해 아내 사랑 못 받는 서방님, 이제 내일 아침이면 가정에 평화가 찾아와! 자, 방금 전에 그 백사는 원래 암수 한쌍이었어! 그런데 지금은 왜 한 마리냐? 나머지 한 마리는 여기 있어!"

약장수는 그제야 단 위에 죽 나열해 둔 약상자 중 하나를 집어 들어 구경꾼들에게 보여주었다. 그리고 잠시 후 그 상자에서 환약 하나를 꺼내 냉큼 백사가 들어 있는 자루 속에 던져 넣었다. 그러자 자루 안의 백사가 요동을 치더니 갑자기 자루째 바닥을 기었다.

"봤제, 봤제? 이것이 바로 백사의 운우지정이여. 이 환약이 바로 나머지 백사로 만든 것이여. 암놈 수놈 중 어떤 놈이겄어? 그려, 당연히 수놈이여. 태산 정기를 받은 백사의 진기만을 추출해 만든 이 백사환(白蛇

丸)! 이거 한 알이면 가정에 평화가 찾아오고, 열 알이면 사천성이 평정돼 부려. 어이, 저기 아자씨 못 믿는 눈치여? 그려, 하나 더 보여줄 것이 있어!"

뱀장수는 잠시 말을 멈춘 후 구경꾼들의 표정을 살폈다. 그리고 곧 만족스럽다는 듯 웃으며 뒤편에 놓여 있던 소나무 관 쪽으로 다가가 그 주위를 뱅뱅 돌았다.

구경꾼들은 잔뜩 긴장된 표정으로 뱀장수와 상자를 번갈아가며 쳐다보았다.

무산 역시 뱀장수의 사설에 넋을 잃은 채 미동도 않고 빤히 지켜보았다. 백사환(白蛇丸)은 사천성의 그 누구보다 자신에게 절실한 약이었기 때문이다.

"자, 이것이 관이여. 이 안에는 아직은 안 죽었지만 오늘 안쪽으로 염라국 구경을 하게 될 반송장이 누워 있어. 자, 여길 한번 쳐다봐!"

뱀장수는 말을 마친 후 관 뚜껑을 활짝 열었다.

구경꾼들은 우르르 그쪽으로 몰려가 관 안에 들어 있는 사람을 쳐다보기 시작했다.

"어휴, 이거 시체 썩는 냄새 아냐?"

"이건 반송장이 아니라 푹 썩은 송장이네그려!"

구경꾼들은 저마다 한두 마디씩 지껄이며 코를 막고 인상을 찌푸린 채 조금씩 뒤로 물러섰다.

무산이 멀찍이 서서 보니 한 덩치 큰 사내가 관 안에 누워 있었는데, 웃통을 벗어젖힌 대신 얼굴엔 복면을 뒤집어쓰고 있었다. 그런데 몸에 검버섯처럼 여러 개의 반점이 돋아나 있었고, 퀴퀴한 송장 냄새를 풍기고 있었다.

"자, 다들 봤어? 느낌이 어뗘! 더럽게 불쌍하지? 하지만 걱정하덜 말어! 이 백사환 다섯 알이면 이 반송장이가 벌떡 일어나 역발산기개세를 보여줄 것이여."

뱀장수는 손으로 사내의 입을 벌려 다른 손에 들고 있던 백사환 다섯 알을 하나씩 쏙쏙 집어넣은 후 다시 관 뚜껑을 덮었다.

"자, 이제 약 반 각만 기다려 봐! 송장이 벌떡 일어서는 걸 보게 될 것이여. 자, 그럼 이제 우린 무엇을 하느냐, 나는 뱀장수니까 뱀을 팔아야겠제. 하지만 이 흉측한 놈들을 어떻게 돈 받고 팔 것이여. 그냥 한 마리씩 몸보신하라고 주겠어! 그럼 훌륭한 아자씨 아줌마들은 그 뱀을 공짜로 받아가야 쓰겠어? 아니제, 이 백사환을 사야 쓰겠제? 내가 나눠 주는 뱀 아무리 잘 먹어봐야 약효가 사흘을 못 가. 하지만 이 백사환은 달라! 한 알을 먹으면 한 달을 가고 세 알을 먹으면 1년을 가. 다섯 알을 먹으면 반송장이 일어나고, 열 알을 먹으면 사천성에 여자가 안 남아나! 자, 잠시 후에 물러도 되니까 일단은 하나씩 사! 안 사면 구경 안 시켜줘. 한 알에 닷 냥, 열 알에 서른 냥! 나 같으면 서른 냥 내고 열 알을 사겠어."

뱀장수는 슬슬 구경꾼들을 부추기며 백사환을 팔기 시작했다.

구경꾼들은 환불이 된다는 이야기 때문인지, 안 사면 구경을 안 시켜준다는 이야기 때문인지 너도나도 한 알씩은 샀고, 개중에 정말 밤일 못해 구박받게 생긴 위인들은 덥석 열 알, 스무 알을 사버렸다. 무산 역시 혹시나 하는 마음에 한 알을 사 주위의 눈치를 봐가며 꼴깍 삼켜버렸다.

그렇게 어수선한 가운데 반 각가량이 지날 때였다.

빠지직……! 쾅!

갑자기 소나무 관이 박살나는 소리가 들리더니 송장처럼 누워 있던 복면의 사내가 벌떡 일어섰다. 어찌 된 일인지 검버섯이 피어 있던 살결은 탱탱하게 윤기 흐르는 피부로 바뀌어 있었고, 울퉁불퉁 근육까지 튀어나와 있었다.

"우와아—"

구경꾼들은 복면 사내의 달라진 모습에 너도나도 놀라 소리를 내질렀다.

"봤제, 봤제? 이것이 백사환의 힘이여! 자, 이제 반송장이 역발산기개세를 뽐내는 광경을 보여주겄어!"

뱀장수는 복면 사내를 자기 왼쪽에 세웠다. 그리고 포악한 눈빛만을 빛낼 뿐 정작 양처럼 온순하게 앉아 있는 곰의 엉덩이를 걷어차 오른쪽에 세웠다.

"자, 이놈이 죽어가던 반송장이고, 이놈이 숭산에서 소림 무술을 배우다 내려온 흑곰이여! 평소 같았으면 반송장이는 흑곰이의 간식거리여! 하지만 오늘 반송장이는 백사환을 다섯 알 먹었고, 흑곰이는 그냥 뱀 몇 마리 먹은 것이 고작이여! 자, 이제 이 두 놈이 팔씨름을 하겄어. 어쪄? 어느 쪽이든 한번 돈을 걸어봐! 그런디 나 같으면 흑곰이한테 걸겄어. 아무리 백사환을 먹었어도 간식이 주식이 되지는 않을께! 히히, 하지만 책임은 못 져! 왜냐, 나는 비암 장수의 탈을 쓴 백사환 장순께!"

뱀장수는 다시 한차례 너스레를 떤 후 복면 사내와 흑곰을 이끌고 소나무 관 옆에 준비되어 있던 탁자로 갔다.

"자, 반송장이는 오른쪽, 흑곰이는 왼쪽! 이렇게 손을 마주 잡었제? 이제 넘기는 쪽이 이기는 것이여. 준비… 땅!"

제대로 자세를 잡은 복면 사내와 엉거주춤하게 탁자에 기댄 흑곰이

손과 앞발을 맞잡고 서로 노려보고 있는데 뱀장수가 탁자를 탁, 두드리며 신호를 내렸다.

뱀장수의 신호가 떨어지자 복면 사내와 흑곰은 기선을 제압하기 위해 서로 인상을 구기며 힘을 쓰기 시작했다. 마치 수십 년 동안 호흡을 맞춘 동료처럼 그 둘은 실감나게 연기를 하며 팽팽한 균형을 유지했다.

"우와아—"

구경꾼들은 손에 땀을 쥐며 연신 탄성을 내질렀고, 뱀장수는 한동안 흐뭇한 표정으로 그런 구경꾼들을 쳐다보았다.

"아이고, 반송장이가 죽었다 살아나느냐고 백사환 다섯 알의 정기를 다 써부렸어. 옛다, 한 알 더 묵어부려라!"

뱀장수는 낑낑대고 있는 복면 사내에게 다가가 백사환 한 알을 입에 쏙 집어넣어 주었다. 바로 그 순간이었다.

쿠다—탕!

복면 사내는 일시에 흑곰의 앞발을 꺾어 넘어뜨렸고, 그 충격에 탁자가 부서져 나가 흑곰은 땅바닥으로 나뒹굴었다.

우—우웅……! 끄으응!

팔씨름을 할 때보다 더 실감나게 나뒹굴던 곰이 신음 비슷한 소리를 내질렀다. 그리고는 배를 드러낸 채 발랑 드러누워 앙증맞게 네 발을 흔들어댔다.

"와— 우와아!"

구경꾼들은 만족스럽다는 듯 다시 환호성을 내질렀고, 복면 사내는 구경꾼들을 향해 두 팔을 뻗어 올리며 답례를 했다. 다소 둔해 보이기는 했으나 움직일 때마다 용처럼 꿈틀거리는 근육은 단연 일품이었다.

"자, 또 봤제, 봤제? 백사환이 얼마 안 남었어. 아줌씨한테 사랑받고

픈 아자씨들은 빨랑빨랑 줄을 서랑께!"

뱀장수는 그 어느 때보다 큰 손동작으로 호들갑을 떨어댔으나 막상 사람들은 구경할 거 다 했으니 그만 가봐야겠다는 듯 심드렁한 표정으로 흩어지기 시작했다. 무산 역시 사이비 뱀장수에게 더 시간을 빼앗기고 싶지 않아 돌아섰다.

하지만 영악한 뱀장수가 그런 사태를 대비해 두지 않았을 리 없었다.

"자, 그래, 애들은 가라, 애들은 가! 이제부터는 애 밴 아줌씨나 심장 약한 할매시들은 진짜로 볼 수 없는 어마어마한 괴력이 펼쳐질 것이여!"

뱀장수는 머리 위로 손뼉을 쳐가며 주위를 모았고, 구경거리가 더 남았다는 말에 구경꾼들의 눈길이 다시 뱀장수를 향했다.

"자, 인간의 힘으로는 도저히 들어 올릴 수 없는 우리 흑곰이! 그러나 반송장이가 한 손으로 들어 올릴 것이여! 무슨 수로? 그거야 당연히 백사환의 힘이여! 자, 집으로 가려던 애들은 어여 가고, 싸나이들만 모여! 이건 가슴으로 사는 우리 싸나이들만의 묘기여!"

뱀장수는 구경꾼들이 다시 모여드는 것을 본 다음에야 나직하게 한숨을 내쉰 후 복면 사내에게 뭐라고 귓속말을 중얼거렸다.

뱀장수는 대략의 지시가 끝났는지 다시 구경꾼들을 향해 소리쳤다.

"자, 이놈이 바로 소림 무술의 고수인 흑곰이. 여기 이 반송장이가 흑곰일 들어 올릴 역발산기개세의 석금이!"

쿠쿵……!

한순간 무산의 동작이 딱 멈추어졌다. 방금 전 뱀장수의 입에서 석금이라는 이름이 소개되어졌기 때문이다.

'역발산기개세의 석금이?'

무산은 고개를 돌려 복면 사내를 뚫어지게 쳐다보았다.

하지만 복면 사내는 아직 무산을 발견하지 못한 것인지 뱀장수와 흑곰만을 번갈아 보고 있을 뿐이었다.

"자, 흑곰이, 두 발 들어!"

뱀장수의 명령이 떨어지자 뱀장수 주변을 어슬렁거리며 메뚜기를 잡아먹고 있던 흑곰이 앞발을 들고 발딱 일어섰다. 훈련이 잘된 곰이라는 걸 한눈에 알 수 있었다.

"둥둥둥둥! 자, 보시라! 역발산기개세의 반송장이가 집채만한 흑곰이를 들어 올려!"

뱀장수가 입으로 북소리를 흉내 내며 너스레를 떨자 복면 사내가 흑곰에게 다가가더니 한 손으로 목덜미를 짚고 다른 손으로 사타구니 쪽을 잡더니 끙차, 힘을 썼다.

하지만 흑곰은 꼼짝도 하지 않았고, 다만 사타구니 쪽이 신경 쓰이는지 헤벌쭉이 웃는 것처럼 입을 벌린 채 진저리를 칠 뿐이었다.

구경꾼들이 그 모습에 한바탕 웃어 젖히며 야유를 보냈지만 미리 짜여진 각본인 듯 뱀장수는 여유있게 웃으며 다시 너스레를 떨었다.

"아이구, 이런! 내가 못 보는 사이에 이놈의 흑곰이가 백사환을 한 알 집어 먹었어! 그래서 이렇게 떡하니 버티고 있는 것이여! 봤제, 이것이 백사환의 힘이여!"

하지만 구경꾼들은 사기가 뻔하다는 듯 더욱 야유를 보냈다.

"아니, 이 비암장수의 말을 듬성듬성 듣는 겨? 자, 그럼 다시 백사환의 힘을 보여주겠어."

뱀장수는 말을 마친 후 다시 백사환 한 알을 꺼내 복면 사내의 입에

쏙 집어넣었다.

"이놈이 백사환 한 알을 먹은 흑곰이여. 그리고 이 반송장이가 새로 백사환 두 알을 먹은 석금이여. 자, 이제 무슨 일이 일어나는지 보더라고!"

구경꾼들에게 한껏 긴장감을 불어넣은 뱀장수는 석금이에게서 몇 발짝 떨어진 후 다시 손나발을 만들며 소리쳤다.

"자, 두 눈으로 보지 않고는 믿지 못할 장면! 백사환의 힘이 아니고서는 있을 수 없는 사건! 반송장이가 흑곰이 들기! 두두둥!"

뱀장수의 말이 떨어지자 이제껏 멀뚱히 서 있던 복면 사내가 으싸, 힘을 주며 흑곰을 번쩍 들어 올렸다.

"우와—아!"

구경꾼들이 너도나도 소리를 내질렀다.

정말 믿어지지 않는 일이었다. 관을 깨고 나오는 것이나, 훈련된 곰과 팔씨름을 하는 것은 얼마든지 재미있는 구경이나 사기로 몰아붙일 수 있었다. 하지만 사람이 집채만한 흑곰을 한 손으로 들어 올리는 것은 의심의 여지가 없는 괴력, 그 자체였기 때문이다.

"아니, 어떻게 저런 일이 가능하지?"

"저 흑곰이가 소림 무술을 배웠다더니 공중 부양을 하는 것이 아녀?"

"그렇지? 저게 사람의 힘으로 되는 일이 아니지?"

구경꾼들은 저마다 한두 마디씩 내뱉으며 복면 사내와 흑곰에게 갈채를 보냈다.

"봤제, 봤제? 백사환이 정말로 얼마 안 남았어. 평생 후회하덜 말고 지금 사 가야 될 것이여. 흑곰이도 번쩍번쩍 들어 올리는데 여편네가 문제겠어? 빨리들 사가더라고!"

뱀장수의 사설은 절정에 달했고, 머뭇머뭇 망설이던 구경꾼들이 우르르 뱀장수에게 몰려들기 시작했다.

"사족이! 흑곰이가 힘들어하는디 그만 내려놔야 안 쓰겄어?"

백사환을 팔아먹는 데 여념이 없는 뱀장수에게 복면 사내가 말했다.

오늘 처음으로 입을 연 것인데 그 목소리에 무산은 다시 한 번 동작이 딱 멈추어졌다. 워낙 소란스러운 가운데 들린 것이기는 하지만 분명 석금이의 목소리였다.

"아, 그려, 그럼……!"

뱀장수는 여전히 손님들을 상대하느라 바빠서인지 대충 말한 후 손님들에게 백사환과 뱀을 나눠 주고 돈을 거둬들이느라 정신이 없었다.

복면 사내는 흑곰을 조심스럽게 바닥에 내려놓은 후 뒤편에 놓인 천막 안으로 흑곰을 데리고 들어갔다. 꽤나 듬직한 걸음걸이에 우람한 체격, 요동 치는 근육들!

'어라, 석금이는 아닌 것 같은데……?'

복면 사내의 우람한 체격을 바라보던 무산은 머리가 복잡해지기 시작했다. 석금이라는 이름이 결코 흔한 것이 아닌 데다 목소리까지 비슷했지만 체격이 석금이와는 영 딴판이었던 것이다. 사실 석금이의 몸에선 근육이라는 것을 찾아볼 수 없었다. 게다가 지금쯤이면 용문도장에서 깜구랑 놀아주고 있어야 옳았다.

'그런데 왠지 석금이 같아……!'

무산은 복면 사내가 들어간 천막을 향해 다가갔다. 그리고 주위를 한번 둘러본 다음 살짝 천막을 들추어 안을 엿보았다.

복면 사내는 여전히 복면을 쓴 채 보자기 하나를 풀더니 그 안에 담기 찐빵을 하나 들어 우적우적 씹어 먹기 시작했다.

"흑곰이, 너도 하나 먹어볼텨? 이거 되게 맛나당께!"

복면 사내는 찐빵 하나를 흑곰의 입에 물려준 후 또 하나의 찐빵을 집어 들고는 우적우적 씹어 먹었다. 그러다간 갑자기 찐빵을 먹고 있는 흑곰을 바라보며 훌쩍거리기 시작했다.

"흐흐흑……! 널 보면 우리 깜구가 생각나는구먼……! 흐흐흑, 우리 깜구도 찐빵을 무척 좋아했는디……! 깜구야아— 흐흐흑……!"

쿠쿵……!

의심의 여지가 없었다. 무산은 냉큼 천막 안으로 들어서며 외쳤다.

"너, 석금이지? 석금이 맞지?"

"……"

갑작스레 들이닥친 무산을 쳐다보던 복면 사내는 찐빵을 입에 문 채 멍하니 굳어졌다.

"커… 커컥!"

사레에 걸린 것인지, 한동안 컥컥거리던 복면 사내가 입 안의 찐빵을 꿀꺽 삼킨 후 복면을 벗으며 벌떡 일어섰다.

"이게 누구여? 두목 아녀? 두목……!"

석금이였다. 틀림없는 석금이였다.

무슨 일을 당한 것인지 석금이의 얼굴은 말이 아니었다. 얼굴 여기저기에 화상의 흔적이 남은 데다 눈썹도 이상하게 나 있었고, 머리카락은 삭발에 가까울 만큼 짧았다.

하지만 그런 것에 신경 쓸 틈이 없었다.

"석금아……!"

"두목……!"

두 사람은 서로 얼싸안은 채 서럽게 울기 시작했다. 그동안 너무 많은 고생을 했고, 그만큼 쏟아놓고 싶은 말이 많았던 것이다.

우웅……! 끄으웅!

찐빵을 집어 먹던 흑곰이 고개를 갸웃거리며 그런 두 사람의 모습을 이상하다는 듯 쳐다보았고, 밖에서는 여전히 뱀장수의 사설과 구경꾼들의 악다구니가 들려왔다.

사천성 야시장의 밤은 그렇게 깊어가고 있었다.

용문도장!

　언제나처럼 맑은 공기와 새의 노랫소리, 향기로운 꽃과 바람이 일소천의 마음을 따사롭게 감싸고 있었다. 세상의 그 어느 곳보다 아늑하며 편안한 곳이 바로 용문마을이다.

　일소천은 모처럼 평상 위에서 느긋한 낮잠을 즐기다가 눈을 떴고, 새삼 그 사실을 깨우쳤다.

　'아, 나는 왜 강호에 미련을 버리지 못하는 것일꼬?'

　이재천이 자신을 배신하고 팽 영감의 제자가 된 후 일소천은 많은 생각을 하게 되었다. 그동안 자신이 잘못 살아온 것은 아닌지, 그래서 아내 마군희와 아들이 떠나고, 이재천이 떠나고, 무산이 당문에 팔려가게 된 것은 아닌지…….

　하지만 그것은 한여름 낮잠이 가져온 잠깐 동안의 상념에 불과했다.

'아니지, 내가 더위를 먹었나. 유청이란 놈을 얻은 것도 다 강호를 인연으로 한 것인데, 그것이 결코 후회할 일이 아니지? 나 같은 위인이 평생 농사를 지으며 산다고 해서 만족할 수는 없는 것이고, 나를 떠나간 놈들은 하나같이 무거운 짐에 불과했으니 아쉬워할 것이 없지? 그나저나 주유술은 동생이 이런 궁촌에서 고생을 하고 있는데, 왜 한번들를 생각도 않는 거지? 북경반점 요리사 몇 명이라도 보내주든지, 쩝⋯⋯!'

일소천의 생각은 어느새 지극히 정상적으로 돌아와 있었다.

사실 재롱둥이 이재천이 떠난 후 일소천은 가슴 한구석이 뻥 뚫린 것처럼 허전했다. 모처럼 여러 사람들로 북적거리던 용문도장이었건만, 이제 남은 것은 끊임없이 독립할 생각만 하고 있는 무랑과 재미없는 곰딴지 주유청, 철딱서니없는 방초뿐이었다.

더욱이 유일한 벗이었던 열해도 팽이조차 요즘은 발길을 뚝 끊고 있는 탓에 일소천은 영 사는 재미가 없었다.

물론 조만간 배은망덕 이편이 돌아온다면 비무대회 문제로 한동안 분위기가 고조될 것이지만, 막상 제자들을 가르칠 생각을 하니 머리가 아파왔다. 아내 마군희와 사는 20여 년 동안 일소천은 게으름뱅이가 되어 있었던 것이다.

한편 방초 역시 일소천만큼이나 따분한 나날을 보내고 있었다. 잘생긴 이재천이 야반도주를 했고, 불붙은 장작처럼 뜨거운 가슴을 가지고 있던 이편마저 소림사로 떠난 만큼 마땅한 연애 상대가 없었던 것이다.

'이거, 정말 미치겠네. 할아버진 왜 이편 오라버니를 보낸 거야. 저 곰딴지나 무랑이 녀석을 보내지 않고⋯⋯. 하지만 심심하니까 둘 중 하나를 골라서 데리고 놀아봐? 아니야, 무랑이 그 싸가지없는 놈은 질릴 대로 질렸고, 그나마 곰딴지가 데리고 놀기 좋은데. 그러다 보면 이편 오라버니가 돌아와서 섭섭해할지도 몰라.'

방초는 한나절 내내 침상에 드러누워 데굴데굴 굴러다니면서 심각한 고민에 빠져 있었다. 그러고 보니 허리도 아파오는 것 같았다. 벌써 며칠째 침상만 끌어안고 있었던 것이다.

다시 지붕 위! 요사이 고양이처럼 몸이 날렵해진 주유청이 지푸라기를 슬쩍 거둬내고 방초를 엿보고 있었다.

주유청은 그런 자신이 싫었지만 사랑은 사람을 미치게 만드는 속성을 가지고 있었다. 잠자리에 누워도 방초의 모습만 떠올랐고, 어쩌다가 방초와 손이라도 스치는 날엔 하루 종일 그 손을 어루만지며 가슴 설레했다.

'저 친구, 또 지붕 위에 올라가 있군.'

개밥을 주느라 잠시 밖에 나와 있던 무랑은 그런 주유청의 모습을 보며 혀를 쯧쯧 찼다. 세상의 하고많은 여자들 중 하필이면 방초 같은 계집을 좋아하는 주유청이 안쓰럽기 그지없었던 것이다.

"죽 먹어라, 똥개들아."

무랑은 개밥통에 죽을 쏟아 부으며 말했다.

그러자 스무 마리의 개들이 한꺼번에 우르르 몰려들어 무랑을 밀쳐대며 깨물고 할퀴고 난리를 치기 시작했다.

"이런 똥개들 보았나. 질서라는 걸 몰라, 이놈들이."

무랑은 미리 준비해 두었던 대나무 몽둥이로 개들을 후려갈기며 길을 열었다.

개밥을 주다 보니 무랑은 이재천이 왜 가출까지 결심하게 되었는지 이해할 수 있게 되었다. 무랑이 밥을 주는 처음 며칠간 개들은 그럭저력 고분고분하게 말을 잘 들었다. 이재천이 가출한 뒤 개밥을 주려는 사람이 없어 한 두어 끼를 굶어야 했기 때문이다.

하지만 일소천이 아예 무랑을 개아범으로 만들어놓은 후부터 이놈의 똥개들은 다시 처음의 근성대로 무랑 알기를 똥처럼 알기 시작한 것이다.

하지만 무랑은 이재천과는 달랐다. 이재천이 일소천의 매질을 두려워해 똥개들에게까지 설설 기었던 것과는 달리 무랑은 대담하게 개에게 매를 대기 시작한 것이다.

깨갱, 깽, 깨개갱……!

개 우리 근처에서 개들의 곡 소리가 나기 시작했다. 무랑이 몽둥이로 사정없이 개들을 후려갈기며 기강을 잡고 있었던 것이다.

"이놈아, 네놈이 지금 무슨 짓거리를 하고 있는 것이냐?"

갑작스런 소란에 평상에 누워 있던 일소천이 깜짝 놀라 일어나며 개 우리 근처로 뛰어왔다. 언제 집어 든 것인지 손에는 채찍까지 들려 있었다.

"보면 모르세요? 개 패고 있어요."

무랑은 심드렁하게 대답했다. 가뜩이나 더운 날씨에 똥 냄새 펄펄 풍기는 개 우리에 들어와 있는 것도 짜증스러운데, 이놈의 개들이 똥 묻은 몸으로 자꾸 덤벼드니 자연히 화가 나 있었던 것이다.

"이이이… 이재천보다 못한 놈!"

일소천은 바르르 몸을 떨더니 곧바로 채찍을 날렸다.

휘리릭— 찰싹……!

"으허헉……!"

용문도장에 또 한 차례의 폭풍이 불어닥치기 시작했다. 지난번과 마찬가지로 원인은 깜구의 씨를 받았을지도 모르는 똥개들이었다.
휘리릭— 찰싹……!
"으헉……!"
"이놈아, 네놈이 이 사부의 목숨을 구한 깜구에 대해 원한을 품고 있는 것이 확실하렷다? 그렇지 않고서야 그 씨를 받은 성스런 암캐들에게 매질을 할 리가 없을 터! 그래, 나도 한번 개 패듯 네놈을 때려보마, 이놈……!"
휘리릭— 찰싹……!
"으허아학……!"
"어떠냐, 아프냐? 이제 맞고 사는 서러움을 알겠냐?"
일소천은 거의 제정신이 아니었다. 가뜩이나 이재천이 달아난 후 분풀이할 상대가 없었는데, 마침 무랑이 제대로 걸린 것이다.
휘리힉—! 텃!
하지만 매질은 오래가지 못했다. 어느 순간 무랑이 일소천의 채찍을 휘어잡은 것이다.
이재천이 그랬던 것처럼 무랑 역시 쌓인 것이 많았다. 사부 일소천은 노망이 난 것인지 주유청에 대한 편애로 남은 제자들을 섭섭하게 했다. 무산과 무랑은 뼈를 깎는 듯한 봉사로 일소천을 봉양해 왔건만, 일소천은 그 고마움을 깡그리 잊은 채 오로지 유청이, 유청이 하며 뒤늦게 얻은 주유청에게만 애정을 보이고 있었다.
게다가 정작 무공 전수에는 인색하기 그지없었다. 무산과 무랑이 그 동안 배운 것은 모두 남의 무공이었다. 소림, 무당, 화산, 심지어는 아미파의 무공까지 두루 섭렵할 수는 있었으나 정작 깊이 있게 배우지는 못했던 것이 사실이다. 일소천은 다른 문파의 무공을 도둑질해 겉핥기

식으로 가르쳐 준 것이 고작이었다.

　무랑도 이제 자신의 삶을 설계할 나이였다. 그렇지 않아도 앞날에 대한 걱정으로 한숨만 쉬며 하루하루를 살아가고 있었다. 그런데 사부란 작자가 똥개의 편에 서서 매질을 하니 더 이상 참을 수 없었다.

　"사부……! 이제껏 키워준 은혜는 잊지 않겠습니다. 하지만 저 역시 사부를 먹여 살리느라 허리가 휘었으니 서로 비긴 걸로 알겠습니다. 저, 이제 제 인생을 살아가렵니다!"

　일소천의 채찍을 휘어잡고 팽팽한 힘 겨루기를 하던 무랑이 울먹이며 말했다.

　쿠쿵……!

　일소천은 순간 손에서 한꺼번에 힘이 빠져나가는 것을 느꼈다. 언젠가 무산이 했던 것과 똑같은 말을 무랑에게서 들은 것이다. 하지만 그때와는 전혀 분위기가 달랐다. 무랑은 진심으로 독립을 선언한 것이다.

　"네… 네놈이……!"

　일소천은 손에서 채찍을 놓으며 허탈하게 말했다. 이루 말할 수 없는 배신감이 온몸을 휘감아 돌았다.

　"똥개보다 못한 제자지만 절 받으십시오. 마지막으로 올리는 절입니다."

　무랑은 그 자리에 털썩 엎드려 일소천에게 절을 했다. 수많은 생각들이 머리를 어지럽혔지만 무랑 자신으로선 참을 만큼 참아왔던 것이다. 일소천이 자신에게 배신감을 느끼는 것처럼 무랑 역시 사부 일소천에게 꾸준히 배신감을 느껴왔다.

　갑작스런 소란에 놀란 주유청이 지붕 위에서 잽싸게 뛰어내려 달려왔고, 방초 역시 모처럼 좋은 구경거리가 생겼다는 듯 침상에서 발딱 일어나 달려왔지만 때는 이미 늦었다.

　무랑은 한시도 몸에서 떼어놓지 않았던 검을 풀어 일소천 앞에 내려놓았다. 사부에게서 받은 것이라고는 그 검 한 자루뿐. 무산이 그랬듯 무랑 역시 그 검을 돌려주는 것으로 사부와의 연을 완전히 끊기로 한 것이다.

　"무랑 사형! 진정하시오. 요즘 사부님 심기가 편치 않아서……!"

　주유청이 무랑을 만류하려 했으나 무랑은 이미 마음을 정리한 듯 일소천을 등진 채 터벅터벅 용문도장을 걸어나가기 시작했다.

　"이놈, 무랑아……!"

　그제야 제정신이 돌아온 일소천이 나직한 음성으로 무랑을 불러보았지만 차마 그를 잡을 힘이 없었다. 승신검, 아니, 패랑검 일소천. 그 역시 이제 너무 늙어버린 것이다.

　"일단 나오긴 했지만 이제 어디로 가야 하지?"

　용문마을을 벗어나면서부터 무랑은 알 수 없는 허전함을 느껴야 했다.

　무랑은 용문도장으로 돌아오면서부터 예전과는 너무 달라진 도장의 분위기에 적응을 하지 못했다. 무산과 함께 방초를 골탕 먹이고, 일소천의 흉을 보며 철없이 살아가던 그 시절은 이제 다시 돌아올 수 없는 것이다.

　이제 무랑 역시 독립할 나이가 되었다. 누군가에게 의지하거나 생각 없이 살아갈 수 있는 시절은 지났고, 한 사람의 성인으로 험난한 세파를 헤쳐 나가야 한다.

　"하지만 어디로 간단 말인가?"

무량은 반복되는 질문에 답할 길이 없었다.

차라리 팽 영감이 자신을 회유할 때 넘어갔더라면 낡은 객잔이라도 하나 물려받을 수 있었겠지만, 이재천이 선수를 치는 바람에 그나마도 물 건너간 일이 되고 말았다.

'객잔을 운영하면서 술과 음식을 팔고 그럭저럭 굶을 걱정 하지 않으며 살아가는 것도 괜찮은 인생이었을 것을……. 만약 객잔으로 제법 돈을 벌면 소림사의 건축 양식을 그대로 빌어서 기루를 차리는 거야. 대웅전도 하나 세워두고……. 그럼 팔푼이 같은 위인들이 계집을 끼고 술을 마시면서 퍼지게 놀다가 아침에 대웅전에 들러 죄를 용서받고 홀가분한 마음으로 집에 돌아가는 거지. 히야, 기막힌 생각인데? 거기에 무산 사형을 기도로 세우고, 방초는… 그래 주방일 보는 식순이가 어울리겠지? 그리고 사부는… 에이, 그냥 마당이나 쓸게 하는 거지 뭐! 이런… 내가 지금 무슨 생각을…….'

무량은 머리를 흔들며 용문가의 사람들을 다시 기억 밖으로 밀어내려 했다.

그런데 그때 문득 삼문협에서 만났던 무량귀불이 떠올랐다. 무량은 서둘러 웃옷을 더듬었고, 부처 형상을 한 옥패 하나를 꺼내 들었다.

돌이켜 보니, 그날 삼문협에서 무량귀불을 만난 것은 마치 치밀하게 구성된 꿈처럼 기괴했다. 어쩌면 무량귀불은 이런 날이 올 것까지를 계산하고 있었던 것인지도 모른다.

무량은 그날 무량귀불이 했던 말을 다시 떠올렸다.

"무량수불……! 본래 여러 개의 지류였으나 하나의 물줄기로 합하고, 하나의 물줄기가 다시 세 갈래로 나뉘니 그것이 곧 무량(無量)과 태극(太極),

생성과 소멸, 그리고 윤회의 이치와 같소……. 오늘 이 계곡에 모인 사람들 또한 하나의 물줄기이나 서로 다른 갈래로 나뉘어지는 것뿐이오. 그 역시 무량과 태극의 이치……! 내 일찍이 천상(天象)을 살피다가 오늘 이곳에서 한 사람을 얻을 것을 알게 되었는데, 그대가 신문(神門)을 열어 내게로 왔고, 돌아서지 않은 채 머물고 있구려……. 99일 후 무산(巫山)의 천무밀교 본전으로 나를 찾아오시오. 이 증표가 그대에게 길을 열어줄 것이오."

무량은 다시 한 번 옥패를 살폈다.
인연이 되려고 한 것인지, 무량은 그 옥패를 늘 몸에 지니고 있었다. 까맣게 그 옥패에 대한 기억을 잊고 있었음에도 불구하고 한시도 몸에서 떼어놓지 않았던 것이다.
생각해 보니 당시 무량귀불이 말했던 날짜는 앞으로 대략 보름가량 밖에 남아 있지 않았다. 무량귀불이 말한 무산(巫山)은 사천성과 인접한 곳에 있었다. 그렇다면 일단 그쪽으로 가보는 것도 괜찮을 것 같았다.
어차피 무량은 당문의 데릴사위로 들어가서 고생하고 있을 무산도 한 번 만나볼 생각이었다. 그러자면 어차피 그쪽으로 행로를 정해야 했다.
'그나저나 이 증표가 길을 열어줄 것이라니, 그게 무슨 말이지?'
무량은 잠시 멈춰 서서 멀뚱히 옥패를 바라보았다. 하지만 아무리 살펴도 옥패에는 별도의 글이나 약도가 없었다.
'하긴, 그게 뭐 중요하겠어. 정말 인연이 있다면 어떻게든 만나게 되겠지…….'

4

천하맹사 석금이

"분명 당문이라고 했냐?"
"응. 일소천 그 영감이 분명히 그렇게 말했다. 초혼야수와 당문의 살수들과 깊은 연관이 있을 거라고……. 저, 그런데 두목?"
"왜, 석금아?"
"히히, 나 이 만두 하나 더 먹어도 되냐?"
"……."
뱀장수가 약 파는 데 정신이 팔려 있는 사이 무산은 석금이가 이곳에 오게 된 사연과 그동안 용문도장에서 벌어진 많은 일들에 관해 듣게 되었다. 그런데 용문도장에 일어난 화제가 당문의 살수들과 관계된 것이란 말을 듣는 순간 당비약의 얼굴이 떠올랐고, 많은 생각들이 머리를 스쳤다.
"석금아, 어디 아픈 데는 없니?"

무산은 다소 흉측하게 변한 석금이의 얼굴을 바라보다가 안쓰럽다는 듯 물었다.

"두목, 내가 아까 흑곰이 드는 거 못 봤냐? 석금이는 힘이 넘친다. 역발산기개세로 돈도 많이 번다. 그래서 찐빵도 많이 사 먹는다."

"이야, 그럼 석금이는 돈 많이 모았겠다?"

"음… 히히, 돈은 많이 벌었는데 다 썼다."

무산의 물음에 석금이는 머리를 긁적이며 한동안 머뭇거리다가 말했다.

"어디에? 그 돈으로 다 찐빵 사 먹은 거야?"

"아니다. 찐빵 사 먹고도 돈 많이많이 남는다."

"그럼 우리 석금이가 돈을 다 어디에 썼을까?"

"히히, 석금이는 돈 쓸 데가 너무 많다. 하루에 마흔 냥 정도 돈을 버는데, 그중에서 닷냥은 찐빵이나 떡 사 먹는다. 그러면 서른닷 냥이 남는데, 거기서 우리 흑곰이 밥값으로 스물닷 냥이 나간다. 그럼 딱 열 냥이 남는데, 그걸로 백사환 사 먹는다."

"……."

무산은 석금이의 계산 실력에 우선 놀라야 했다. 하나의 오차도 없이 뺄셈을 완벽하게 소화해 내는 것이 영 석금이답지 않았기 때문이다. 하지만 더 놀란 것은 석금이가 뱀장수에게 완전히 노동력을 착취당하고 있다는 사실이었다.

분명히 흑곰의 밥을 사주는 것은 약장수 몫인 데다, 백사환이라는 것 자체가 사기인만큼 순진한 석금이만 바보처럼 죽을 고생을 하는 것이다.

"석금아……! 너, 이 두목이랑 다시 산에나 들어갈까?"

"……."

"왜, 싫으니?"

"아니다, 두목. 하지만 나는 빚이 많아서 못 간다."

"누구한테?"

"뱀장수 사족이한테……."

석금이는 무산이 사와서 풀어놓은 만두를 힐끔힐끔 곁눈질하며 대답했다.

석금이는 자기 몫으로 남았던 찐빵을 흑곰과 나눠 먹은 후 무산의 만두까지 절반 정도를 먹어치운 상태였다. 만두 역시 흑곰과 사이좋게 나눠 먹었으므로 실상 석금이가 먹은 양은 그다지 많다고 할 수 없었다.

"석금아, 만두 먹으면서 천천히 얘기해 봐. 왜 빚을 지게 됐니?"

"히히, 두목 만나니까 좋다. 만두도 배부르게 먹고……. 사실은 뱀장수 사족이가 흑곰이를 팔아버리려고 해서 내가 샀다. 흑곰이가 되게 비싸더라. 뱀장수 사족이가 웅담 값하고 털값, 곰발바닥 값만 받기로 했는데, 그게 자그마치 금 세 냥이래. 히히. 그런데 내가 버는 돈으로 흑곰이랑 밥 사 먹고 백사환 사 먹으면 남는 게 없어서 빚을 못 갚으니까 이자만 늘어서 지금은 금 여섯 냥이 됐다. 히히, 석금이도 두목 따라가고 싶지만 빚이 많아서 못 간다. 히히히!"

석금이의 이야기를 듣는 순간 무산은 갑자기 열이 확 뻗쳐 올랐다. 대충 짐작이 가는 상황이었기 때문이다.

"석금아, 흑곰인 뭐 하러 샀는데?"

무산은 화를 억누르고 차분하게 물었다.

"불쌍해서……. 저번에 흑곰이가 감기에 걸렸는데 뱀장수 사족이가 막 화를 내면서 밥값도 못하는 곰이라고 흑곰이를 웅담 장수한테 판다고 그랬다. 그래서 내가 샀다. 원래는 금 닷 냥인데 나한테 싼값에 판 거다."

"석금아, 이제부터 아주 잠깐 동안 넌 내 형이다. 응? 흑곰이랑 같이 따라 나와봐."

무산은 천막 한곳에 세워져 있던 작대기를 거머쥔 채 석금이와 함께 천막 밖으로 나갔다. 그는 세상의 많고 많은 나쁜놈들을 보아왔지만 석금이같이 착한 사람에게 사기를 쳐서 고혈을 빨아먹는 나쁜 놈만은 도저히 용서할 수 없었다. 그리고 그런 나쁜 놈을 상대할 때는 좀 무식하게 나가야 한다는 것도 알고 있었다.

천막 밖에선 여전히 뱀장수가 구경꾼들에게 너스레를 떨며 줄까지 세워놓고 백사환을 나눠 주고 있었고, 사람이 북적대는 것을 본 또 다른 사람들이 호기심 때문에 모여들어 왁자지껄하고 있었다.

"니가 뱀장수 사족이냐?"

무산은 험악한 표정으로 작대기를 휘두르며 뱀장수에게 다가갔다.

갑작스런 무산의 출현에 뱀장수는 화들짝 놀라며 멍하니 쳐다보았다. 하지만 곧 그 뒤편에 석금이가 서 있는 것을 보고는 얼마간 안심이 된다는 듯 희색을 띠었다.

"그래, 내가 뱀장수 사족이다. 너는 뭐 하는 놈이냐? 우리 기운 센 석금이에게 작살이 나고 싶어서 까부는 거냐? 석금아, 저 말 뼉다귀 같은 놈을 혼내줄 준비를 해라. 헤헤헤!"

아직 분위기 파악을 못한 사족이는 실실 웃어가며 큰소리쳤다.

뱀장수 사족(蛇足)은 자기에게 백사환을 사고 효험이 없는 것을 따지러 온 동네 건달이 멋모르고 횡포를 부리는 것이라고 생각했던 것이다. 장사를 하다 보면 늘상 있는 일이었다. 하지만 그런 건달들은 매번 기운 센 석금이에게 혼쭐이 난 다음 찍소리 못하고 쫓겨가는 것이 일이었다.

"이런 더러운 사기꾼 놈. 여기 반송장이는 우리 형 석금이다. 네가 우리 형을 꼬드겨 사기를 치냐? 뭐, 백사환을 먹어서 힘이 솟았다구? 그래, 너 잘 걸렸다."

무산은 곧장 사족이에게 달려가 휙휙 막대기를 휘두르며 머리부터 발끝까지 골고루 두드리기 시작했다.

"이것이 타구봉법이니라, 이 똥강아지 같은 놈!"

팍, 파파팍, 파팟……!

"아악, 헉……! 허허헉!"

무산은 타구봉법의 화려한 초식을 처음부터 끝까지 화려하게 선보였고, 야시장에 있던 구경꾼들은 우르르, 싸움 구경을 하기 위해 모두 그곳으로 모여들기 시작했다.

무공이라고는 배워본 적 없는 뱀장수 사족이는 순식간에 곤죽이 되었고, 무산이 화려한 제비돌기로 마지막 일타를 날렸을 때는 바닥에 대(大)자로 누워버렸다.

"우와—아……!"

구경꾼들은 석금이가 흑곰을 들어 올렸을 때보다 더 큰 환호를 보냈고, 무산은 일일이 포권을 취하며 답례를 했다.

하지만 구경은 아직 끝난 것이 아니었다.

"자, 이것이 끝이 아니여. 여기 반송장이가 누워 있지? 하지만 백사환 다섯 알이면 이 반송장이가 벌떡 일어설 것이여!"

무산은 뱀장수 사족이의 말을 흉내 내며 바닥에 떨어져 있던 백사환

한 통을 집어 들고는 뚜껑을 열었다. 그곳에는 백사환 수백 알이 들어 있었는데, 무산은 그것을 들고 곧장 사족이에게 다가갔다.

"자, 하지만 일어나기만 하면 뭐 할 것이여. 힘을 써서 곰을 들어야 함께 잔뜩 처먹어야지. 에라, 이 반송장이야. 이거 다 먹어부려라!"

무산은 쓰러져 있는 사족이의 입을 벌린 후 손에 들고 있던 백사환을 통째로 입 안에 쏟아 부었다.

"컥, 커컥……!"

사족은 숨이 막힌지 사레 걸린 사람처럼 고통스럽게 기침을 내뱉았다. 그러다가 무슨 생각이 들었는지 가까스로 몸을 일으키려 했다.

"끙— 차—!"

그것은 정말 기적이었다. 갈비뼈 몇 군데는 족히 부러졌을 법도 한데 사족이는 입가에 미소를 머금은 채 힘겹게나마 몸을 일으킨 것이다.

뱀장수 사족이는 진정한 장사꾼이었다. 자신이 일어서지 못하면 오늘 장사는 말짱 꽝이 된다는 것을 잘 알고 있었던 것이다. 자신은 어떤 일이 있어도 백사환의 힘을 보여주어야 했고, 그것을 위해서라면 그 정도 고통은 참아내야 했다. 정말이지 그의 눈동자는 집념으로 활활 타오르고 있었고, 그 모습에 구경꾼들은 숙연하게 침묵을 지켜야 했다.

"우와—아……! 봤제, 봤제? 이것이 백사환의 힘이여. 이제 우리 반송장이 사족이가 백사환 한 알을 더 먹고 흑곰이를 들어 올리겄어!"

경이로운 표정으로 사족이를 지켜보던 무산이 환호성을 보낸 후 다시 사족에게 다가갔다. 그러자 사족이의 얼굴이 하얗게 변해갔다. 그리고 그것이 끝이었다.

"쿵……!"

뱀장수 사족이는 그대로 뒤로 넘어갔고, 기적은 끝이 났다.

구경꾼들은 한동안 멍하니 쓰러진 뱀장수를 쳐다보다가 자기 돈을 되찾기 위해 소동을 벌였고, 무산은 잽싸게 석금이와 흑곰을 데리고 그 골목을 벗어나기 시작했다.

하지만 골목은 이미 야시장의 주먹패로 완전히 막혀 있는 상태였다.

"이 겁대가리없는 놈, 거기 서라……!"

골목 입구에서 험악하게 생긴 사내 10여 명이 길을 막았고, 뒤에서도 10여 명의 사내가 무산 일행을 불러 세우며 쫓아왔다. 손에는 저마다 몽둥이나 칼을 들고 있었고, 개중에는 철퇴를 든 자들도 있었다.

"나는 황룡단(黃龍團)의 행동대장 구비(狗鼻)다. 네놈이 감히 우리 황룡단의 구역에서 착실하게 세금을 내는 선량한 상인을 괴롭혔겠다? 마침 고기가 떨어진 식당이 있는데 잘됐구나. 네놈들 가죽을 벗겨 고기만두를 만들어주마!"

길을 막고 있던 사내들 중 하나가 나서며 큰 소리로 말했다.

사내는 손에 몽둥이 하나를 들고 있었는데, 정말이지 코가 개코처럼 들려 있는 데다 발랑발랑거리며 저 혼자 실룩거리고 있었다.

"두목, 이제 어떡하지?"

"석금아, 백사환을 먹지 그러니."

"……"

무산은 농담 삼아 이야기했지만 석금이는 아직도 백사환이 사기란 걸 모르고 있었다.

석금이는 깜구의 주둥이에서 튀어나온 영체를 삼킨 후 연못에 잠겨 있다가 사흘 만에 물 위로 떠올랐다. 그런데 정작 그가 정신을 차린 곳은 풀밭 위였고, 그곳에 뱀장수 사족과 흑곰이 있었다. 석금이가 깨어

나는 것을 본 뱀장수 사족은 능글맞게 웃으며 말했다.

"헤헤, 젊은이가 물에 빠져서 반은 죽은 걸 내가 살려냈지! 어떻게 살려냈느냐, 자, 그것이 이 백사환의 힘이여!"

사족은 장황하게 백사환의 약효를 설명했고, 석금이의 목숨을 살려준 값으로 50냥을 요구했다. 하지만 석금이는 무일푼이었으므로 그저 머리만 긁어대는 수밖에 없었다.

"히히, 석금이는 무일푼이다. 대신 다음에 돈 많이 벌면 갚아줄 거다. 히히, 석금이는 가슴으로 산다. 내 말은 믿어도 된다."

석금이의 말을 들은 사족은 눈에 쌍심지를 켜며 노려보았지만 무일푼에 첫눈에 보아도 무식하기 그지없는 석금이를 상대한다고 해서 뾰족한 수가 생길 리 없다고 판단하게 되었다.

"음… 그러고 보니 자네 몸집이 제법 괜찮군……! 물론 자네가 돈 떼어먹을 놈처럼 생기진 않았지만, 다음에 우리가 다시 만난다는 보장은 없으니 돈 갚을 동안만 내 밑에서 일하게."

뱀장수 사족은 마침 차력사가 도망간 후라 마땅한 차력사를 물색 중이었는데, 석금이의 몸집을 보고는 옳다구나 한 것이다.

'저 녀석 배 위에 돌을 올려놓고, 흑곰이가 발바닥으로 후려갈겨서 그 돌을 깨게 하는 거야. 그런데 저 녀석이 과연 버텨낼 수 있을까?'

사족은 얼마간 걱정스런 표정으로 석금이를 바라보았으나 곧 마음을 굳혔다. 석금이가 죽어 나가거나 말거나 구경거리 보여주고 약이나 팔아먹으면 되는 것이었기 때문이다.

하지만 그런 구태의연한 차력 구상은 곧 획기적인 것으로 바뀌게 되었다. 석금이가 자신의 진면목을 보여주었기 때문이다.

"어라? 곰딴지네? 우리 깜구도 이렇게 시켜뒀는데……. 곰딴지야,

석금이랑 씨름 한판할래?"

석금이는 갑자기 깜구랑 놀던 생각이 나서 흑곰을 덥석 안고는 나뒹굴기 시작했다. 그런데 의외의 사태가 벌어졌다. 석금이가 흑곰을 번쩍 들어서 땅바닥에 메다꽂은 것이다.

깨개객······!

흑곰은 비명을 내질렀고, 석금이 역시 자신의 행동에 자지러지게 놀랐다.

"이게 어떻게 된 일이여?"

석금이는 믿어지지 않는 표정으로 멍하니 서 있었고, 사족 역시 경이로운 눈빛으로 석금이를 바라보았다.

"아니, 내가 지금 무슨 짓을 한 겨? 사족이, 이게 백사환의 힘이여?"

석금이는 사족을 쳐다보며 놀란 듯 물었다.

"음··· 자네가 비로소 백사환의 힘을 알았군. 그래, 그게 바로 백사환의 힘이여······!"

사족과 석금이는 그렇게 동업 관계에 들어가게 되었고, 석금이는 자신이 독룡의 영체를 삼켜 신체에 변화가 일어났다는 사실은 까맣게 모른 채 불공정한 거래에 엮이게 된 것이다.

"어리버리한 석금아, 네 힘은 백사환 때문에 생긴 게 아니야. 깜구가 품고 있던 독룡의 영체를 삼켰기 때문이지. 그러니까 저 녀석들에게 너의 역발산기개세를 보여줘!"

"······."

무산은 석금이가 무슨 생각을 하고 있는지 대충 짐작하고 있었으므로 사실을 이야기해 주었다. 사실 석금이에게 깜구의 이야기를 듣는 순간부터 무산은 석금이가 흑곰을 들 수 있게 된 이유를 간파하고 있었다.

하지만 석금이는 한참 만에야 무산의 말을 이해할 수 있었다.

"깜구가? 맞다, 깜구는 나와 한 몸이다. 그래, 깜구가 나한테 힘을 줬던 거다……!"

석금이는 고개를 젖혀 밤하늘을 쳐다보며 깊은 감회에 빠지게 되었다.

"어쭈! 시방 니들이 넙죽 엎드려 빌 생각은 안 하고 개기고 있냐?"

구비라는 자는 자신을 무시한 채 주저리주저리 떠들어대고 있는 무산과 석금이를 황당한 표정으로 바라보며 말했다. 그리고는 험상궂은 표정을 지으며 다가왔다.

휙… 휙……!

구비는 몽둥이를 휘두르며 무산을 위협해 왔지만 무산은 태연한 표정이었다. 동정을 잃은 후 한동안 몸의 기가 흩어졌을 때라면 모를까, 멀쩡한 상태에서 시정잡배를 두려워할 정도로 형편없는 무공은 아니었기 때문이다.

"니가 개코냐? 혹, 당문의 데릴사위 무산이라는 이름은 들어봤냐?"

무산은 얼마 전까지만 해도 기분이 너무 더러워서 누구든 걸리는 대로 패주고 싶었으나 천우신조로 석금이를 다시 만난 지금은 그다지 폭력을 행사하고 싶지 않았다.

"다… 당문?"

"그래, 너희도 이 사천 땅에서 밥을 빌어먹으며 살고 있으니 당수정의 이름은 들어보았겠지? 그 싸가지없는 계집이 내 색시다!"

무산은 귀찮다는 듯 구비를 향해 걸어가더니 손바닥으로 머리를 툭,

툭 치며 말했다. 그리고는 그를 완전히 무시해 버린 채 석금이와 함께 나머지 사내들을 향해 걸어갔다.

생각지도 못했던 사태가 벌어지자 황룡단이라는 주먹패는 엉거주춤 선 채 구비의 눈치만을 살폈다. 적어도 이 사천 땅에서 당문은 가장 두려운 세력이었다. 결코 시정잡배들이 맞먹을 상대는 아니었던 것이다.

더욱이 얼마 전 떠들썩하게 당수정의 혼례가 치러진 만큼 그들 역시 이미 무산에 대한 이야기를 들어 알고 있었다. 그가 당문의 오비공천을 꺾고 시험에 통과했다는 이야기는 벌써 저자에까지 파다하게 소문이 나 있었던 것이다.

"자, 잠깐……!"

유유하게 자신들을 지나쳐 가는 무산을 구비가 불러 세웠다. 부하들이 보는 앞에서 외지인에게 무시를 당하는 것이 영 불쾌했기 때문이다.

"그, 그걸 어떻게 믿냐?"

"이런… 씨……! 너, 내 혼례에 안 왔지. 그러니까 내 얼굴도 모르지. 난 내 혼례에 안 온 놈들이 제일 싫어! 너, 내가 심판 볼 테니까 우리 석금이랑 한판 붙어봐!"

무산은 마침 석금이의 무공이 얼마나 늘었는지 확인해 보고 싶은 생각이 들어 싸움을 붙이기로 했다.

"그, 그럼 넌 안 껴들 거야? 내가 저놈을 묵사발로 만들어도 나한테 해코지 안 할 거지?"

구비는 어리버리해 보이는 석금이를 한번 훑어본 후 히죽 웃으며 말했다. 마침 끓리던 판에 이게 웬 요행이냐 싶었던 것이다.

"뭐, 노력해 보지."

무산 역시 속으로 웃음을 삼키며 간단하게 대답했다. 이미 석금이의 힘을 두 눈으로 똑똑히 확인했기 때문이다. 더욱이 흉내를 내는 정도에 불과했지만 타구봉법을 연마한 만큼 시정잡배 하나쯤은 문제될 것이 없다고 확신한 것이다.

하지만 석금이의 생각은 달랐다.

"두목… 저놈 이 동네에서 알아주는 주먹이야……!"

석금이가 무산의 귀에 대고 떨리는 목소리로 낮게 중얼거렸다.

며칠째 이 야시장에서 장사를 한 탓에 석금이는 서너 차례 구비와 황룡문이 말썽꾼들과 싸움을 벌이는 것을 목격할 수 있었다. 그래서 구비의 싸움 실력을 익히 알고 있었다.

구비는 쉽게 표현하자면 인간 깜구였다. 공중으로 휙휙 날아다니며 발차기며 몽둥이질을 하는데, 보는 사람이 혼이 빠져나갈 지경이었다.

"석금아, 너 저번에 늑대들이랑 싸운 거 기억나지? 그때처럼만 해. 저놈이 늑대다 생각하고 사정없이 두들기면 되는 거야. 그리고 석금아, 너는 깜구하고 한 몸이잖아! 나중에 깜구를 죽게 한 놈 만났을 때를 대비해서 싸움 연습을 해야지!"

"……"

무산이 역시 귓속말로 용기를 불어넣자 석금이의 눈에서 불길이 활활 타오르기 시작했다.

"이 나쁜 놈, 너 오늘 잘 걸렸다!"

"……"

석금이는 정말 깜구의 원수를 만나기라도 한 듯 난폭해졌고, 그런 석금이의 변화에 구비는 어리둥절해했다.

하지만 이내 구비는 냉정을 되찾고 석금이를 향해 몽둥이를 뻗었다.

쿠쿵……!

어느새 많은 구경꾼들이 몰려와 석금이와 구비를 둘러싸고 있었다. 두 사람은 서로를 견제하며 조금씩 거리를 좁혔고, 구경꾼들은 팽팽한 긴장감을 즐기며 손에 땀을 쥐었다.

"간다……!"

먼저 공격에 들어간 것은 구비였다.

두 사람의 거리가 10여 장 정도 되었을 때 갑자기 구비가 석금이를 향해 달려들더니 곧장 날아올라 몽둥이로 머리를 내려쳤다.

턱……!

구비의 동작은 정말이지 쏜살같았다. 도저히 시정잡배로 볼 수 없을 만큼 날렵하고 날카로운 공격이었다. 하지만 석금이의 반사신경 또한 만만치 않았다. 몽둥이가 머리로 내리꽂히는 것을 보는 순간 두 눈을 질끈 감았음에도 불구하고 어느새 오른손을 내뻗어 구비의 몽둥이를 잡아낸 것이다.

"타핫!"

"어쿠쿠……!"

구비는 몽둥이가 석금이의 손에 잡히는 순간, 곧바로 두 발을 모아 석금이의 가슴을 걷어찼다. 자신의 몽둥이가 석금이에게 잡히리라고는 도저히 예측하지 못했지만 구비는 싸움꾼답게 곧바로 다음 공격에 들어간 것이다.

그러나 그 공격 역시 뜻밖의 결과를 가져왔다. 막상 가슴을 걷어차인 석금이는 가벼운 비명과 함께 한두 걸음 뒤로 밀려난 데 비해 공격을 가한 구비는 뒤로 5, 6장가량 나가떨어지며 낙법을 펼쳐 간신히 체면을 세웠다.

"우와—아……!"

구경꾼들은 누구에게 던지는 것인지 알 수 없는 환호성을 내질렀고, 구비는 비로소 상대가 만만치 않다는 것을 깨달은 듯 자세를 바로잡으며 긴장의 눈빛을 띠었다.
"두목, 저놈이 날쌘돌이는 맞는데 종이호랑이다. 발차기가 무슨 안마하는 것처럼 간지럽기만 하다. 이야, 이제 보니 저놈 계집애다. 히히히⋯⋯!"
석금이는 얼어 터진 주제에 자신이 나가떨어지지 않은 게 신기한 듯 좋아서 헤벌쭉이 웃었고, 그 모습에 화가 난 구비는 곧장 부하 하나가 들고 있던 철퇴를 낚아채 손에 쥐었다.
"네놈이 이 구비를 우롱했겠다? 그래, 이 철퇴를 맞고도 웃음이 나오는가 보자!"
구비는 철퇴를 휘휘 돌리며 석금이에게 다가섰다. 무산의 눈치가 보이기는 했으나 부하들 앞에서 이대로 물러설 수는 없는 노릇이었다.
"석금아, 이거 받아라!"
무산은 들고 있던 작대기를 재빨리 석금이에게 던졌다.
석금이가 아무리 깜구, 아니, 독룡의 영체를 삼켰다 하더라도 철퇴에 맞는다면 무슨 일이 벌어질지 장담할 수 없는 상황이었다.
하지만 무산은 석금이에 대한 믿음이 있었다. 오히려 이런 긴박한 상황이 석금이의 잠재력을 이끌어낼 수 있는 좋은 기회가 되리란 생각도 들었다.
"두, 두목! 석금이 무섭다. 철퇴에 맞으면 석금이 죽을지도 모른다!"
"석금아, 두목이 가르쳐 준 타구봉법 있지? 연습이다 생각하고 한번 싸워봐! 그리고 절대 눈 감으면 안 된다. 철퇴를 똑바로 쳐다봐야 해!"
철퇴를 보고 주춤주춤 뒤로 물러서던 석금이에게 무산이 담담하게 말했다. 석금이 정도의 반사신경이라면 충분히 가능성이 있었기 때문이다.

"머리……!"

석금이의 약한 모습에 용기를 얻은 구비가 재빨리 철퇴를 날리며 말했다. 하지만 말과는 달리 구비는 석금이의 다리를 향해 철퇴를 날렸고, 엉겁결에 봉을 들어 머리를 가리던 석금이는 자신의 다리를 향해 날아오는 철퇴에 깜짝 놀라 위로 펄쩍 뛰어올랐다.

"석금아, 저놈이 머리를 때려달라잖아!"

무산은 구비의 머리가 빈 것을 보고 재빨리 말했고, 족히 일 장 높이로 뛰어올랐던 석금이는 그 와중에도 무산을 한번 쳐다보고 나서야 봉으로 구비의 머리를 내려쳤다.

타탁……!

철퇴의 원심력으로 인해 잠시 균형을 잃었던 구비는 다급하게 철퇴의 손잡이 부분으로 석금이의 봉을 막아냈다. 하지만 이번엔 석금이의 두 발이 구비의 가슴을 걷어찼다.

"컥……!"

방금 전과는 입장이 완전히 뒤바뀐 상황이었다. 그리고 그 결과 역시 너무도 달랐다. 석금이가 안정된 자세로 그 자리에 착지한 반면 구비는 7, 8장 뒤로 나가떨어진 후 몇 번인가 몸을 파닥거리다가 그대로 까무러쳐 버린 것이다.

"우와—아!"

구경꾼들은 다시 한 번 환호를 보냈고, 황룡단의 졸개들은 슬금슬금 물러나며 길을 열었다.

"두목……! 내가 지금 무슨 짓을 한 겨?"

"……."

석금이는 자신의 싸움 솜씨에 놀라 멍한 눈으로 무산을 쳐다보았다.

무산은 슬쩍 웃으며 석금이의 등을 한번 토닥여 주었다. 자신의 짐작이 맞아떨어진 것이 만족스러웠던 것이다.

하지만 그때였다.

"흥! 소가 쥐 잡았군……!"

언제부터 구경을 하고 있었던 것인지 구경꾼들 틈새에서 당수정이 튀어나오며 비아냥거렸다.

"헉……! 무서운 계집애다."

석금이는 일전에 당수정에게 심하게 맞은 적이 있기 때문인지 당수정을 보자 무산의 등 뒤에 숨으며 놀란 목소리로 지껄였다.

"어라? 애마수정, 그대가 웬일이오. 난 그대와 할 얘기가 없는데. 우리가 한때는 부부였지만 그건 약 한 시진 전 일이고, 이제는 남남이외다. 목석 같은 마누라랑 사느니 여기 흑곰이랑 사는 게 행복할걸?"

이미 가출을 결심한 무산은 새삼스레 자신을 찾아 나선 당수정에게 냉랭하게 말했다.

"누구 맘대로?"

"그거야 내 맘 아니겠소? 우린 서로에게 각별한 정이 없으니 더 이상 부부로 살 이유가 없을 듯하오. 지금이라도 서로의 길을 가는 것이……!"

무산은 울컥하는 마음에 자신의 심정을 차갑게 털어놓았다. 남편 대접받지 못하는 설움이란 것이 얼마나 큰 것인지, 남자가 한을 품으면 어떻게 되는지, 이번 기회에 확실하게 알려주고 싶었던 것이다.

'흠……! 그래도 아쉬운 모양이지? 여기까지 찾아 나선 것 보면…

히히히!'

 무산은 당수정이 자신을 찾아와 준 것이 한편으론 고맙기까지 했다. 큰맘 먹고 가출을 결심하기는 했지만 막상 갈 곳이 없었기 때문이다.

 하지만 무산에게 그런 극적이 반전이 일어날 리 없었다.

 [그래? 그럼 맘대로 해. 어휴, 그런데 이게 무슨 시체 썩는 냄새지? 아무래도 엽기토끼, 너한테서 나는 것 같은데……! 혹시 너, 오늘 내가 간식으로 준 버섯 죽을 먹은 거 아니니? 그거, 저번에 네가 먹었던 사향독을 탄 것인데…….]

 […….]

 당수정은 구경꾼들의 눈치가 보이는지 전음으로 무산을 협박했고, 사향독의 무서움을 아는 무산은 얼굴이 납빛이 된 채 차갑게 굳어졌다.

 '악독한 계집……! 같이 밥 먹기 싫은 계집……! 마누라 죽기를 바라는 세상의 수많은 남편들 중에서도 나처럼 간절한 남편이 또 있을까?

 무산은 내색도 하지 못한 채 속으로 빠드득, 이를 갈았다.

 "두목……! 저 무서운 계집애 정말 대단하다. 어떻게 두목 있는 곳을 알고 여기까지 쫓아왔을까? 히히……! 그런데 저 계집애 또 오줌을 찌리고 있겠다. 두목 만난 게 너무 좋아서. 히히히! 두목은 밤일 잘해서 정말 좋겠다……."

 "……."

 사천성의 야시장, 그곳엔 정말 많은 볼거리들이 있었다. 하지만 자정이 지나 무산과 석금이, 당수정이 돌아가면서부터 약장수 골목을 들끓게 했던 열기는 조금씩 시들해지기 시작했다.

7장 당문 비무대회

청춘은 아름답다.
가끔은 무모하기 때문이다.
하지만 모든 청춘이 아름답지는 않다.
모든 꽃이 향기롭지만은 않은 것처럼…….

1
당문 비무대회

당문의 연무장.

문지기를 제외한 모든 구성원들이 참가한 가운데 문주 당개수가 비무대회의 개회 선포를 했고, 뒤이어 간단한 대회 개요와 운영 방식에 대한 설명이 있었다.

취설은 무림맹 회의에서 비무대회에 대한 대략의 논의가 마쳐지는 대로 전서구를 띄워 당문에 그 내용을 알렸으므로, 당문은 그에 준해 즉시 비무대회를 개최하게 된 것이다.

즉, 이번 당문 비무대회는 35세 미만의 제자들을 대상으로 최종 4명을 선발하게 되는데, 독공과 암기의 사용은 철저하게 배제했다.

참가 기준에 벗어나지 않는 당문의 제자 모두는 자기 의사에 따라 참가가 허용되었지만, 막상 대회에 참가 신청을 한 제자는 20여 명에 불과했다. 굳이 비무를 겨루지 않아도 평소 어느 정도의 서열이 정해져 있었으므로 비무대회 자체를 무의미하게 여기고 있었던 것이다.

참가자 중 주요 인물들을 살펴보면 대략 다음과 같았다.

우선 최근 주목받고 있는 당비약, 당수정, 무산, 그리고 오비공천 형제들이 가장 눈에 띄었고, 그 외에도 평소 그들과 우열을 다투던 5, 6명의 젊은 인재들이 이번 비무대회를 출세의 발판으로 삼기 위해 벼르고 있었다.

그중 가장 주의해야 할 인물은 음정과 양정의 수제자들로 알려진 음개(陰開)와 양벽(陽闢), 그리고 취설의 제자로 알려진 당유작이란 자였다. 이들은 말 그대로 음정과 양정, 취설 등의 수제자로 방술과 기문진식, 주역 등에 능통했으며 상당히 비상한 두뇌를 지니고 있었다. 하지만 공식석상에서 한 번도 비무를 겨룬 적이 없으므로 무공의 수위가 어느 정도인지는 당문 내에서도 아는 이가 없었다.

비무의 운영 방식은 대략 다음과 같았다.

우선 갑, 을, 병, 정 네 개 조로 나누어 각 조에서 두 명씩의 인원을 가려낸 후, 그 여덟 명 중에서 네 명의 승자를 가리는 것이다. 그 네 명에게는 무림맹 비무대회에 참가할 자격이 주어지는데, 비무대회는 그렇게 네 명의 승자를 가려내는 것으로 마치기로 했다. 굳이 우승자를 뽑지 않겠다는 것인데, 그것은 자칫 비무대회로 인해 기존의 당문 서열이 흔들리거나 질서가 깨지는 것을 막기 위해서였다.

"내 얼굴에 먹칠하지 말고 잘해, 멍청이!"

갑(甲) 조에 속한 당수정이 무산에게 슬쩍 다가와 옆구리를 찌르며 말했다. 다행히 무산과 당수정은 다른 조에 속했으므로 서로 마주칠 확률은 그만큼 적었다.

"너나 잘해……!"

지난번 야시장 사건 이후 무산은 당수정에게 아주 냉랭하게 대했다. 평소처럼 농담도 잘하지 않았고, 필요한 말만 간단하게 했으며 잠자리에서도 소 닭 보듯 무관심했다.

당수정과 무산은 차갑게 돌아서서 각자의 조로 흩어졌다.

「주인님, 잘하고 있습니다요. 무관심 역시 여자를 길들이는 방법 중 하나입죠.」

한동안 잠잠하던 휘두백이 차례를 기다리고 있는 무산에게 말했다.

[야, 물귀신. 관심없으니까 잠이나 자.]

무산은 귀찮다는 듯 답한 후 자신이 속한 을(乙) 조의 인물들을 살폈다.

무산이 속한 을 조에는 마침 취설의 제자인 당유작이 속해 있었는데, 그는 대외적인 활동이 거의 없었던 만큼 무산으로서는 처음 보는 인물이었다.

나이는 대략 20세 안팎으로 6척가량의 호리호리한 몸집에 깊게 파인 눈을 가지고 있었다. 어딘가 취설과 비슷한 느낌을 가진 자로, 을 조 중에선 가장 신경이 쓰이는 인물이었다.

각 조의 비무 운영 방식은 간단한 듯하면서도 치열한 경쟁을 요구했다. 1대 1로 비무를 겨루는 것이 아니라, 다섯 인물이 한꺼번에 비무를 겨루어 그중 끝까지 버틴 두 명을 선발하는 것이므로 실력만으로 가려지는 것은 아니었다. 자칫 강한 한 명이 나머지 네 명을 모두 상대해야 하는 경우도 생길 수 있었기 때문이다.

"자, 방식은 이미 알고 있겠지? 당문의 정체는 야수다. 너희 다섯은 황야에 던져진 것이고, 두 사람만이 이 땅에 발을 딛고 서게 될 것이다. 강하냐 그렇지 않느냐는 중요하지 않다. 끝까지 쓰러지지 않는 것이 중요하다."

다섯 명의 참가자들이 비무장에 서자, 을 조의 감독을 맡은 음정이 간단하게 말한 후 곧바로 깃발을 들어 비무의 시작을 알렸다.

하지만 다섯 사내는 서로를 경계의 눈빛으로 바라보며 한동안 탐색전을 벌일 수밖에 없었다. 그 다섯 사내는 동지가 될 수도, 적이 될 수도 있는 상황이었기 때문이다.

을 조에는 무산과 당유작 외에 15세의 무서운 신예로 알려진 당림; 당표영, 그리고 당비약의 수하로 알려진 당차명 등이 있었다.

당림과 당표영은 서로 동기 간으로, 또래의 청년들 중에서는 가장 주목을 받고 있었으나 아직 나이가 어린 만큼 무산 등을 상대하기에는 벅찬 감이 있었다. 하지만 당차명은 명실공히 당개수가 이끄는 18위의 고수로 상당히 잘 다듬어진 재원이었다.

우연의 일치인지 그 다섯 사람은 모두 검을 들고 있었다. 암기와 독공을 제외했다고는 하지만 검 이외에도 많은 무기들이 있었다. 그럼에도 그들은 가장 빠르며 효율적인 무기로 검을 선택한 것이다.

한동안 안정된 보법으로 서로를 탐색해 가던 중 무산은 취설의 제자인 당유작과 눈이 마주쳤다. 그런데 그 순간 당유작이 가볍게 미소를 보냈고, 무산은 그것을 일종의 묵계로 받아들였다. 서로를 공격하지 않고 이 시험을 통과하자는 묵계 말이다.

그렇다면 대충의 구도가 잡히게 된다. 우선 동기 간인 당림과 당표영 역시 서로를 지원할 것이고, 제법 무공이 뛰어난 당차명만이 외톨이로 남게 될 것이다.

"하앗—"

당차명 역시 그러한 분위기를 읽은 것인지 선제공격에 들어갔다. 그는 검을 빠르게 회전시키며 그중 만만한 당림의 가슴을 파고들었고, 당표영이 재빨리 당림을 도와 당차명을 공격하기 시작했다. 물론 눈에 띄지 않게 조심하려고는 했으나 너무 뻔한 상황이었다.

"크합……!"

당림의 검을 빗겨내며 찔러 들어가던 당차명의 옆구리에 당표영의 검이 날아들었고, 당차명은 재빨리 공중으로 회전해 오르며 발차기로 당표영을 공격했다.

채, 채, 채, 챙……!

잠시 후 그 세 사람의 검은 복잡하게 섞이며 맑은 쇳소리를 내기 시작했고, 무산과 당유작은 묵묵히 그 모습을 지켜보았다.

이제 선택할 수 있는 것은 두 가지였다. 함께 당차명의 뒤를 공략해 우선 그를 제거한 후 당림과 당표영을 상대하는 것이 한 가지였고, 그들의 싸움과는 별도로 무산과 당유작이 서로 비무를 겨루는 것이 나머지 한 가지였다.

[같은 길을 가겠소?]

[……]

시선은 여전히 당차명 등에 둔 채 당유작이 전음을 보내왔다.

[어차피 조별 예선전의 규칙은 당문의 근성에 바탕을 둔 것이오. 살아남는 것, 결코 인정이나 명분 따위는 중요치 않소. 지금 우리가 손을 잡는다면 이번 비무는 아주 쉽게 끝날 것이오. 함께합시다.]

[취설 사숙조의 제자라 들었는데 정말 영리하구려. 그나저나, 혹 물귀신 떼어내는 주문 같은 건 모르오?]

무산은 미소와 함께 고개를 끄덕여 동조할 뜻을 내비치며 농담을 던졌다.

사실 석금이에게 용문도장의 일을 이야기 들은 이후 무산은 당비약을 경계하고 있었다. 처음 보았을 때부터 그다지 마음에 내키지 않는 인물이라고는 생각하고 있었으나 당문의 지시를 어겨가면서까지 용문도장을 공격한 그의 저의를 알 수 없었던 것이다.

다만 언젠가 자신에게 해를 끼칠 인물임에는 분명했다. 그런 만큼 그의 수족이나 다름없는 당차명을 일찌감치 손봐줄 필요가 있기도 했다.

더욱이 당수정의 콧대를 꺾어놓기 위해선 취설과도 공조를 취해야 했다. 이왕 당문에 몸을 담기로 한 이상 무산 자신의 기반을 다져 놓을 필요가 있었던 것이다. 그러자면 취설과 같이 정통 당문이 아닌 외인 세력을 축으로 정통파와 양립할 수 있는 조직을 새로이 양성할 필요가 있었다.

'그래, 당유작과 함께한다.'

무산은 무섭게 변해가고 있었다. 비록 오랜 기간은 아니었으나 당문의 속성을 조금씩 알아가고 있었던 것이다. 당문은 그야말로 황야, 결코 당수정이나 당개수가 그늘이 되어줄 수 없는 살벌한 야생이었다.

[내가 끝내리다.]

무산의 동의를 얻어낸 당유작은 신속하게 몸을 움직여 당림, 당표영을 상대하고 있는 당차명에게 다가갔다.

파, 파, 팟……!

당유작의 보법은 그야말로 신기에 가까웠다. 마치 물 위를 미끄러져 가는 물뱀처럼 소리도 흔적도 없이 다가가 당표영의 혈도를 짚었다.

"커헉……!"

전혀 예상하지 못했던 일격에 당차명은 고통스레 비명을 내지른 후 곧바로 혼절했다. 당유작이 짚은 곳은 미룡혈(尾龍穴)로, 척추의 말단에 위치해 있으며 뇌와 관계된 혈도인만큼 점혈당하는 즉시 혼절하게 된다.

갑작스런 사태에 감독을 맡고 있던 음정의 표정이 잠시 일그러졌으나 규정을 어긴 것이 아닌 만큼 별다른 제재를 가하지는 않았다.

하지만 당림과 당표영은 곧장 뒤로 서너 걸음 물러서며 검을 겨누었다. 방금 전 당유작의 공격이 무엇을 의미하는지 잘 알고 있었기 때문이다.

휘리릭!

당유작 역시 왼팔에 붙여 갈무리해 두었던 검을 펼치며 당림과 당표영을 겨누었다. 하지만 그들의 대치는 오래가지 않았다.

"소황검!"

당림이 당문의 검법 중 하나인 소황검을 펼치며 당유작을 공격해 들어간 것이다.

당림 역시 당유작이 지닌 무공의 수위는 알 수 없었으나 그가 취설의 수제자임을 너무도 잘 알고 있었으므로 당표영과 함께 협공을 펼칠 생각이었다.

어차피 당표영과 한 조가 되었을 때부터 그들은 그런 식의 협공을 계획하고 있었다. 비록 당문의 무서운 신예로 일컬어지고는 있었으나 비무대회의 참가자들이 자신들보다 연배도 높고 당문에서는 내로라하는 실력자들이었기 때문에 그 외의 방법은 없었다.

이미 당차명과 일전을 벌이는 사이 그들은 그 사실을 더욱 뼈저리게 실감할 수 있었다. 비록 당유작의 암습에 당하긴 했으나 당차명은 18위의 고수답게 자신들의 공격을 여유있게 막아내며 머리털이 곤두설 만큼 예리한 검술을 펼쳤던 것이다.

사실 당차명은 무산과 당유작이 일전을 벌여 한 사람을 쓰러뜨릴 때까지 당림과 당표영을 느슨하게 상대하며 시간을 끌 생각이었다.

어차피 당림과 당표영이 자신의 상대가 되리라고는 생각하지 않았으므로 무산이나 당유작 중 누군가 하나가 쓰러지기만을 기다리고 있었던 것이다. 마음만 먹는다면 당림과 당표영은 순식간에 제압할 수 있었다. 그러나 아직 무산과 당유작의 실력은 예측할 수 없는 것이기에 그들과의 일전을 피하고자 했던 것이다.

당림과 당표영이 당차명을 상대하며 자신들이 놀림을 받고 있는 것은 아닌가 하는 의심을 품을 수밖에 없었던 이유도 거기에 있었다.

"음, 자질은 있으나 스승이 없었구나."

당유작은 당림의 검을 가볍게 젖히며 곧바로 칼등으로 그의 어깨를 찍어 눌렀다.

"으헙……!"

미처 당표영이 거들 새도 없이 당림은 검을 놓친 채 바닥에 무릎을 꿇었다. 당유작의 검은 마치 화살처럼 빨랐다. 귓가를 스치던 예리한 파공음만이 당림의 기억에 남아 있을 뿐이었다.

"합……!"

당표영의 검이 당유작을 향해 날아온 것도 그때였다.

당유작의 옆구리가 비었다고 판단한 당표영이 재빨리 검을 세워 찔러 들어왔던 것이다.

"크흡……!"

하지만 당표영 역시 곧 검을 놓친 채 땅바닥에 나동그라지고 말았다.

검이 자신의 옆구리로 날아오는 사이 당유작은 몸을 가볍게 회전시키며 당표영의 검을 등 뒤로 흘려보냈고, 곧바로 검의 손잡이로 당표영의 명치를 찍어버린 것이다.

순식간에 세 명을 바닥에 눕혀 버린 당유작은 가볍게 한숨을 내쉰 후 무산을 쳐다보았다.

그때까지도 그저 멀뚱히 서 있던 무산은 멋쩍은 표정으로 당유작에게 미소를 보낼 수밖에 없었다. 당유작 덕분에 자신은 검을 뽑지도 않은 채 여덟 명이 참가하는 2차전에 오를 수 있었던 것이다.

하지만 그것은 무산만의 생각이었다. 정작 당유작은 무산에게 감사하고 있었다. 만약 무산이 자신과 비무를 겨루고자 마음먹었다면 둘 중 한 사람은 탈락했을 것이고, 그것이 누구인지는 아무도 예측할 수 없었으리라는 것을 잘 알고 있었기 때문이다.

"을 조의 승자는 당유작과 무산이다!"

음정은 당유작과 무산의 승리를 선포했고, 을 조의 비무는 막을 내리게 되었다.

2

당문 비무대회

 조별로 치러진 1차 비무와는 달리 여덟 명으로 치러지는 본선 비무의 승부는 철저히 각 개인의 무공에 의해 결정될 수밖에 없었다. 어차피 무림맹의 비무대회 역시 1대 1 승부가 될 것이므로 당문에서도 그 규칙을 받아들이기로 한 것이다.
 분명 그런 방식은 당문의 성격과는 많이 달랐다. 개인의 능력보다는 조직력을 우선으로 하는 데다 암기와 독공을 배제하지도 않기 때문에 당문에서는 전통적으로 몇 개의 관문을 통과하는 방식의 시험이 치러져 왔을 뿐이다. 사실상 비무대회라는 것이 존재하지 않았던 셈이다.
 다만 무공 역시 완전히 배제할 수는 없기에 훈련 과목의 하나로 지정해 두었을 뿐이다.
 그런 까닭에 이번 비무대회는 당문 최대의 관심사였다. 이제까지 암기와 독공을 제외하고 순수한 무공으로 승부를 가린 경우는 거의 없었다. 그것은 당개수가 문주로 오른 후에도 마찬가지였다. 그가 비무대회를 생각하지 못했던 것이 아니지만, 막상 비무대회를 개최할 경우 파생되는 문제들 때문에 감히 개최할 엄두를 내지 못했다.

가령 서열의 파괴, 암기와 독공 전문가들의 반발이 걱정되기도 했으나, 보잘것없는 무공으로 행여 강호의 비웃음을 살 수도 있었기 때문이다.

하지만 무림맹의 비무대회는 그런 여러 가지 걱정을 무마할 좋은 핑계가 되었고, 지난 수십여 년간 공을 들여 은밀히 키워낸 제자들의 실력을 확인할 수 있는 기회이기도 했다.

그럼에도 정작 조별 예선은 다소 맥없이 끝나 버리고 말았다. 20여 명이 참가하기는 했으나 워낙 기량의 차이가 있어 각 조에서 두 명을 가리는 일은 식은 죽 먹기였던 것이다.

그렇게 예선을 통과한 인물들은 익히 당문에 알려진 일곱 명과 신예 한 명이었다.

우선 당수정과 당비약, 오비공천의 당천, 음정과 양정의 제자인 음개, 양벽, 취설의 제자인 당유작, 무산 등은 이미 무난히 예선을 통과할 것이라 짐작된 인물이었다. 하지만 당해소란 인물의 예선 통과는 의외였다.

정(丁) 조에는 당비약, 당해소와 함께 당지, 당풍, 당뢰 등 오비공천의 형제 세 명이 나란히 묶여 있어 자칫 당비약조차 예선을 통과하기 어렵지 않겠는가 하는 우려가 있었다. 그러나 당비약과 당해소가 그들 3형제를 협공함으로써 나란히 예선을 통과했다.

당해소는 당수정과 같은 나이로, 서로 동문이었으나 워낙 두각을 나타내지 못했던 인물인만큼 이번 비무대회에 참가했다는 것 자체가 놀

라운 일이었다. 그런데 그가 오비공천 형제들을 제치고 예선을 통과한
만큼 사람들은 그를 주목하지 않을 수 없었다.

한편에선 당비약이 오비공천 형제들을 도맡는 바람에 당해소가 어
부지리를 한 것이 아니냐는 이야기도 있었으나 막상 그들의 비무를 지
켜본 사람들은 그런 추측을 일축해 버렸다.

어쨌거나 모든 의문은 이제부터 시작되는 본선 비무에서 풀리게 될
것이다.

본선 비무 방식은 다소 복잡했다. 우선 제비뽑기를 통해 각각 두 명
씩 짝을 지은 후 거기에서 승리한 네 명을 가린다. 하지만 그 네 명에
게 무림맹 비무대회의 참가 자격을 바로 주는 것은 아니다.

그 네 명이 다시 두 명씩 짝을 지어 승부를 가리는데, 그 승부에서
승리한 두 명이 우선 선발되고, 패한 두 사람이 다시 비무를 겨루어 승
리한 한 사람을 선발한다. 그로써 세 명에게 무림맹의 비무대회에 참
가할 자격이 주어지며, 남은 한 사람은 본선 비무 진출자 중 탈락한 다
섯 사람 중에서 다시 추려낸다. 즉, 처음에 패했던 네 사람 중에서 한
사람의 승자를 뽑고, 그에게 4위와 다시 비무를 겨룰 기회를 주어 그
비무에서 이기는 사람을 선발하게 되는 것이다.

"자, 각자 하나씩의 죽편(竹片)을 골라라."

본선 비무 진행을 담당한 양정이 죽통을 들고 본선 진출자들에게 지
시를 내렸다.

본선 진출자들은 차례로 죽통 속의 죽편을 골라 잡았고, 그곳에 적
힌 글씨를 읽었다. 그 죽편에는 각각 청룡(靑龍), 주작(朱雀), 백호(白
虎), 현무(玄武) 등 사신의 이름이 각각 두 개씩 적혀 있었다. 똑같은 사
신의 이름을 잡은 사람끼리 비무를 겨루게 되는 것이다.

"죽편을 모두 잡았으면 이제 무기를 고른 후 저곳에 앉아 호명을 기다리거라!"

양정은 엄숙하게 말한 후 연무장 한편에 그려진 20여 평 크기의 비무장 안에 들어갔다. 그리고는 오당마환과 당개수에게 비무를 시작할 것을 알린 후 오른손을 높이 쳐들었다. 그러자 미리 준비되어 있던 징잡이가 징을 세 번 울렸다.

연무장에 도열해 있던 당문의 제자들은 긴장된 눈빛으로 양정과 무기를 고르고 있는 본선 진출자들을 번갈아 쳐다보았다.

"자, 이제 사신의 이름이 호명되면 그 패를 가진 참가자들은 이 원 안으로 들어서라."

참가자들이 모두 자리에 앉은 것을 확인한 양정은 분위기를 한껏 고조시킨 후 큰 소리로 말했다.

"첫 번째 비무는 청룡이다!"

양정의 호명이 떨어지자 각자 패를 쥐고 있던 참가자들 중 당비약과 오비공천의 첫째인 당천이 일어섰다.

두 사람은 서로 흠칫 놀라며 원 안으로 들어섰다. 평소 경쟁 관계에 있던 앙숙이었으므로 이번 비무는 서로의 자존심을 건 한판 승부나 다름없었다.

"당천아, 저번에 무산에게 두들겨 맞은 곳은 좀 가라앉았느냐?"

당천의 급한 성격을 익히 잘 알고 있는 당비약이 자리에서 일어서며 비아냥거렸다. 당천을 흥분시켜 자세를 흩어놓기 위한 수작이었다.

"주둥이 닥치거라, 이놈……!"

예상대로 당천은 씩씩거리다가 무산을 노려본 후 곧장 당비약의 뒤를 따랐다.

두 사람이 원 안에 들어서자 양정이 서로 예를 취하게 한 후 원 밖으로 물러섰다. 잠시 후 비무의 시작을 알리는 징이 큰 소리로 한 번 울렸다.

당비약은 그의 할아버지가 아비인 당개로의 목을 칠 때 사용했던 거대한 도를 들고 있었으며, 당천은 예와 마찬가지로 짧은 철봉을 들고 있었다.

당비약과 당천은 한동안 서로를 견제하며 느릿한 보법을 유지했고, 단상 위에 앉아 있던 오당마환은 조바심을 내며 그 둘을 지켜보았다.

오당마환은 최근 당비약에게 무공을 지도하기 시작했으나, 그 기간이 너무도 짧아 사실상 이번 비무대회에서 그 효과를 보기는 어려웠다. 앞으로 무림맹의 비무대회까지는 대략 세 달여 정도 여유가 있었으나 문제는 당비약이 이번 비무대회에서 참가 자격을 얻어낼 수 있느냐 하는 것이었다.

"똥약아, 지난번 쪽발이들에게 개쪽을 당했다더니 무슨 낯짝으로 비무대회에 참가할 생각을 다 했더냐?"

무식이 철철 흘러넘치는 당천이 슬슬 약을 올리며 철봉을 휘휘 돌리기 시작했다. 방금 전에 당했던 모욕을 앙갚음하기 위한 것이었다.

"너처럼 무식한 놈이 행여 당문의 얼굴에 똥칠을 할까 봐 걱정이 되어서 나왔느니라. 그나저나 네놈 형제 중 세 놈이 방금 전 어린 당해소에게 두들겨 맞고 실려갔는데, 앞으로 후배들 얼굴을 어떻게 볼꼬?"

당비약은 사특한 웃음과 함께 부살도(父殺刀)라 스스로 작명한 거대한 도를 쿵 소리가 날 만큼 세게 바닥에 내려찍었다. 당천의 공격을 기다리겠다는 자세였다.

"이, 이… 이……!"

오비공천 형제들의 이야기에 열이 받은 당천은 곧장 철봉을 휘두르며 당비약에게 달려들었다.

"오비당천!"

큰 소리를 내지르며 달려들던 당천은 당비약과의 거리가 5장 정도로 가까워졌을 때 갑자기 머리 위로 휘돌리던 철봉을 그대로 손에서 놓아 버렸다.

휘리리릭!

철봉은 저 혼자 회전하며 빠른 속도로 당비약의 옆구리를 스쳐 날았고, 당비약은 미처 생각지 못했던 공격에 흠칫 놀라며 옆으로 슬쩍 비껴 섰다. 하지만 철봉은 얼마간 더 날아가다가 다시 방향을 바꾸어 당비약의 등을 노렸다.

'흠……! 오비당지, 오비당천……? 무식과 단순함은 늘 한 몸에 머물게 마련이지……!'

비무를 구경하고 있던 무산은 지난번 당지와 싸울 때 당지가 말끝마다 '오비당지!' 하고 외치던 모습을 떠올리며 가볍게 실소했다. 마땅한 무공 이름조차 짓지 못해 한 가지로 통일해 버린 오비공천 형제의 단순함에 새삼 놀란 것이다.

하지만 당천의 봉술만은 상당히 독창적인 데가 있었다. 봉을 마치 암기처럼 사용하며 상대를 현혹시키거나 기습을 가할 줄 알았다.

채앵—

당비약은 다급하게 부살도를 휘둘러서 방향을 바꾸어 날아드는 철봉을 쳐냈지만 문제는 당천이었다. 철봉을 내던졌던 당천이 몸을 날려 그대로 당비약의 머리에 박치기를 시도했던 것이다.

"크헙!"

당비약은 뒤로 나가떨어지며 비명을 내질렀다.

당천의 몸은 예상외로 빨랐다. 그러나 당비약 역시 상당히 순발력이 뛰어난 인물로, 자기 몸을 덮쳐 오는 당천의 배를 두 발로 걷어 올리며 공중으로 튕겨냈다.

"똥약이, 너 제법이구나."

당천은 공중에서 제비돌기를 해 가볍게 땅에 착지한 후 숨을 헐떡거리며 말했다.

'당천이 저 정도면 석금이도 가능성이 있단 얘긴데……'

무산은 당천을 보다 보니 문득 석금이를 떠올릴 수밖에 없었다. 무식의 정도가 비등한 데다 어마어마하게 큰 덩치, 단순함 등 많은 부분에 공통점이 있었기 때문이다.

야시장에서 석금이를 만난 날 무산은 당수정에게 끌려오다시피 당문으로 돌아오게 되었고, 석금이에게는 당문 근처의 여곽에 방을 잡아 주었다. 얼마 후 천우막이 돌아오면 그의 제자로 들여보낼 생각이었던 것이다.

물론 석금이와 함께 있던 흑곰은 야생으로 돌려보냈다. 사천이 아무리 별난 곳이라 해도 곰의 잠자리까지 마련해 주는 여곽은 없었고, 어차피 흑곰에겐 야생이 적합했기 때문이다.

"오비공천……!"

무산이 잠시 생각에 잠겨 있는 사이 당천이 다시 오비공천을 외치며 허공으로 날아올랐다. 어느새 집어 든 철봉이 정확히 태양의 한 중간을 가리는 위치에서 당천의 비상은 정점을 이루었다. 그는 힘껏 철봉을 회전시키며 내던졌고, 뒤이어 몸을 공처럼 돌돌 만 채 빠른 속도로 회전하며 당비약을 덮쳐 오기 시작했다.

휘리릭……!

처음과 마찬가지로 철봉은 빠르게 회전하며 당비약의 옆구리를 스쳐 지났다. 하지만 허공에서 날아든 것인만큼 되돌아 날아오지 못한 채 그대로 땅바닥에 꽂혀 버렸다.

당비약은 한숨을 내쉬며 곧장 머리 위로 눈길을 주었다. 예상대로 당천의 몸이 자신을 덮쳐 오고 있었다.

파, 파, 팟……!

정말 황당한 승부였다. 당천의 공격은 지극히 단순한 것으로, 철봉을 날린 후엔 무조건 박치기였다. 덕분에 당비약은 쉽게 당천의 공격을 대비할 수 있었다. 손에 쥐고 있던 부살도를 들어 올려 도의 면으로 당천의 박치기를 막아낸 것이다.

처엉……!

"캑……!"

당천의 머리가 부살도의 면에 정통으로 부딪치며 돌과 쇠가 맞부딪치는 소리가 났고, 뒤이어 단말마와도 같은 애달프고 처절한 비명이 당천의 입에서 튀어나왔다.

…….

순간 연무장은 침묵에 휩싸였고, 오당마환을 비롯한 원로와 당개수, 당문의 제자들은 황당하다는 표정으로 미동도 없이 쓰러져 있는 당천을 쳐다보았다.

'저놈은 어떻게 매번 이렇게 날 웃기는 거야?'

무산 역시 지그시 웃음을 배어 물며 고개를 설레설레 저었다. 아무리 보아도 당문의 비무대회라는 것이 아이들 장난 같아서 좀 맥이 빠지기까지 했다.

"당비약 승!"

잠시 후 양정이 당비약의 승리를 알렸고, 그로써 진정한 청룡이 가려지게 되었다.

당천이 그의 형제인 당운에게 업혀 나간 뒤 곧바로 양정이 원 안에 들어섰다.

무산은 한번 심호흡을 크게 한 후 남은 본선 진출자들을 살펴보았다. 백호의 패를 든 자신의 상대가 누구인지 궁금했던 것이다.

"두 번째 비무는 주작이다."

양정의 호명이 떨어지자 음개와 당해소가 일어서서 잠시 서로를 바라본 후 원 안으로 들어섰다.

양정은 처음과 마찬가지로 서로 예를 취하게 한 후 원 밖으로 물러섰다. 그리고 또다시 징이 큰 소리로 한 번 울렸고 두 번째 비무가 시작되었다.

음정과 양정의 제자 중 한 명인 음개는 마치 송장처럼 거무튀튀한 피부색에 깡마른 사내로, 허리에 세 개의 단검을 꽂고 양손에 하나씩의 단검을 쥐고 있었다. 반면 본선 진출자 중 가장 어린 당해소는 계집애처럼 가녀리고 고운 생김새로, 한 자루의 쇄겸도(鎖鎌刀)를 들고 있었다. 쇄겸도는 기형도의 일종으로 낫과 비슷한 모양이었는데, 바짝 선 날은 상대의 소름을 돋게 하기에 충분했다.

음개는 한동안 아무런 움직임도 없이 멀뚱하게 당해소를 노려보고 있었다. 비록 음정과 양정의 제자로 차출되어 다른 제자들과의 접촉이 적은 것은 사실이었지만, 어느 정도 두각을 나타내고 있는 얼굴은 다 알고 있었다.

하지만 당해소의 얼굴은 도통 본 기억이 없었다. 분명 있는 듯 없는 듯 살아온 후배인 듯한데 어떻게 이 자리에까지 올라오게 된 것인지 음개로서는 영 이해가 가지 않았다.
'당비약과 한 조였으니 운이 좋았던 거겠지······!'
당해소가 속했던 정(丁) 조의 비무를 보지 못한 만큼 음개는 그렇게 가볍게 생각하고 말았다.
하지만 정작 예선으로 치러진 정 조의 비무에서 당비약은 오히려 당해소의 역할에 힘입어 무사히 본선에 진출한 것이나 다름없었다.
오비공천의 당지, 당풍, 당뢰는 애초에 똘똘 뭉쳐 당비약을 쓰러뜨리려 했으나 비무가 시작되자 당해소가 휘두르는 쇄겸도에 밀려 곤혹을 치르다가 당비약이 가세함으로써 완전히 곤죽이 되어 원 밖으로 업혀 나간 것이다.
당해소는 비교적 작은 몸집이었으나 매우 빠른 몸놀림으로 상대의 혼을 빼놓으며 허점을 공략해 들어가곤 했다. 더욱이 쇄겸도를 다루는 솜씨가 상당히 능해 그 무기에 제대로 적응하지 못한 상대는 우선 당혹감을 느껴야 했다.
하지만 음개는 아직 당해소의 진면목을 모르고 있는 만큼 비교적 느긋한 마음으로 비무에 임하고 있었다.
"우리 인사나 하자꾸나. 나는 음개. 양정과 음정 고문들을 사부로 모시고 있다."
"선배님의 위명은 익히 들어 알고 있습니다. 후학 당해소가 인사 올립지요. 부디 좋은 가르침 부탁드립니다."
음개는 당해소의 말에 얼마간 인상이 찌푸려졌다. 예절이 바른 듯하지만 어딘가 건방진 느낌이 들었던 것이다. 하지만 편견일 수도 있겠거니 생각한 후 천천히 거리를 좁히며 다시 물었다.
"네가 쇄겸도의 쓰임을 알더냐?"
"선배님, 생각보다 말이 많으시군요."
"……."
 당해소의 당돌한 말에 음개는 비로소 긴장을 느끼기 시작했다. 언젠가 언뜻 그에 대해 이야기들은 적이 있다는 것을 깨달았던 것이다.
 후배들에게 무공을 가르치는 사범 중 당무해라는 선배가 있는데, 한번은 술자리에서 그가 농담 삼아 한 아이에 대해 이야기했다. 재능은 있으나 워낙 싸가지가 없어서 따로 교육을 시키는 제자가 하나 있는데, 마음만 먹으면 당문의 최고수가 될 수도 있을 거라는 이야기였다. 특히 쇄겸도를 다루는 솜씨가 귀신같아서 자기조차 상대하기 힘들다고 했다.
"혹 네 사범 중에 당무해라는 분이 계시더냐?"
"아, 무해 사범님이 또 제 험담을 하시던가요?"
"그래, 네 녀석의 버릇을 꼭 고쳐 달라고 신신당부를 하시더구나."
"히히, 음개 선배님이 무해 사범님보다는 좀 더 센 모양이군요. 다행입니다. 사실 이 비무대회에 나오기 위해 어쩔 수 없이 사범님을 때려눕혔거든요. 음개 선배님이 제 싸가지를 좀 고쳐 주십시오. 히히히……!"
 갈수록 가관이었다. 당해소는 확실히 싸가지가 없는 놈이었고, 음개는 은근히 손바닥에 땀이 나기 시작했다.
 당무해 사범은 나이가 50줄에 들어서기는 했으나 당문 내에서는 그나마 무공이 뛰어난 인물이었다. 당해소가 그를 때려눕힐 정도라면 결코 만만한 상대가 아니다.

'음… 무해 선배가 저 녀석을 감춘 것은 혹 저 버르장머리 때문에 해를 당할까 봐 그런 거였군. 그래, 그래서 감싸준 것이었어……!'

음개는 그제야 당해소가 아직 두각을 나타내지 못한 이유를 짐작할 수 있었다.

"그래, 오늘이 아니면 다시 너를 혼내줄 기회가 없겠구나……!"

음개는 허리춤에 꽂혀 있던 단검 세 개를 꺼내 그중 두 개를 양손에 들고 있던 단검의 손잡이 부분에 거꾸로 끼웠다. 그리고 남은 하나의 단검은 신발 앞부분에 부착시켰다. 그로써 양손에는 위아래로 검날이 솟은 두 개의 기형검이 들려졌고, 신발에까지 검을 꽂게 된 것이다.

"그러니까 꼭 전갈 같네요. 유용할진 몰라도 보기엔 영 아닌걸요. 히히! 물론 내가 전갈 튀김을 좋아하긴 하지만……."

"앞으론 싫어하게 될 거다. 간다!"

더 이상의 설전이 자신에게 유리할 것이 없음을 깨달은 음개가 당해소를 향해 쏜살같이 내달렸다.

음개는 양벽과 함께 음정과 양정의 눈에 띄어 제자가 되었다. 기문방술(奇門傍術)에 관한 한 강호제일로 꼽히는 사부들인만큼 음개와 양벽 역시 그 부문에 있어 탁월한 실력을 가지고 있었다.

더욱이 음정과 양정은 제자들에 대한 기대가 큰 만큼 자신들이 소홀히 했던 무공에도 그들이 얼마간 실력을 배양할 수 있게 하기 위해 무공 사범들을 따로 붙여주기도 했다.

마침 음개와 양벽 역시 무공에 흥미를 지니고 있었기에 빠른 성취를 이룰 수 있었다. 특히 방술의 한 갈래라 할 수 있는 영환술을 이용해 스스로 귀신과 무공을 겨루기도 했다. 그런 만큼 그들의 무공은 얼마간 음산하며 사특한 기운이 흘러넘쳤는데, 그렇다고 해서 그들의 성정이 바르지 않았던 것은 아니다.

"채—챙!"

음개의 양손에 들린 기형검이 당해소의 쇄겸도와 맞부딪치며 날카로운 쇳소리를 냈다.

"배가 비었지 않느냐."

음개는 주먹 양쪽에 솟아난 단검의 날로 쇄겸도의 손잡이를 긁어 내려가며 남은 한 손으로는 당해소의 복부를 가격했다.

하지만 당해소는 재빨리 뒤로 물러서는 동시에 쇄겸도를 앞으로 던지듯 길게 내뻗어 쇄겸도의 날이 음개의 뒷머리에 감기도록 했다.

채—챙!

빠르고 섬뜩한 공격이었다. 음개는 다급하게 뒷덜미를 감아오는 쇄겸도를 단검으로 쳐낸 후 바닥을 구르며 당해소에게 다가갔다.

'이놈, 결코 만만한 놈이 아니다……!'

음개는 될 수 있는 한 빨리 싸움을 끝내고자 했다. 자칫하다가는 허를 찔릴 수도 있다는 생각이 든 것이다.

휘—휙!

음개가 바닥을 구르고 있는 사이 또다시 당해소의 쇄겸도가 예리한 파공음과 함께 등 뒤를 파고들었다. 음개와 당해소의 거리는 대략 3장 정도.

챙……!

음개는 곧장 단검으로 쇄겸도를 감아 밀어내며 뒤로 회전했다. 하지만 밀려나던 쇄겸도가 다시 당겨지며 아슬아슬하게 음개의 머리카락을 스쳤다.

"아쉽구나, 아이야."

머리카락 일부가 쇄겸도에 잘려져 땅바닥에 떨어지고 있는 사이, 이미 착지를 끝낸 음개는 곧장 단검을 회전시키며 당해소의 복부를 찔러 들어갔다. 음개와 당해소의 거리는 이제 1장 정도!

"빠르구려, 선배……!"

당해소 역시 음개의 빠른 몸놀림에 놀랐으나, 그의 공격은 너무 무모했다. 1장 정도의 거리에서는 도저히 쇄겸도의 공격을 피해낼 수 없었던 것이다. 반면 단검을 던지지 않는 한 음개는 도저히 자신에게 닿을 수 없으리라 당해소는 판단했다.

"차르르릉……!"

당해소는 쇄겸도를 쭉 내뻗어 음개의 양손에서 회전하고 있는 단검을 쳐냈다.

하지만 음개의 단검은 그 쇄겸도의 날을 타고 회전했고, 그것과 동시에 음개의 몸이 허공에 떠올랐다.

전혀 예측하지 못한 상황이었다. 당해소는 즉시 쇄겸도를 끌어당겼으나 그것은 오히려 음개의 공격을 도와주는 것에 불과했다. 그의 쇄겸도에는 음개의 단검이 걸려 있었던 만큼 음개의 몸을 자신에게 더 빨리 날아오게 한 것이다.

"탓!"

순식간이었다. 쇄겸도를 짚고 물구나무서듯 허공에 치솟았던 음개의 발이 당해소를 향해 내리꽂혔는데, 그 발에는 미리 부착해 두었던 단검이 예리하게 빛나고 있었다.

놀란 당해소가 쇄겸도를 놓으며 음개의 발을 쳐냈으나 그사이 쇄겸도에서 벗어난 음개의 두 주먹이 당해소의 명치를 세게 강타했다. 마음만 먹었다면 단검을 박아 넣을 수도 있는 상황이었다.

"크헉!"

음개가 낙법을 펼치며 바닥을 구르는 것과 동시에 당해소가 복부를 부여잡고 무릎을 꿇으며 신음을 쏟아냈다.

"나 역시 무해 선배에게 무공을 배웠느니라. 오늘 당장 네 사범에게 찾아가 지금처럼 무릎 꿇고 사죄해라. 그분이야말로 너를 네 명대로 살게 할 수 있는 유일한 어른이다. 또한 네가 다시는 수모를 겪지 않게 가르침을 주실 어른이다."

어느새 일어서서 당해소에게 다가간 음개가 굳은 목소리로 말했다.

시간은 어느새 정오 무렵에 다다라 있었다.

하늘 한 중간에 자리 잡은 여름 해가 폭염을 내뿜기 시작했다. 그 폭염 아래에서 당해소는 여전히 복부를 쥔 채 컥, 컥 신음을 뱉어내며 고개를 들어 가물가물하게 보이는 음개의 모습을 바라보고 있었다.

3

당문 비무대회

당천과는 달리 당해소는 결연히 일어서서 비무장 밖으로 걸어나갔다.

처음 비무장에 들어갈 때와는 많이 달라진 모습이었다. 비록 패하긴 했으나 그것은 분명 그의 인생을 바꾸어놓는 계기가 되었다. 패배를 통해 더 큰 것을 배울 수 있다는 말은 당해소 같은 인물들에게 딱 들어맞는 금언이었던 것이다.

무산 역시 그 비무를 통해 당문에 숨은 인재들이 있다는 사실을 새삼 실감했다. 아직 모습을 드러내지 않고 있을 뿐, 당문을 이끌 잠룡들이 도처에 도사리고 있었던 것이다.

이제 남은 사람은 자신과 양벽, 당유작, 그리고 당수정. 그렇게 넷이었다.

무산은 자신과 겨루게 될 상대가 누가 될지 궁금한 마음에 남은 세 사람을 한번 쳐다보았다. 어쩌면 세 번째 비무는 자신의 순서가 될 수도 있었던 것이다. 그런데 어느 순간 자신과 같은 심정으로 옆을 돌아보던 당수정과 눈이 딱, 마주쳤다.

[멍청이, 뭘 그렇게 쳐다보는 거니?]

당수정은 곧장 전음을 보냈고, 무산은 그녀를 외면한 채 원형의 비무장 안으로 들어서는 양정에게 눈길을 주었다.

"세 번째 비무는 현무다."

양정의 호명에 무산 바로 옆에 앉아 있던 양벽과 당수정 옆에 앉아 있던 당유작이 유유히 일어서서 비무장 안으로 들어갔다.

'뭐야, 이거……! 당수정 저 계집이 백호의 패를 들고 있었단 말이야?'

무산은 화들짝 놀라며 당수정의 얼굴을 쳐다보았다.

당수정 역시 마찬가지였다. 다시 얼굴이 마주친 그들은 서로 눈에 불꽃을 튀기며 치열한 눈싸움을 벌이기 시작했다.

[멍청이, 네 운도 다했구나. 호호호……!]

한동안 무서운 눈길로 무산을 노려보던 당수정이 갑자기 씨익, 웃으며 전음을 날렸다.

하지만 뒤이어 나온 무산의 전음으로 인해 그녀의 미소는 싸늘히 식어버릴 수밖에 없었다.

[우히히……! 분명히 공과 사는 구분을 해야 하지 않겠소? 벌집이 되도록 그대의 엉덩이만 두들겨 팰 생각인데, 그래도 이해하시오. 애마 수정, 그대같이 싸가지없는 계집에겐 매가 약이 될 수도 있는 것이오. 아마 그대는 내일부터 이 서방님만 보면 오줌을 지리며 설설 기게 될 것이외다. 이런… 이런……! 이것이야말로 하늘이 준 기회가 아니겠

소? 풋하하하하!]

[네 주둥이가 날 과부로 만들 수도 있겠구나. 당수정 무서운 줄 모르는 놈……!]

우―웅……!

무산과 당수정이 살벌한 전음을 주고받는 사이 큰 소리로 징이 울렸고, 바로 세 번째 비무가 시작되었다.

양벽은 음개와는 달리 체격이 좋고 두 눈이 부리부리한 호목(虎目)의 사내였다. 같은 스승 밑에서 가르침을 받고 있으나 양벽과 음개는 두 스승, 즉 양정과 음정만큼 호흡이 잘 맞지는 않았다.

오히려 사사건건 마찰이 생기곤 했다. 서로 지기 싫어하는 성격인데다 경쟁심이 지나치게 강했던 것이다. 그런 까닭에 양벽은 반드시 당유작을 꺾고 음개와 함께 무림맹의 비무대회에 참가해야 할 형편이었다.

하지만 상대는 당유작이었다. 자신들과 같은 경우로, 당유작 역시 취설의 눈에 띄어 일찌감치 그의 수제자로 들어가게 되었다. 당유작의 경우엔 오히려 음개와 양벽보다 더 폐쇄적인 교육을 받고 있어서 같은 당문에 머무르면서도 1년에 한두 번 얼굴을 마주칠 수 있는 형편이었다.

사부 취설이 워낙 신비에 싸인 인물이다 보니 제자인 당유작 역시 그 사부의 그림자 안에서만 행동해야 했고, 그러다가 자연히 그 또한 사부처럼 얼마간 신비로운 분위기를 머금게 된 것이다.

누구도 취설의 무공 실력을 모르는 것처럼 당유작의 무공 수위에 대해서도 알지 못했다. 양정과 음정이 양개와 음벽에게 따로 무술 사부를 붙여주었던 것과는 달리 당유작은 철저하게 취설 1인에게만 가르침을 받고 있었다.

그러나 당유작의 무공 실력에 관한 의문도 오늘 비무로 인해 비로소 얼마간 해소될 수 있을 것이다.

양벽과 당유작은 제자리에 선 채 쉽게 움직이지 않았다.

양벽이 쇠공에 쇠못을 박은 유성추(流星鎚)를 들고 있는 반면 당유작은 오전에 사용했던 검을 늘어뜨린 채 양벽의 눈을 똑바로 쳐다보고 있을 뿐이었다.

잠시 후 양벽이 미소와 함께 먼저 입을 열었다.

"오랜만이요, 당유작! 기체후 일양 만강하시었소?"

"덕분에……! 이거 오늘 용호상박이 되겠소이다."

"그러게 말이오. 식사는 든든히 하셨소?"

"하하, 요즘 속이 좋지 않아 죽으로 때웠소이다."

양벽과 당유작은 마치 우연히 마주치기라도 한 듯 가벼운 말들로 서로에게 인사를 건넸다. 어찌 보면 농담을 주고받는 듯싶었고, 또 어찌 보면 서로를 탐색하는 것 같기도 했다.

"내가 침을 좀 놓을 줄 아는데, 언제 시간 내서 한번 찾아와 보시구려."

"아, 그렇소이까. 양 대협, 그럼 지금 당장 침 좀 놔주시구라."

"우선 병자의 체질과 상태를 알아야 하니 웃통을 벗어보시구려."

"어이쿠, 이런. 너무 보잘것없는 몸매라서……! 차라리 바지를 벗으면 안 되겠소?"

양벽과 당유작 두 사람의 목소리는 비교적 나직했으나 무산과 당수정은 바로 비무장 앞에 앉아 있었으므로 어렵지 않게 들을 수 있었다.

[애마수정……! 그대와는 별로 이야기를 하고 싶지 않으나 정말 궁

금해서 묻지 않을 수 없구려. 저 두 사람 평소에도 저러오?]

[멍청이, 네가 정말 불쌍해서 대답해 주는 건데… 나도 몰라!]

[……]

무산과 당수정은 전음을 주고받다가 다시 서로를 빤히 쳐다본 후 고개를 홱 돌렸다. 어차피 잠시 후면 비무장에서 만나 둘 중 하나가 죽어 나갈 때까지 피 터지게 싸우게 될 사이였기 때문이다.

"하하, 아랫도리에 상당한 자부심을 가지고 있는 듯하구려?"

"그렇소."

"음… 대충 알 만한 체질이외다."

"양 대협, 그럼 이제 침 좀 놔주시구려."

"정 그러시다면 엉덩이를 까시오."

"그게… 무슨 소리요?"

"내가 요즈음 연구하고 있는 침이 똥침이라는 것이오. 아직 임상 시험이 이루어지지 않아 주로 당나귀들에게만 놓고 있는데, 당 대협이 정 급하시다니……."

"팟하하하!"

"풋하하하!"

비무장 안에서 갑자기 그 두 사람이 폭소를 터뜨렸다.

사실 양벽과 당유작은 나이도 20대 후반으로 엇비슷했으나 서로 사귈 기회가 없어 서먹서먹하게 지내오던 터였다. 그런 두 사람이 마주친 만큼 공통된 화제가 적었고, 자칫 비무를 통해 원수가 될 수도 있었으므로 긴장을 풀기 위해 가벼운 농담을 주고받던 중이었다.

"하하, 아무래도 그냥 비무나 시작해 보는 것이 좋을 듯하외다."

양벽이 유성추를 휘휘 돌리며 입을 열었다.

"그럽시다……!"

당유작은 검을 치켜 올리며 양벽을 향해 서서히 걸음을 옮기기 시작했다.

두 사람은 3장 정도의 거리에 다다르자 더 이상 다가서지 않고 서로 빙빙 원을 그리며 빈틈을 노리고 있었다.

무산은 잔뜩 긴장한 채 두 사람의 움직임을 살폈다. 이미 당유작의 실력을 한차례 구경하기는 했으나 그것은 어디까지나 일부분에 지나지 않았다. 그의 무공이 어느 정도 수준에 달해 있는지를 가늠하기에는 부족했던 것이다.

당유작의 움직임은 그야말로 귀신같았다. 마치 두 발이 땅에서 떨어진 것처럼 걸음이 가벼웠으며 한 치의 흐트러짐도 없었다. 반면 양벽의 움직임에는 절도와 힘이 넘쳤다. 한 발 한 발 옮길 때마다 무게의 중심이 정확히 드러났고, 당장이라도 달려들 것처럼 공격적인 자세였다.

'양벽이 먼저 공격해 들어가겠군……!'

두 사람의 움직임을 지켜보던 무산이 흥미롭다는 듯 속으로 중얼거렸다.

유성추는 줄 양쪽에 쇠공이 달려 있는데, 양벽은 왼손으로 쇠못이 박히지 않은 한쪽 공을 잡고 오른손으로 쇠줄의 절반에 이르는 위치를 부여잡은 후 휘휘 돌리고 있었다.

그런 만큼 눈에 보여지는 유성추의 길이는 1장 정도였다. 당유작의 검 역시 그 길이가 1장에 달했는데, 막상 공격이 펼쳐질 경우 양벽의 유성추는 2장의 길이로도 사용될 수 있었다. 유성추의 실제 길이는 2장여에 달했기 때문이다.

만약 당유작이 검으로 찔러들 경우 양벽은 거리가 좁혀지기 전에 유성추를 휘두름으로써 당유작을 공략할 것이다. 박투라면 모를까, 아직 3장여의 거리에서 대치 중인 두 사람에게라면 당연히 양벽의 공격이 효과적인 것이다.

하지만 당유작은 무산의 추측을 여지없이 깨뜨리며 선제공격에 들어갔다.

촤르르르……!

당유작의 검은 그의 보법만큼이나 자연스럽게 허공을 가르고 파르르 떨며 빠르게 양벽의 급소를 향해 날아갔다.

양벽은 흠칫 놀라며 당유작의 머리를 향해 유성추를 강하게 던졌다. 그러나 그것은 어디까지나 당유작의 공격을 무마하기 위한 수단이었다. 눈앞으로 빠르게 파고드는 무기는 공격에 임하는 자의 동작을 흩어놓기에 가장 적절한 위협이었기 때문이다.

양벽의 짐작대로 당유작은 공격해 들어가던 검을 거두어 재빨리 유성추를 쳐냈다. 하지만 유성추는 당유작의 얼굴을 스치듯 꺾여 돌며 휘리릭 검에 감겼다.

"흡……! 약골인 줄만 알았소이다."

양벽은 순간적인 힘을 이용해 당유작의 검을 낚아챌 생각이었으나 그의 검이 꿈쩍도 하지 않자 팽팽하게 유성추의 줄을 잡아당기며 농담처럼 말했다.

"사실은 통뼈올시다."

당유작은 빙그레 웃으며 손을 뻗어 검에 감긴 유성추의 줄을 잡아당겼다. 애초에 그가 원했던 상황이 바로 이런 것이었다.

외관상으로만 본다면 당연히 양벽이 당유작에 비해 힘에서 우세할 듯했으나 실상은 정반대였다. 내공을 바탕으로 하는 이들이 대개 그렇듯 당유작은 자신과 타인의 힘을 조율하는 데 탁월한 능력을 가지고 있었다. 보다 적은 힘으로 보다 많은 효과를 얻어내는 것이다.

두 사람 사이에서 팽팽하게 유지되던 힘의 균형은 얼마 지나지 않아 깨져 버리게 되었다. 도저히 당유작의 힘을 당해낼 수 없음을 깨달은 양벽은 쇳줄의 중간 부분을 움켜쥐며 그대로 당유작에게 달려들었다.

힘의 균형이 갑자기 깨져 버리자 당유작은 흠칫하며 뒤로 한 걸음 물러섰고, 양벽은 그 순간을 놓치지 않은 채 한 손에 거머쥐고 있던 쇠공을 당유작에게 힘껏 던졌다.

"텅……!"

전혀 예상하지 못한 일격이었다.

양벽이 쇠공을 던지는 순간 당유작은 바닥으로 몸을 뉘이며 유성추가 감긴 검을 빠르게 회전시켰다. 그로 인해 양벽이 던진 쇠공은 당유작을 슬쩍 빗겨 나갔다가 곧바로 원심력에 의해 다시 양벽의 머리를 가격했다.

"헙……!"

원을 그리며 날아드는 쇠공을 바라보았을 뿐, 미처 피하지 못하고 이마의 한중앙에 그것을 가격당한 양벽은 외마디 비명과 함께 그대로 뒤로 넘어갔다.

"후—우, 미안하오. 나는 공께서 그것을 피할 줄 알았소이다……!"

옷에 묻은 흙을 털어내며 일어선 당유작은 쓰러진 양벽을 향해 마지막 농담을 던졌다. 그리고는 자신의 제자가 쓰러진 모습을 참담한 표정으로 바라보고 있는 양정을 향해 포권을 취했다.

"당유작 승!"

양정은 쓸쓸한 표정으로 비무장에 들어와 당유작의 승리를 외쳤다.

양벽은 여전히 혼절한 채 깨어나지 못하고 있었으며, 얼마 후 동기이자 숙적인 음개의 등에 업혀 초라하게 비무장을 떠나야 했다.

그렇게 해서 청룡과 주작, 현무의 주인이 가려졌고, 이제 남은 것은 백호의 주인을 가리는 무산과 당수정의 비무뿐이었다.

"애마수정! 당신이 내 기다림의 고통을 아시오? 매일 밤 바닥에 쭈그려 누워 혹 그대가 침상으로 불러주지 않을까 하는 마음에 잠을 이루지 못했소. 간혹 당신이 뒤척이기라도 하면 행여 나를 부르는 것이 아닐까 하는 기대에 고개를 들어 살폈고, 매일 밤 달을 보며 당신과의 동침을 소원했소. 애마수정! 그대가 진정 내 기다림의 고통을 아시오? 그대의 마음이 열리기를 기다리는 동안 내 뼈는 삭아지고, 가슴에는 고슴도치의 등처럼 못이 박히고 있소. 내 가슴은 어느새 모래바람만이 스치는 황야가 되었고, 그곳에는 승냥이조차 머물려 하지 않소. 하긴, 이제 모든 것이 늦었소. 그대가 들어오려 해도 내 가슴의 황야에는 더 이상 그대를 위한 자리가 남아 있지 않다오. 그 황야는 어느새 완전히 메말라 한 방울의 물도 솟아나지 않기 때문이오. 하지만… 그대가 이 비무에서 져준다면 내 가슴에 쌓인 한을 깡그리 잊으리다. 그러면 다시 내 가슴의 황야에는 다시 샘이 솟을 것이고, 음… 어쨌거나, 음… 이렇게 사정을 하는 것은… 남자의 자존심 때문이라기보다는 음… 애마수정, 당신의 남편으로서 음… 당신의 체면을 지켜주고자 하는 음……"

"주접……! 하루 다섯 끼를 처먹는 인간이 무슨 불만이 그렇게 많지? 그래, 네놈 가슴의 황야에는 돼지새끼만 득실대고 있냐?"

"……"

쿠쿵……!

비무장에 들어서고, 비무의 시작을 알리는 징이 울린 지도 한참이 지났건만 무산과 당수정은 설전만을 일삼고 있었다.

한여름의 폭염은 그들 부부의 머리 위로 따갑게 내리쬐고 있었으며, 바람 한 점 없는 데다 습도만 높아 비무를 지켜보는 이들도 서서히 지쳐 가고 있었다.

하지만 그것은 어디까지나 구경꾼들의 입장이었고, 무산과 당수정은 온몸을 휘어감는 흥분에 도취되어 조금이라도 그 순간을 더 즐기고 싶었다. 이번 비무는 단순히 무림맹 비무대회에 참가할 수 있느냐, 아니냐를 가리는 자리가 아니었다. 그들 부부의 평생 주도권이 누구에게 넘어갈 것이냐가 달린 중대한 기로였다.

"말하는 싸가지를 보니 오늘 내가 홀아비가 될 수도 있겠군……!"

무산은 뒷짐을 진 채 하늘을 올려다보며 나직하게 말했다.

타구봉법을 시전하는 것에 대해 오당마환이 시비를 걸어온 만큼 무산은 검을 준비했으나, 상대가 당수정임을 안 이상 검 역시 들 수 없었다. 적어도 아내에게 칼을 겨누어서는 안 된다는 것이 무산의 생각이었기 때문이다.

당수정 역시 시비에 휘말리기 싫어 평소 사용하던 부채를 포기하는 대신 장창(長槍)을 들고 비무장에 올라 있었다.

"나야말로 오늘 이후 과부로 살아가게 될 것이다. 호호호……!"

"좋다, 오늘 둘 중 하나는 죽어서 나가는 것으로 알겠다. 너, 못된 계집의 장례식 때문에 며칠 밤을 새야 할 형편이지만 더 이상 네 꼴을 안 봐도 된다 생각하니 마치 내가 새가 된 기분이로구나. 흐히히. 초상 치르는 날 뒷간에 가서 몰래 웃어주마."
 "흥! 멍청이, 너는 처음부터 돼지밥이었어."
 "돼지밥이랑 살을 섞고 살아서 퍽도 좋았겠다!"
 "……!"
 "자, 이제 시작해 볼까?"
 "좋다, 변태토끼……!"

〈제4권 끝〉

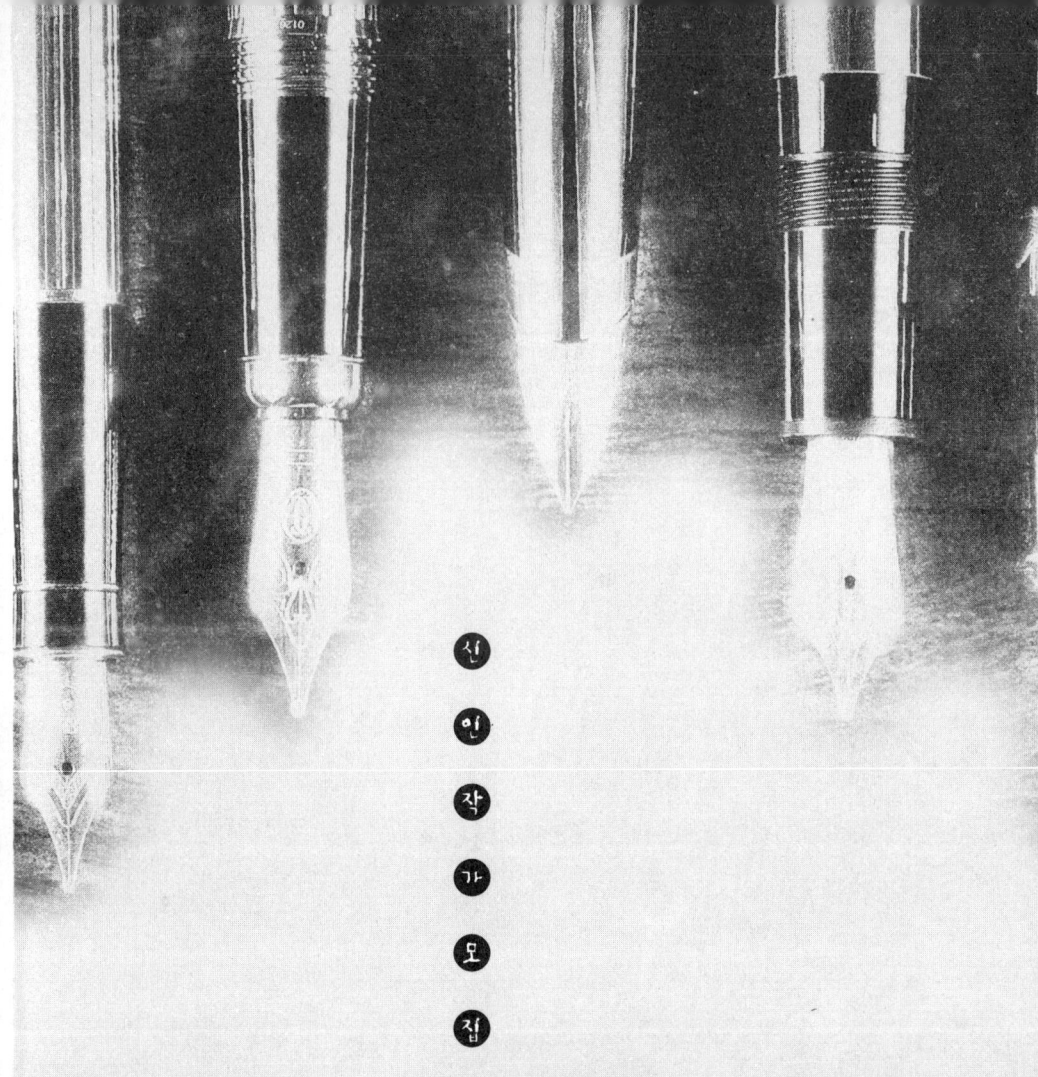

신인작가모집

시작이 반이라고 했습니다.
작가의 길에 대한 보이지 않는 벽을 과감히 깨뜨리십시오!
청어람은 작가 지망생 여러분들의
멋진 방향타가 되어드리겠습니다.

저희 도서출판 청어람에서는
소설 신인 작가분들을 모집합니다.
판타지와 무협을 사랑하시는 분들의 많은 참여를 바랍니다.
소정의 원고(A4용지 150매)를 메일이나 우편으로 보내주시면
검토 후 출판 여부를 알려드리겠습니다.

주소:경기도 부천시 원미구 심곡1동 350-1 남성B/D 3F 우편번호420-011
TEL:032-656-4452 · FAX:032-656-4453
http://www.chungeoram.com
e-mail:chungeoram@chungeoram.com